橫道世之介

吉田修一

離開家鄉上大學篇

好評推薦

《橫道世之介》是吉田修一的青春回眸，全書在過去進行式中插播未來，看似透露人物命運，其實邀請讀者成為全知者，體貼每一個當下。

——孫梓評（作家）

讀完故事，闔上書本，我竟然開始思念這位來自長崎的同學，他未必是我的同學，但我確實曾經結識類似橫道世之介這樣的朋友，在那個什麼都不是太介意也無所謂重大意義的青春年頭，友情呈現迷人的半透明色澤，人世的滄桑在前方幾百公尺的未來蠢蠢欲動……而今回味起來，是多麼讓人想要狠狠大哭一場的記憶啊！

——米果（作家・原文出自博客來OKAPI閱讀生活誌）

沒有過什麼風風雨雨、不曾扮演過誰的重要他人，《橫道世之介》是每個人人生旅程最初的故事板（storyboard），隨著直線的時間被世界的色香味所掩蓋，不曾涉入、卻恆常穿梭，作風景的背後最忠實的旁觀者。讀《橫道世之介》，想起那個無聊的都市傳說：一個穿西裝打領帶的普通男人，現身於兩百年間發生的重大事件現場。平時無甚留心、想來卻一直都在：當過別人的初戀、暗戀對象、怪鄰居、情侶的電燈泡、外遇現場的臨時演員。儘管「普通到讓人想笑」，每個人卻都需要一個橫道世之介，一個畢業典禮後揮手再見、便就此失聯的泛泛之交。多年以後，當收到來自他的過曝底片，輕輕緩緩想起那些透明的日子。日常的背後，總有一個笨拙舉著鏡頭的人。

——許瞳（作家）

橫道世之介

目次

四月　櫻花

一個年輕人搖搖晃晃地從新宿車站東口站前廣場走來。之所以走得搖搖晃晃，似乎不是因為身體不適，而是肩上揹的行李袋過於沉重。大約每走十步，他就會將行李袋從右肩換往左肩；再走十步，又從左肩移往右肩。

行李袋裡有本高中畢業紀念冊。還有穿舊了的學校運動服，以及他用慣的桌鐘。附帶一提，這桌鐘的底座是大理石，格外沉重。當初原本打算把這些東西留在九州老家，但到今天早上出發前，他突然不安起來，急忙全都塞進行李袋裡。

年輕人眼前是新宿ALTA的大螢幕。回頭則見高樓林立，處處都有通往地下的樓梯。熙來攘往的人潮比高中全校集合時的人數還多。他感覺新鮮地四處張望，遲遲沒有前進。

當年輕人再次將行李袋換邊，準備邁步前行時，廣場中央發出一聲巨響。仔細一看，在特別搭建的舞台上，一名年輕女孩站在聚光燈下，似乎在為新發售的口香糖宣傳。舞台前零星站著幾名觀眾，大部分人直接走過。

年輕人受麥克風中女孩的聲音吸引，朝舞台走近。現場觀眾不多，所以他很容易就站到最前排。女孩對著男主持人說：「只要嚼這口香糖，就會很放鬆。」

這時，年輕人不由自主地發出「咦」的一聲，一旁的男人以詫異的神情瞪了他一眼。

年輕人有本愛看的漫畫雜誌。最近有位叫相田美羽的女孩常被刊登在雜誌的寫真彩頁上，而此時站在舞台上的女孩，就長得很像相田美羽。

年輕人環視四周。

如果她就是相田美羽的話，廣場上的人應該不會這麼冷漠。如果她出現在高中全校集合的場面，肯定會大為轟動。

「嗯，應該是冒牌貨。」年輕人思索片刻後做出結論。就算這裡是東京，也沒那麼容易就能遇見寫真偶像。

才這麼想，那名男主持人馬上喊道：「謝謝相田美羽小姐！請大家給予熱烈的掌聲！」原以為是冒牌貨的相田美羽揮著手從舞台上離去，年輕人急忙踮腳追尋她的背影。

果然是本尊。

剛才以為是冒牌貨而沒仔細看，此刻他懊悔不已。在東京，本尊似乎看起來像冒牌貨。以後要多加留意才行。

這名略感沮喪，仍往舞台深處窺望的年輕人名叫橫道世之介。為了讀大學，才剛來到東京的十八歲青年。

不知道相田美羽會不會再上台，世之介在原地等了半晌。他從小就很不死心。但等到的只有負責撤收道具的工作人員。沒辦法正準備離去時，卻換另一名年輕男子在樹籬後面抱著吉他高歌。世之介想靠近聆聽，但要是像這樣一一停下腳步，就無法趕在今晚抵達要入住的公寓了。何況今天起他就要在這個城市生活，用不著第一天就這麼貪心地四處逛。

世之介走在山手線的高架橋下。如地圖所示，西武新宿站就在前方。車站上方是高樓層飯店。兩個月前他上東京應考時，和朋友小澤就住這家飯店。隔壁是歌舞伎町的紅燈區，所以出發前，兩人還起鬨說要去好好玩一晚，但真的到了，小澤卻改口說這樣不吉利：「我覺得，我們要是做那種事，恐怕會考不上。」最後兩人只到紅燈區入口處的儂特利速食店前就止步了。

西武新宿站前廣場有一株櫻花樹。之前到這裡應考時，應該連一顆花苞也沒有。可能是它獨自矗立在環伺的大樓下，看起來特別低矮。四周圍繞著華麗的看板，花瓣顏色略顯平淡。雖然和相田美羽的情況不同，但這櫻花看起來也很像假的。

世之介站在樹下，抬頭凝望那開滿七成的櫻花。

現在這個時節，世之介老家的櫻花也已開花。不只開花，無論是附近的中學還是神社，放眼所及全是盛開的櫻花。但世之介從未像現在這樣，目不轉睛地望著櫻花。

這櫻花確實美。

他猛然想起自己國中時，有生以來第一次嘗到紫蘇醬菜的美味。

世之介在西武新宿車站坐上準急電車。電車在高田馬場、鷺宮、上石神井等站停靠，車窗外的景致愈來愈冷清。

明明才剛抵達東京，卻感覺離開了東京。

事實上，世之介簽約的公寓套房「地址」也不太好。

位於東京都東久留米市。

房租四萬日圓，附浴室，而且是鋼筋水泥大樓，這樣的條件在市中心根本就租不到房子，但向來只透過電視劇認識東京的世之介，心裡卻不太能接受。當初在簽約時，世之介一再向房屋仲介的大叔確認道：「這裡真的是東京對吧？」

「騎腳踏車十分鐘就到埼玉了。」

這位房屋仲介不僅收取昂貴的仲介費，還很惹人厭。

過了約三十分鐘，準急電車抵達花小金井站。上個月他先來看過房子，所以站前的風景並未讓他再次感到失望。這裡不是東京，是搭電車只要三十分鐘就能到達東京的地方，只要這麼想，心情便開朗許多。

從站前搭巴士，北上行經寬敞的小金井大路。大路沿途有平價餐廳、便利商店、大型倉庫，除此之外，放眼盡是讓人心情舒暢的遼闊景致。

來到第八個公車站。在這裡下車後，眼前是一樓開設日式什錦麵店的三層樓建築。二樓的某個房間，就是世之介東京生活的起點。

新生活就要展開了。

公寓的入口處停了好幾輛腳踏車。傳單和廣告信散落一地。這棟三層樓建築似乎有五十間左右的套房。牆上擠滿了每戶人家的信箱，他望向自己所住的205號房信箱，可能是先前的房客，信箱門上寫了「葛井」二字。世之介以手指沾口水，試著擦但擦不掉。似乎是用油性麥克筆所寫。

世之介才要走上樓梯，就微微傳來像是消防警鈴的聲響。每往上走一階，鈴聲就變得更響。來到二樓一看，擠滿門的走廊往左右兩旁延伸。他站在自己房門前，這才明白那奇怪的聲響是何來路。

不知道是誰貼的，隔壁203號房門上有張紙寫著「鬧鐘吵死人了！」。這住戶似乎不在家。世之介第一次自己一個人生活。第一次打開門的瞬間理應很感動，然而隔壁的鬧鐘聲要人不在意都難。

喀嚓。

他用自己的鑰匙打開自己城堡的大門。鬧鐘確實很吵，但心情暢快。一走進房內，鬧鐘的聲響穿過那面薄牆清楚地傳來。這是一間六張榻榻米大的獨立套房。因為裡頭空空蕩蕩，聲音分外響亮。

難道沒人打電話到管理公司抱怨嗎？

世之介姑且坐向地板。感覺無比粗糙。他想起行李袋裡有抹布，是今天早上母親半強迫塞進他行李袋裡的。對兒子來說，新生活是希望，但是在母親的觀點，新生活似乎等同抹布。

世之介決定要擦拭房內地板。動起來後，不可思議地，隔壁的鬧鐘聲響就沒那麼令人在意了。轉移了注意後，世之介甚至開始擦起鋁門的溝槽。

離晚上七點宅配送新棉被來還有約莫一個小時。世之介決定打電話給人在老家的母親，謝謝她塞了這條抹布。

203號房的鬧鐘還在響，門上貼的紙也還在。

他步出公寓，走進馬路對面的電話亭。接電話的是父親。父親一開口便問：「棉被送到了嗎？」

如果對母親來說，新生活等同抹布，那麼對父親而言，新生活似乎等同棉被。

「不，還沒。」世之介應道。

「這樣啊。對了，你媽從早上一直哭不停呢……」

「一直哭不停？為什麼？」

「誰知道，似乎只有當媽的人才懂那種心情。」

父親很不耐煩，在話筒的另一頭叫喚母親。似乎就在一旁的母親接過電話，聲音泫然欲泣。不過是送兒子到東京念書罷了，何必這麼難過呢，真搞不懂。

莫名感到心情沉重的世之介，開口問道：「媽，鬧鐘的乾電池電力可以撐多久？」面對兒子突兀的提問，母親似乎一時也忘了哭。

然而母親還是從當初生世之介難產的事開始說起，動不動就要哭。說話回來，母親頗有當女演員的天分。像親戚的喪禮，或兒子出外遠行這種難得的表演機會，她當然不會錯過。每次在親戚的喪禮上，她總是哭得哀傷欲絕，所以殯儀館的工作人員一定會拿著帳單來找她，當她是家屬。

與母親講完漫長的電話後，世之介虛脫地步出電話亭。因為聽母親說著緩急交雜的往事，他一時把鬧鐘的事給忘了，隔壁房的鬧鐘到現在仍響個不停。

他來到二樓走廊時，看見203號房門前站著一名身材修長的女子。可能是菜煮到一半，一隻手還套著有花朵圖案的隔熱手套。

察覺到腳步聲的女子轉頭望向他，以隔熱手套粗寬的前端比向203號房門口，就像在說「你住這裡嗎？」

「不是。」世之介急忙比向205號房。

「那間？205號房不是空著嗎？」

「是的，我今天……」

「剛搬來嗎？」

世之介聽小澤說，在都市搬家不必刻意跟鄰居問候，所以他沒準備長崎蛋糕當伴手禮。女子很不客氣地打量起呆立原地的世之介。

「呃，我是大學生……」

世之介好不容易才擠出這句話。

「對哦，現在是四月。」

女子手中花朵圖案的隔熱手套一張一闔。

「因為聽到房門開關的聲音，我滿心以為是這位住戶回來了，但等了好久，鬧鐘還是響個沒完。」

那模樣看起來就像是隔熱手套在開口說話似的。女子注意到世之介的視線後，又動起手中的隔熱手套說道：「我正在做奶油燉菜。」

她長得與小澤的姊姊有幾分相似。雖然每次世之介到小澤家過夜，她都會向父母打小報告說：「媽，他們兩個小鬼總是躲著偷看A片！」但小澤的姊姊確實是位美女。

見女子沒有要離去的意思，世之介問：「這裡頭的鬧鐘一直響個不停嗎？」女子秀眉微蹙，手中的隔熱手套一張一闔地說：「是啊，氣死人了。」

「啊，對了，你要吃奶油燉菜嗎？我煮了很多。」

「咦？」

「自己一個人聽了覺得很煩躁，兩個人的話比較能轉移注意。」

「啊，可是我……」

「你已經吃過飯了嗎？」

「還沒……可是我的棉被就快送到了。」

「棉被？」

「是的，宅配業者會送來……」

「那麼，貼張字條給宅配業者看不就行了嗎？就說你人在202號房。」

女子說完，朝寫著「鬧鐘吵死人了！」的字條努了努下巴。

「哦，貼字條是吧。」

在東京這種地方，好像不光鄰居之間沒往來，就連隔壁住什麼樣的人也不清楚呢。

這是小澤告訴他的東京相關資訊，但看來還是別盡信比較好。

既然對方開口相邀，世之介只好回到房內，寫下告知宅配業者的字條。他再次來到走廊貼上字條，接著走到女子的房門前。按下門鈴，房門旋即開啟。「貼好了嗎？」女子問，世之介應了聲「貼好了」，轉頭望向自己的房門。

女子房內也是一樣的格局。與世之介那間連棉被也沒有的房間相比，給人一股強烈的壓迫感。仔細一看，牆上掛著好幾副奇怪的木雕面具，不知道是來自非洲還是玻里尼西亞。這不像是女性的房間，反倒像是某部落酋長的房間。

女子名叫小暮京子。她一面朝盤裡添奶油燉菜，一面告訴世之介，她在附近一家健身俱樂部擔任瑜伽教練。

「瑜伽？」

世之介抱膝坐在房間角落，如此反問。

「有興趣嗎？呃，你叫……」

「啊，我姓橫道，橫道世之介。」

說出自己名字的漢字後，京子一面用湯勺在奶油燉菜裡寫下「世之介」三個字，一面笑著道：「你父母替你取這名字，可真有決心呢。」

附帶一提，世之介是在國一上國文課時，第一次得知自己名字的由來。他小學老師應該也知道他和井原西鶴《好色一代男》裡的主角同名，但肯定很猶豫，不知道該不該告訴這名穿短褲的少年。

他國中的國文老師是位將屆退休，看起來色瞇瞇的老先生，人稱「稻爺」。這位老師第一次上課點名時喊道：「橫道世之介！」世之介喊「有」，老師便不懷好意地笑道：「哦～你父母替你取了個很了不得的名字呢。」問他可曾向父母詢問這名字的由來。

「有，聽說是以前一部小說主角的名字，他是個追求理想生活的男人。」

世之介照著父親的說法爽朗地回答。稻爺可能見他那爽朗的應對覺得有趣，也隨之興起，在這些年輕少男少女面前，整整花了一小時大談這位「追求理想生活」的男人所流傳的風流韻事。

當他說到何謂妓女、煙花巷時，擔任班長的女生出言抗議，男生則是大力喝采。儘管如此，稻爺仍說得欲罷不能。說到故事尾聲，主角朝名為「好色丸」的船上裝載情趣用品時，由於內容過於淫穢，一旁的女生開始啜泣起來。世之介不知如何自處。

好不容易下課鐘響，稻爺這才心滿意足地走出教室。教室內馬上一陣騷動。女生高喊著回家要跟父母告狀，男生們則起鬨：「既然你這麼猛，那就讓我們見識一下吧。」差點就把他的褲子脫了。

「咦？隔壁的鬧鐘是不是停了？」

被這麼一問，世之介愣愣地望著眼前的京子。因為京子笑個不停，世之介一時興起談起稻爺那件事。此時京子盤子裡的奶油燉菜一點不剩，光世之介一個人就掃光了三盤。

「啊，真的耶，好像停了。」

世之介模仿京子將耳朵貼向牆壁，臉也跟著埋進木雕面具中。已聽不到鬧鐘的鈴聲，只微微聽見住戶的聲響。

「啊～你的故事太有趣了。不過世之介，你真的是今天剛到東京對吧？」

京子將耳朵移開牆邊，把髒盤子疊好，如此說道。

「對，約五個小時前才來的。」

「從今天起，你就要展開新生活了。你們年輕男孩都是幻想家，像這樣的晚上，應該會像青春小說的主角那樣，一個人待在房裡想著喜歡的女孩，或是自己的未來，想沉浸在那樣的氣氛中吧？」

京子站起身，將盤子端向廚房。

「不，我還好……京子小姐，妳在這裡住很久了嗎？」

牆上面具的眼珠一摸脫落，世之介急忙藏進坐墊底下。

「才住一年多。這裡房租便宜，而且離健身俱樂部近，所以我才搬來。不過，下班後能順道去逛逛的地方，也就只有西友超市。」

「搬來這裡之前，妳住哪裡？」

「孟買。」

「咦？」

「印度的孟買。我到那裡留學。你不知道孟買嗎？」

「不，我知道。不過問對方之前住哪，聽到的回答卻是孟買，這還是第一次。」

「我老家在橫濱，念的是直升制度的學校，一路念到大學畢業，也曾在食品工廠上班。只是出社會後，突然覺得自己什麼也沒有。不過話說回來，現在也一樣什麼也沒有。」

世之介望向擺在電視架上，像是她到印度留學時的照片。

「大學畢業後上班、離職、到印度留學、當瑜伽教練……感覺很酷啊。不像我，在自我介紹時就只能聊到自己名字的由來。」

「你在胡說什麼啊，今後你的經歷會愈來愈多的。」

「說的也是。」

京子俐落地清洗著餐具。世之介覺得很放鬆。就在這時，門鈴聲響起。

「啊，會不會是棉被送來了……？喏，這麼快就多一項經歷了！」

京子停下洗碗的動作，嫣然一笑。

自己的人生就算多了一床棉被，也沒多大用處，但心裡還是略感自豪。

這幾天，為東京街頭染色的櫻花已開始散落。稀稀落落的櫻花，也飄落在穿著不太習慣的西裝朝武道館走去的新生們肩上。

今天是入學典禮。

在萬里晴空下，一路被吸進武道館的眾新生，到了典禮開始的五分鐘前，變得人影稀疏，卻不見世之介的身影。

「藏青色的西裝看起來就是挺拔。」

瞇起眼睛欣賞孫子這一身正式裝扮的外婆，為他在當地百貨公司買了這套西裝。今天再不穿，以後就沒機會穿了。

典禮開始的一分鐘前，櫃台工作人員也開始往會場移動。這時，有名年輕人穿著尺寸不合的皮鞋，鞋跟發出啪啪啪的聲響，從九段下站一路往坡道直奔而上。一名工作人員發現，向他招手喚道：「喂，動作快！就要開始了！」年輕人（當然就是世之介）也想加快腳步，但愈是急，鞋跟愈是滑脫。

「進去後往左走，順著西側樓梯上去！因為正門已經關上了！」

工作人員在背後推他，但跑得上氣不接下氣的世之介只聽到什麼往左、往西、正面，根本記不住。他姑且衝進建築內，卻不知該往哪個方向走，最後選擇往右。

典禮已經開始。空蕩蕩的走廊上響起某人用麥克風致辭的嚴肅聲音。走廊上有許多道門。他不知道該進去哪一道。他快步走向前，正猶豫間，發現其中一扇門開著，世之介心中暗呼「就是這兒了」，馬上衝了進去。

衝進去的瞬間，視野豁然開闊。

對了，今年入學的新生有七千人。不知為何，這七千名學生，每個人的臉都面向世之介。好像是他走錯了門，來到正站在金屏風講台上致辭的校長頭頂上方。

學生們發現一臉慌亂的世之介出現在校長頭頂上方，會場上頓時竊笑聲四起。既不能往前走，又不能退後，世之介益發慌亂無措。

「喂，你，到這邊來！」

突然有人從背後一把揪住他的衣領，會場內哄堂大笑。這得來不易的入學典禮、挺拔的藏青色西裝，這下子全泡湯了。

在工作人員的帶領下，世之介坐向新生座位的最後一列。他身旁打瞌睡的男子醒來，向世之介問道：「結、結束了嗎？」他那同樣像是新買的藏青色西裝，衣領都被口水沾溼了。

「不，還沒。」

世之介回答，然後理了理被扯亂的衣領，就像是刻意做給站在背後瞪他的工作人員看似的。外婆買給他的西裝顯得鬆鬆垮垮，一旁男子的西裝則因口水而溼答答，武道館裡聚集了七千多名這樣的新生。

這沒勁的入學典禮又臭又長。年輕人對新生活充滿了希望，但他們一天二十四小時都想睡覺。因為一旁的男子那舒服的鼾聲，世之介也跟著打起盹來。不久，入學典禮終於來到尾聲。一旁的男子明明一直在睡覺，唯獨禮成的問候語沒錯過，他醒來朝世之介笑著道：「我好像作了個怪夢，老二還勃起呢，哈哈。」世之介裝沒聽見，跟在朝出口魚貫離開的學生們身後。

走出武道館，世之介才完全清醒。入學典禮後，還得回學校參加迎新會，眾人穿著全新的西裝陸續走下坡道。有些學生成群走在一起，似乎是這所大學附屬高中的畢業生，但大部分學生都還沒交到朋友，獨自孤單地走著。

正當世之介想跟在隊伍後頭走時，突然有人向他喚道：「你念哪個學院？」回頭一看，剛才坐他旁邊睡覺的男子，不知何時與他並肩而行。

「管理學院。」

世之介不想和對方扯上關係，但還是不由自主地回答。他明顯露出不堪其擾的神情，男子卻似乎不以為意，「哦，跟我一樣呢。」狀甚親暱地拍著他的肩膀。

大學生活最重要的就是慎選朋友。

搭同一班飛機上東京的小澤說的話像是不祥的預言，在他腦海裡甦醒。

「話說回來，這入學典禮也太沒勁了吧。不過，途中有個不知哪來的傻蛋，從校長上方冒出來，一副狼狽慌亂的模樣，把我逗笑了。」

他似乎沒想到自己現在正跟那名傻蛋搭話。

「你叫什麼？我姓倉持。」

他似乎是個很自我中心的男人，從口袋裡逕自取出口香糖，遞給世之介。世之介也是，如果不想和對方扯上關係，只要拒絕即可，但他卻不由自主地收下口香糖，並自我介紹：「我姓橫道。」

「橫道，這裡是你的第一志願嗎？」

倉持馬上就省略了敬稱。就算要和路邊的野貓親近，也得多花點時間吧。

「我也報考了早稻田，可惜落榜。」

「是嗎？我也是呢。看來我們倆志趣相投呢。」

所謂的志趣相投並不是念同樣的學院、從同一所大學落榜時用的。不過經倉持這麼一說，他也隱約有同感，真是不可思議。

世之介和倉持嚼著口香糖，穿過護城河沿岸的一整排櫻花樹，往大學校園而去。他們互問彼此的出身地，雖然志趣相投，但話題跳來跳去，始終沒有深入交談。

這位世之介在東京結交的第一個朋友，名叫倉持一平。與父母同住於新宿區上落合，今年十九，因為重考一年，現在和世之介同屆。

「說到剛才的話題，我還是很想進早稻田。」

不久前世之介提到他想考駕照，倉持還擺出前輩架勢，告訴他哪家駕訓班的教練比較和善，但一走上河堤階梯，倉持又把話題拉回來。

「這樣啊。」

世之介雖然如此回應，但他見河堤上滿是賞花的遊客覺得稀奇，沒有認真聆聽。

「所以我打算大三參加早稻田的轉學考。」

「轉學考？你還想考啊？」

「是有這個打算。當初決定重考時，我就拿定主意。人生很長，要是這麼早就妥協，以後一輩子恐怕就都是那樣了。」

「人生」這句話，世之介除了拿它來開玩笑之外，一概不曾提過。倉持似乎是個正經人，不像他外表給人的印象。世之介目不轉睛地望著倉持。雖然對他的第一印象不太好，但自從聽他談到「人生」，他那光滑的側臉就愈看愈像釋迦牟尼佛。

老師，東京有沒有哪所大學，是我就算不太用功也能考上的？

當初在決定志願的面談中說過的話，突然在腦中甦醒。世上有像自己這樣「先妥協再說」的人，自然也就有「以人生為第一要務」的人存在。

河堤的步道上，櫻花樹下鋪滿了藍色塑膠墊。櫻花花瓣飄落地面美不勝收，但如果是掉在藍色塑膠墊上，可就沒任何感動可言。

順著步道往下走向學校正門，校園內無比喧鬧。身穿藏青色西裝的新生們走向各自的教室，而圍在他們四周的，是忙著社團招生的學長姊們。有人手握網球拍，有人身穿美式足球服裝。明明天氣還沒由寒轉暖，卻有人穿著泳衣在硬撐，他們不是游泳社的成員，似乎是摔角同好會。

「橫道，你決定好加入哪個社團了嗎？」

聽倉持這麼問，世之介搖頭說了聲「還沒」。

社團看起來也很有意思，但世之介要是不先找好打工地點，別說網球拍了，連顆網球都買不起。

「你高中時代參加什麼社團？」

倉持一面擺脫那些招生的學長姊，一面問道。

「應援社，不過裡頭幾乎都是幽靈社員。」

「你說的應援社，是穿著學生制服，高喊加油的那些人對吧？」

雖然不清楚還有哪種應援社，倉持還是一本正經地問。

「對，倉持你呢？」世之介也反問。

「我是曲棍球社。」

「你是說冰上曲棍球嗎？」

「不然還會有什麼？」

兩人果然是物以類聚。

躲過學長姊們的拉人攻勢後，兩人走進日照不佳的校舍。可能是地上鋪大理石的緣故，也可能是天花板挑高，裡頭像洞窟般漆黑。兩人並肩走進資料紙上所寫的指定教室，裡頭早已坐滿同班同學。黑板上有名冊，似乎連座位也是固定的。

「咦，為什麼沒有我的名字……」

倉持喃喃自語。世之介也幫他查看，但上頭確實沒有倉持一平的名字。

「我不是這個班……」

倉持從口袋裡取出學生證兌換證，伸手搔頭。

「算了……等新生訓練結束後，我們外頭見吧。你一定會逛那些社團攤位對吧？」

倉持說完後衝出教室。目送倉持離去後，世之介重新轉頭望向教室。還沒結交到新朋友的學生們，朝世之介投以冰冷的視線。不知為何，感覺教室內又髒又亂。仔細一看，在這四十人左右的學生中，只有兩名女生。

世之介走向指定的座位後，發現那兩名女生正巧和他坐在同一列上。由於他姓「橫道」，以五十音排序的話，座位往往都是男生的最後一列。

兩名女生的其中一人，正用隨身聽聽著音樂；另一人則是埋首細看手上的資料。就算世之介走近，也完全沒抬頭。

他坐定後，老師旋即到來。是一位看起來有點滑稽的老師，他想逗大家笑，但學生們全都安靜地在文件上填寫必要事項。在這冷清的教室裡，世之介開始懷念起倉持的開朗。

說明完選課後，老師步出教室。有人起身離席，有人則是與隔壁座位的人簡短寒暄。世之介正準備離席時，一旁的女生向他搭話。

「這個要交到學生課對吧？」

聽隨身聽的女生早已不見蹤影。

「用郵寄的也行。」世之介頷首。

「原來郵寄也行啊。謝謝。」

她是位個頭嬌小的女生，一雙水汪汪的眼睛就像剛哭過似的。世之介才剛這麼想，緊接著下個瞬間卻不由自主地發出「咦」的一聲驚呼。他覺得這女生那水汪汪的眼睛有哪裡不太對勁，那東西好像叫雙眼皮膠，抹上白色膠水，單眼皮就變成雙眼皮。

「感覺大學的老師跟高中老師沒什麼兩樣。想逗學生笑，卻沒人捧場，到頭來惹得自己不高興。我們又不是小孩子。」

「嗯……是啊。」

女生沒理會世之介慌亂的模樣，神情泰然自若。世之介就像膠水黏到他眼皮上似的，頻頻眨眼。

「剛才我看了資料，你是橫道同學對吧？請多指教。這班上只有兩位女生，但偏偏那位女生不太搭理人呢。」

這女生折起手中的文件，秀眉微蹙。世之介瞄到姓名欄上寫著「阿久津唯」。

「你待會要去逛社團攤位對吧？」

「是、是有這個打算。」

「如果你不介意的話，可以帶我一起去嗎？你要和剛才跑錯教室的那名男同學一起去逛對吧？我看你沒其他認識的朋友可以一起逛吧。」

阿久津唯站起身，身高只到世之介胸口一帶。不待世之介答覆就邁步往前走去。這是一間階梯式教室，阿久津唯的身形顯得愈來愈小。

「橫道同學，你是應屆生嗎？」

阿久津唯回過頭來問，世之介點頭應了聲「是」。

「河堤上的櫻花你看過了嗎？很美對吧。」

「嗯。」

校園裡的廣場，一樣滿是拉人參加社團的社員，將新生們團團包圍。

「啊，那不是你朋友嗎？」

倉持就站在阿久津唯所指的前方。他不是在那裡等世之介前來，而是讓一名穿森巴舞衣的女生勾著手，一副飄飄欲仙的模樣。

「看來他會加入森巴舞社呢。」

阿久津唯笑道。

倉持注意到兩人走近的腳步聲，回過身來，向那名穿森巴舞衣的女生說：「啊，妳看，這不是來了嗎，我就是在等他。」

「那麼，待會你要到我們攤位來哦。我會等你的。」

那女生的臉與其說是化妝，不如說是油畫，說完話後，她改去勾其他新生的手臂。

「她在幹嘛……」

世之介看傻了眼，如此問道。

「她叫我加入森巴舞社，實在太猛了。還說我有一副很適合跳森巴舞的體型。到底怎樣才是適合跳森巴舞的體型啊。」

倉持一面說，一面將目光移向阿久津唯身上。

「啊，這位是我同班同學阿久津。」

世之介介紹時，倉持一直緊盯著阿久津唯的臉瞧。

「搞什麼啊……妳的眼皮倒翻了。」他大笑起來。

世之介一直不敢提的事，倉持這個傻瓜竟然直言不諱。

「啊，你怎麼……那是……」

阿久津唯不理會神情驚慌的世之介，怒斥道：「這個人是怎麼回事啊！」

「還說我怎麼回事呢，妳的眼皮都翻過來了。」

倉持就像再也按捺不住似的，捧腹大笑。

「別、別再說了。你、你太沒禮貌了！」

世之介急忙將倉持推向一旁，與因為生氣而看起來像長高一些的阿久津唯保持距離。

「你怎麼說我沒禮貌呢……」

「這、這種話不該對當事人說吧！」

「不說才奇怪吧！……嗯？咦！你明明早就發現了，卻裝不知情嗎？這樣才沒禮貌吧。」

倉持始終笑個不停。阿久津唯因為怒火未熄，看起來又長高了些許。

見倉持笑得人仰馬翻，世之介摀住他的嘴，極力安撫阿久津唯。一邊覺得自己好不容易結交到朋友，一邊又覺得自己的大學生活才剛開始，真想趕快忘了他們兩人的事，讓自己的學生生活從頭開始，兩種心境相互交戰。

阿久津唯好不容易心情平靜下來，世之介請她坐向長椅。她在教室時看起來像個積極的女生，但現在不過是被人點出雙眼皮膠的事，就一副泫然欲泣的模樣。

「抱歉啦，用不著那麼生氣吧？」倉持在一旁很沒誠意地道歉。「真的很對不起……不過，突然看到這種翻過來的眼皮，任誰也會覺得好笑吧。」

「別再說了！」

倉持根本不懂如何道歉，世之介瞪了他一眼。

「我只是想做點改變……你竟然笑我，太過分了。」

坐在長椅上低著頭的阿久津唯突然開口說道。

「我只是想成為一個全新的自己啊……」

阿久津唯握緊膝上的雙拳，接著說。淚水滴落在她的拳頭上。看來，她的高中生活過得並不快樂。

這與她在教室給人的印象相去甚遠，讓世之介慌亂無措。他心想，這時就算向倉持求援，他一定也派不上用場，但沒想到……

「好了，別哭了。抱歉，剛才嘲笑妳，是我不對。」

倉持坐向阿久津唯身旁，溫柔地伸手搭在她肩上。

「不管是誰，都有權利成為一個全新的自己。我也是啊。我們一起改變吧。忘掉過去的自己。我們可是好不容易才當上大學生呢。」

看傻眼的世之介被晾在一旁，氣氛一片平和。正以為這件事就此平安落幕時，倉持又來了一記回馬槍：「不過……這膠水還是別再用了。」

世之介正準備一腳踢向倉持的小腿，但阿久津唯的腳比他快了一步。

沐浴在春陽下的廣場上，社團的招生活動一樣熱鬧地持續著。

新生說明會、選課、獎學金申請等，四月的日曆就像片片飄落的櫻花，飛快地散去。

轉眼來到四月的最後一個星期天。

世之介頂著一頭睡醒亂翹的頭髮，衝出公寓大門。他原本預定中午去拜訪住在幕張縣民宿舍的表哥清志，卻毫無意識地關掉設在九點的鬧鐘，就這樣多睡了三小時。

到東京要馬上去問候一聲。萬一怎麼了，也有個照應。

母親千叮嚀萬囑咐。世之介也一直想去拜訪，但猛然回神，三個禮拜就過去了。大他三歲的表哥清志和他老家住得近，而且過去有段時間他們親如兄弟，自然沒有不想見他的道理。

看到清志，就像看到世之介三年後的自己。如果說世之介給人迷糊的印象，那麼清志給人的感覺就是迷糊的程度多加了三年份。所以和他在一起總覺得輕鬆自在。

清志是倉持想去的那所大學的大四生。他或許是以自己的方式下了工夫應試，不過家鄉的大家都強烈懷疑他是作弊考上。

話說，自從東京生活正式展開，世之介發現一件事。例如平日早上，鬧鐘在七點響起。這時他會從棉被裡伸長手臂把鬧鐘關掉，就像在說「再讓我多睡五分鐘吧」，然後再度睡著。雖然這說起來稀鬆平常，但他發現再度睡著後，沒人會叫他起床。

如果是在老家，母親的聲音會從樓下響起。如果這樣還不醒，母親就會以撼動整間屋子的氣勢直奔上樓。過去世之介總以為母親對叫他起床一事甘之如飴，但前些日子倉持到他住處過夜，他整整叫了三十分鐘，怎麼也叫不醒，這才對自己能好端端地活到現在，沒被母親宰了而感到慶幸。

另外，大學和早上一樣不好混。偶爾蹺課鬆懈一下，就覺得全世界彷彿只有他人被遺忘在東久留米的套房公寓裡。「橫道！你選修科目還沒登記對吧！」那個會捏著他的鬢髮往上扯，一邊大喊的高中老師，以前不勝其煩，現在世之介卻備感懷念。

自己的事自己處理。

這話說來簡單，但開始獨自在東京生活之前，世之介作夢也沒想到，所謂「自己的事」竟然這麼多。

世之介抵達幕張車站時已過下午兩點半。昨晚從地圖上看，輕輕鬆鬆就能走到清志的宿舍，可實際走出車站後，徒步五分鐘理應抵達的地方，卻怎麼也找不到那棟建築。他一會兒往東，一會兒向西，繞了一大段路，花了將近一個小時，終於找到那棟掛著小小門牌的宿舍。

走進一看，裡頭有個櫃台，小小的窗戶掛著粉紅色暖簾。玄關散落一地老舊的綠色拖鞋，就像喜劇劇場裡用過的一般。世之介把頭探進櫃台的小窗內。

「不好意思，我找川上清志。」

一名背對著他看小電視的男子，朝世之介背後一指，說：「他剛才一直都在那裡。」仔細一看，似乎是一間會客室。體育報零散地擺在沙發上，桌上有個塞滿洗臉用具的臉盆，也不知道是誰的。

「他應該很快就回來了……你在那裡等一下吧。」

「啊，好。那我在這裡等……」

「世之介？」

世之介正努力找一雙比較乾淨的拖鞋來穿，這時背後一個聲音突然響起。回身一看，清志手裡拎著超商購物袋站在他面前。

「抱歉！我睡過頭了。」

「嗯，沒關係啦。你有你自己運作的時間。」

「什麼？」

感覺清志神情古怪。

「你沒生氣吧？」

「生氣？為什麼？」

「如果是我所認識的清志哥，肯定會唸我幾句。」

「生氣這種事，說到底是為了向別人要求些什麼，才會產生這種情緒。」

「咦？」

「向別人要求些什麼，沒能達成所以生氣。這都是不折不扣的俗人。而且生氣根本沒半點用處，只會失去公正看待事物的角度。」

「啥？」

面對自己親戚如此意想不到的改變，世之介不由自主地望向完全陌生的管理員。對方當然無法替他解惑。

感覺清志的模樣有點古怪，世之介跟著他走上三樓。走廊上的一整排房間，房門幾乎都敞開著，四處傳出電視的聲音。

清志在背後推著世之介走進屋內。裡頭比想像來得寬敞，明亮的陽光從陽台照進來。地板上疊了好幾本書。大學的消費合作社裡疊得像山一樣高的暢銷書，他這裡也有。看來，這與清志的改變大有關係。世之介撿起地上的一本書，迅速翻閱。

「清志哥，你這麼愛看書啊？」

「我想習慣他人的絕望。」

愈來愈不覺得他是自己所認識的清志。

「習慣那種東西做什麼？」

世之介實在不該過問，但他現在很想問個清楚。

「或許可以說是為了不讓自己把太多事想得過於深入。」

「清志哥，你不是原本就不會去想這種事嗎？」

認識昔日清志的人應該都會贊同世之介的看法。就連清志聽了，一時間也顯得慌亂。

「清志哥，你怪怪的。到底是怎麼了？」

「我沒怎樣啊。我只能說，或許是因為邂逅了一位魅力十足的女孩吧。」

這話就連世之介聽了也無法按捺住笑意。看見清志靠在窗邊嘆息的模樣，世之介心想，這時候絕不能笑，但他實在憋得肚子難受，快要喘不過氣來。

「清志哥，感覺你連說話方式也有點怪。」

這時世之介再也忍不住，笑出聲來。但清志只是冷冷地望著表弟，按下窗邊音響的開關。耳邊傳來正統的爵士樂。

「清、清志哥，你從什麼時候開始聽這種音樂？」

他管不住自己的笑。

「不久前你還會每週都錄《The Best Ten》呢。」

不理會知道他過去的世之介，清志手指打著節拍。

「你現在十八歲了吧？」

「嗯，沒錯。」

「總有一天你也會懂的。」

「懂什麼？」

「懂得失去的意義。」

「哦。」

說到這，世之介終於明白。總結來說，清志被那位魅力十足的女孩給甩了。

因為母親吩咐要來拜訪，世之介依言前來，但明白清志如此巨大轉變的原因後，對這位表哥反而無話可說。而清志也是，堂弟專程來訪，他卻躺在被窩裡，自顧自地看起先前沒看完的書。既然在一起沒話聊，其中一方就該認清事實，但世之介卻遲遲沒說「我要回去了」，清志也沒說「你回去吧」。

「世之介。」

「嗯？」

「跳舞吧。」

「啥？」

「我叫你跳舞。趁你還年輕的時候。」

「什、什麼啊？」

「關於為什麼要跳舞，你絕對不能思考它的含意。一旦你停下腳步，接下來就會一步步走向那個世界。」

「那個世界？」

「就是那個世界，你以後就會明白。」

清志將書本闔上，長嘆一聲。

「世之介……」

「嗯？」

「聽好了，你要跳舞。」

「好，我一直都在跳啊。」

雖然覺得有點不耐煩，世之介還是如此回應。

「我想說的是什麼，你知道嗎？」

「知道。你不是叫我要跳舞嗎？」

「沒錯。」

「所以才說我一直都在跳啊，你不用擔心。」

清志從被窩裡坐起身，望著世之介。

「我加入了森巴舞社呢。」世之介說。

「啥？」

「我是說，我加入了森巴舞社。所以我一直都在跳。」

「森巴舞？」

「沒錯。」

「為什麼？」

「情勢所逼。」

「情勢所逼？到底是在怎樣的情勢下，才會加入森巴舞社啊。」

「這個說來話長。」

就連世之介自己現在也還不懂當初為何會加入森巴舞社。倉持嘲笑阿久津唯的雙眼皮膠，阿久津唯放聲哭了起來。倉持極力安慰，她說：「那麼，你加入森巴舞社，當作是道歉。」倉持當然拒絕，但因為淚水而變回單眼皮的阿久津唯緊纏不放，倉持拗不過她，回了一句：「算了，反正事後要退社也行，我就暫時加入吧。」結果莫名其妙把世之介也拉了進來。

最後在阿久津唯的監視下，兩人都在森巴舞同好會的入會申請欄上簽名。不過，站在一旁的阿久津唯也在社員的邀約下，半推半就的簽名，結局是三個人和樂融融地加入了森巴舞同好會。

「你、你應該選個正經一點的社團加入才對。」

世之介說完事情的始末，清志很傻眼地說。

「它很正經啊，而且有它的傳統。」

好不容易考上大學，為什麼是參加森巴舞社啊。總有其他選擇吧？」

「可是清志哥，別把太多事想得太嚴重，要跳舞，這不是你剛才說的嗎？」

「不，那是小說裡的對話。」

「你這樣太奸詐了。」

「說什麼奸詐，不該這樣說吧。」

嘴巴上講的盡是厭世的話，實際看到厭世的人卻又生氣。

「算了。世之介，你要喝啤酒嗎？我這裡有比利時啤酒哦。」

「我還未成年。」

清志從小冰箱裡拿出比利時啤酒。

「說什麼未成年。去年還是前年，我們不是才在老家的居酒屋碰面嗎？」

「啊，對。」

高二那年，世之介在市內的居酒屋偶遇清志。他只是和小澤等五人跑到居酒屋當作試膽，不過清志並不知道世之介走出店外後發生了什麼事。才喝兩杯啤酒就醉的世之介趁著醉意，跑到當時他愛得無法自拔的大崎櫻家中，向她告白。

第一次喝這麼多酒，這五名年輕人熱血激昂，他們興高采烈地討論著「去電玩遊樂場吧，不，去色情電影院才對」，只有世之介倏然離開同伴，搭公車前往大崎櫻所住的市街。

在公車上，他會自然地傻笑，足見醉得不輕，可下車後又突然酒醒。不過他明白，要是不趁今晚說清楚，以後他一定沒有勇氣告白。因此，雖已完全酒醒，他還是一面催眠自己「我醉了、我醉了」，一面刻意踩著虛浮的步履，從這根電線桿走向下一根電線桿。來到大崎櫻家門前時，別說酒醉了，他的頭腦甚至比平時還要清楚。

那是位於新興住宅區，牆面塗著白漆的住家。小櫻位於二樓的房間亮著燈，而且窗戶敞開，運氣真好。

「大崎。」世之介悄聲叫喚。但這麼小的聲音不可能聽得見。儘管如此，世之介還是繼續站在原地，可能是大崎櫻感受到他那詭異的意念，竟從窗口露臉。

「橫道同學？」

從二樓窗口傳來大崎櫻納悶的聲音。

「沒錯，是我。我喝醉了。」

世之介說出他事先想好的台詞。雖然喝醉，站姿卻像軍人一樣端正。

「喝醉……？你、你等我一下，我這就下去。」

小櫻似乎很傻眼，微微一笑後從窗口消失了身影。雖然前後只有三十秒左右，但等小櫻下樓的這三十秒，對世之介來說，就像到現在仍未結束。

「世之介，黃金週你有何打算？」

正當他沉浸在回憶中時，突然傳來清志的聲音。

「黃金週……我們森巴舞社要到一處叫清里的地方進行集訓……」

「在清里跳森巴舞是吧。我目前正在看的這本書，如果將書中的思想做個濃縮整理，確實就像我剛才所說的，但從你嘴巴說出來，感覺就完全走樣了。」

「清志哥，我看你就別再看書了，這和你很不搭呢。」

「看書哪有什麼搭不搭的問題。」

「有啊。原本不會把事情想得太深入的人，要是看了書，書上寫著『凡事不要想得太深入』，這樣反而有害。」

「你這話太毒了。」

「還不是因為……」

窗外可以望見京葉線的高架橋在藍天下宛如地平線般無限延伸。東京也有天空。嚴格來說，應該是千葉才對。

五月 黃金週

他們約在新宿車站中央本線後方的月台。擁擠的中央大廳無法直直前進，世之介只好微微斜行。其實他大可在人群間穿梭，但可能因為膽怯，就被人潮帶著斜向而行。如果有球僮在一旁，恐怕會大叫：「Fore![1]」

不過，他還是慢慢朝他要前往的月台靠近。再走一小段路就是通往月台的階梯了，這時世之介發現倉持和阿久津唯站在柱子後不知在聊些什麼。他想出聲叫喚，但愈是這麼想，就愈是被人潮反推回來，無法靠近。他心想，反正他們兩人也會來約好的地點，索性先走上中央本線的月台。

不同於中央大廳，月台空空蕩蕩，約有十名森巴舞同好會成員已在此聚集。自從入會後，在學生會館召開的會員會議，世之介都會參加，所以認得他們每一個人。

「早安。」

世之介向他們打招呼，清寺由紀江轉過頭來說：「啊，來了、來了。」

1 高爾夫球的術語，指球打出後，看似會打到人就立即高喊一聲 Fore，意同「躲開」。

清寺由紀江就是入學典禮當天，不斷邀倉持加入的那位學姊。當初招生時，她濃妝豔抹，服裝搶眼得嚇人，但平時卻是位戴著玳瑁眼鏡，模樣樸素的法學院大三生。世之介他們背地裡都管她叫「森巴姊」。

「其他兩人呢？」

在清寺的詢問下，世之介本想告訴她，剛才在中央大廳看到他們，就聽見背後傳來倉持的聲音：「早安。」阿久津唯沒在他身旁。

「咦……」

世之介正準備問時，這次改換阿久津唯現身，說了一聲「抱歉，來晚了」，就像各自前來一樣。

「到齊了，我們上車吧。」

在清寺一聲令下，成員全員出動。「好久不見了」，不知為何，倉持和阿久津唯也打了奇怪的招呼。

「橫道同學，你第一次到清里嗎？」

在清寺的詢問下，世之介回答：「是的，只聽過地名。那裡有藝人開的店對吧？」

坐上電車後，倉持和阿久津唯迅速坐在一起。原本想和倉持一起坐的世之介，頓時不知該坐哪裡好。這時，法學院大三生石田健次向他喚道：「坐這吧。」

附帶一提，這位斯文的石田，是森巴舞社的社長。

世之介將行李袋放上層架，坐向位子後，他突然出言提醒：「你是橫道對吧？森巴舞社雖然是個嬉鬧的社團，但像這種時候，身為一年級生的你應該要早點來集合才對」。

「啊，抱歉。」

世之介望向身後的倉持他們。兩人雖然坐在一起，但不知為何，各自望向不同的方向。

「算了。像森巴舞社這種社團，你愈是正經以對，看起來就愈不正經。」

「不，沒這回事……」

「我有時心裡也會想。為什麼我會來跳森巴舞呢？不過，之前在會員會議中我也說過，我們並不是一整年都在跳舞。」

根據會議內容，他們會練習一個月左右，在八月的淺草森巴嘉年華中登場，剩下的十一個月，則是以網球、滑雪、飲酒會等活動為主。

「石田學長，你為什麼會加入這個社團呢？」

「我？對哦，我是為什麼呢……一來也是因為清寺邀我加入，不過，大概是我自己想認真做某件事吧。現今這個時代，要是想認真做件事，就會覺得有點尷尬對吧？所以我想如果認真地做一件尷尬的事，反而很酷。這算是逆向思考。」

世之介明明不懂什麼是逆向思考，卻也跟著發出「哦」的一聲，不懂裝懂。

「對了，之前你說在找打工，找到了嗎？」

「不，還沒。」

「我現在在做飯店送餐，我幫你介紹吧。因為是客房服務，所以晚班居多，不過工作輕鬆，時薪也不錯。」

「有多少？」

「一五。」

「一五？一千五百日圓嗎？」

世之介原本打算去花小金井車站前的一家西式居酒屋面試，飯店的時薪足足是它的兩倍。

「我願意！」

「回答得真快……」

據石田說，只要一週值兩天夜班，一個月就有十萬日圓。事實上，石田今天早上似乎剛值完晚班，仔細看才發現他一臉睏樣。

「下禮拜我一樣會去打工，如果你想做的話，我會向主任介紹你。」

聽石田這麼說，世之介馬上低頭鞠躬說：「那就拜託了。」

世之介一面和石田聊天，一面吃著從前方座位傳來的糖果和牛奶糖，聊著聊著，他得知石田和他同樣住在東久留米市的公寓裡，而且還和人同居。

「這麼說來，只要你一回到家，對方就在屋裡對吧。」

面對世之介理所當然的提問，石田笑著道：「下次上我那坐吧。」

雖說是森巴舞社的集訓，但也不是整天都在跳舞。世之介一行人上午抵達清里，先在車站前一家教堂風的餐廳裡吃午餐。之後一直到辦理住房登記前，他們都騎著租來的腳踏車在林中馳騁。

世之介心裡覺得都已經是大學生了，實在不想做這種事，但高原上陣陣涼風吹來，無比舒暢，猛一回神，自己正朗聲朝著騎在前面的倉持和阿久津唯喚道：「喂，等等我！」

在民宿辦好住房登記後，大家一起欣賞去年淺草森巴嘉年華的影片。原本的目的是播給新生看，但清寺和石田等人似乎也很久沒看了。

「啊，你們看，這時候羽毛裝飾掉了。」

「你們大家看，接下來會撞上警察哦。」

他們把新生晾在一旁，自己看得很熱絡。

附帶一提，新進團員就只有世之介、倉持、阿久津唯三人，所以被晾在一旁的，當然就只有他們三人。

欣賞完影片欣賞，大家依序泡澡。石田這幾位學長姊先泡澡，最後自然剩下世之介和倉持兩人一起。世之介很久沒這樣享受了，他把腳伸長，整個人浸泡在大浴池裡。

「我們雖然嫌東嫌西，但是和這個社團還挺合得來的。」

正在洗頭髮的倉持哈哈大笑。

「我原本不想來參加集訓。但每次阿久津唯在學校和我碰面，就邀我一起來。那傢伙對森巴舞興趣濃厚呢。」

說到這裡，世之介突然想起他們倆在集合地點的奇怪行徑。

「對了，你……」

世之介正打算詢問，倉持卻打斷他的話：「我說橫道，你還是處男吧？」

「咦？我嗎？幹嘛突然這樣問？」

「不，我只是在想，你到底是不是。」

「我才不是處男呢。倉持你呢？」

「咦，我嗎？」

倉持轉過頭來。可能是洗髮精的泡沫快要跑進眼裡，他一副挨揍似的表情。不知為何，看了他的表情後，世之介恍然大悟。

「咦？難道你和阿久津唯……？」

「不，應該說之前我碰巧放學和她同行，她說書架送到了住處，但她不會組裝。」

「嗯？咦！你們已經在交往啦？」

「不，到底算不算交往，這正是問題所在……總覺得，她好像和誰都行。」

他之所以露出像挨揍般的表情，似乎不全然是洗髮精泡沫的緣故。

聽倉持說，之前上完產業概論課後，他獨自一人在護城河旁的步道遛達，往飯田橋站走去時，看到阿久津唯的背影，她同樣也一面遛達，一面欣賞眼前的景致。

「阿久津！」

自從發生雙眼皮膠事件後，他們雖然算不上言歸於好，但畢竟成了同一個社團的成員，上課或用餐碰面時，好歹會打聲招呼。

阿久津唯聽到倉持的聲音回頭。不知道是不是倉持笑過她的緣故，從那天起，她便一直以略顯浮腫的單眼皮樣貌示人。倉持走近後，很沒誠意地誇了一句：「還是這樣好看。」阿久津唯不顯一絲喜色，就只是瞥了倉持一眼。

覺得飢腸轆轆的倉持，打算去車站前的儂特利，他向阿久津唯知會一聲，結果阿久津唯回道：「那我也吃點東西再回去好了。」

「那我們一起去吧。」就這樣，兩人在人潮擁擠的儂特利相對而坐，一起吃著薯條。

當他們聊起哪門課是以報告計分，哪門課是以考試計分時，阿久津唯提到她買了一個書架，自己不會組裝，正為此傷透腦筋。

「妳住哪裡？」倉持問。

「中野。」

「什麼嘛，離我住處很近。我去幫妳組裝吧。」

就這樣，倉持前往她住的公寓。

當時倉持似乎沒意識到自己即將走進單身女子的公寓，既沒做好心理準備，也沒半點緊張感。因為他對阿久津唯感覺不到絲毫的女性魅力，而且在無聊的下午有事可做也是挺高興。

阿久津唯住的公寓，是一棟小型建築，房東就住一樓，四樓中央是她的房間。

在抵達她住處前，倉持一路上都在吹噓自己高中校慶時組樂團表演的事。但來到狹窄的玄關一脫下鞋子，他突然感覺自己的運動鞋臭氣熏人，不知為何，從那時候起，他便不敢和阿久津唯目光交會。

「就是這個。」

白色的鋼管書架零件散落一地，幾乎佔據了整個狹小的房間。雖然只是來這裡組裝書架，但身體動作莫名得不自然。阿久津唯在一旁看他作業，倉持目光移向她的赤腳，才來到組裝的「步驟二」，他就渾身飆汗。明明只是翻開最上方的層板，卻感覺自己像是在做什麼大膽的舉動。

原本蹲著作業時倒還好，但進展到步驟二時，非得立起框架不可。

「喂，那個也快點立起來吧。」

早上懶得換衣服，直接穿著運動服就出門，倉持現在後悔莫及。

「你怎麼了？滿臉通紅呢。」

阿久津唯納悶地側著頭，望著遲遲無法起身的倉持。到底是要謊稱肚子痛，還是乾脆豁出去，坦白告訴她「沒辦法，誰教我是男人呢」，幾經苦惱後，倉持拿定主意站起身。宛如工地監工的阿久津唯視線投向倉持胯下。

「你、你怎麼這樣！」

「我、我也沒辦法啊！因、因為孤男寡女共處一室嘛！」

倉持感到既害羞又丟人，儘管弓著身子不敢挺直，但他還是理直氣壯地頂了回去。阿久津唯也不知道是傻眼還是吃驚，他那單眼皮的細眼睜得老大，緊握著手中的書架支柱。

接下來的事，倉持自己似乎也不太清楚。

「等我回過神來時，正步步向她逼近。當時可是大白天呢。而且窗簾敞開，正在組裝書架。但等我清醒過來時，已將她摟在懷中。」

「那麼，阿久津唯的反應呢？」世之介問。

「一開始她極力想把我推開，但我也死命地抱住她，要是我當時鬆開她，那現場就只會看到我那精力旺盛的老二撐在那裡。」

雖然不清楚他這番話幾分是真，幾分是開玩笑，但是因洗髮精泡沫而皺著臉的倉持，表情顯得很認真。

「然後就這樣和她親吻起來。我親得渾然忘我，書架都快要倒了，而且我手裡握滿了螺絲。」

之後阿久津唯推開倉持，倉持感到無地自容，奪門而出。

「螺絲呢？」

世之介不由自主地問及此事，倉持一本正經地點著頭說：「你問到重點了，就是螺絲。」

倉持回到家後，這才發現自己將螺絲帶回家了。但自己在那樣的情況下親吻對方，一路逃了回來，在這樣的立場下，實在無法厚著臉皮折返。

結果倉持接連三天都把螺絲帶在身上。本想在學校碰面的話，就交還給她，但碰不到面。偏偏又沒勇氣直接前往歸還。接連三天帶著螺絲在身上，令倉持滿腦子想的都是她的事。強吻時嘴唇的觸感，夾在兩人胸前的那根支柱的硬度，這一切都鮮明地浮現腦海。

三天後，倉持抱定主意，打電話給阿久津唯。森巴舞社的團員名冊第一次派上用場。阿久津唯接起電話後，向他抱怨道：「書架你打算怎麼辦？」組裝進展到步驟二的書架，仍躺在她房內。

「我現在過去方便嗎？」倉持問。他一面說，一面緊握手裡的螺絲。阿久津唯則回答：「你要是不來，我可傷腦筋呢。」

隔了三天，再度來到她的房內，倉持草草問候一聲，便著手組裝書架。除了確認組裝步驟外，兩人沒有交談。

組裝完成後，阿久津唯煮了奶油燉菜當作回禮。他們一概沒提起三天前的事，反倒是笑著談到世之介亂翹的頭髮。

「她明明煮了奶油燉菜，自己卻一口也沒吃。沒辦法，我只好一個人吃了三碗。詳情就是這樣，之後就變成現在這種情況了。」

雖然很想問清楚他們到底是怎麼走到現在這一步，但就連世之介也避諱提出這樣的問題，只好重新問了一次：「所以你們現在是在交往中囉？」

「我也是這麼想，所以從那天起，便常去她的住處過夜，但她總是若無其事的問我：『倉持同學，你有喜歡的人嗎？』」

「那是在向你確認。」

「確認什麼？」

「確認你的心意啊。」

「我很正經地告訴過她，我喜歡她。不然還要再說些什麼？」

「我、我哪知道。」

這時，浴室的門打開了。石田從門後探頭，向他們吼道：「你們要泡到什麼時候啊。吃飯了！」

●

停在D棟門口前的警車已經離開。銀白色的路燈照向剛才停警車的地方。明明沒下雨，柏油路卻顯得濡溼。一整排面向東南方的陽台亮著零星燈光，大部分屋內一片漆黑，只有晾衣繩上的衣架隨夜風擺動。

加完班從公司回到家時已經十點多。到頭來黃金週也都在工作，他拖著疲憊不堪的身軀從車站走回家，發現D棟門口前停著一輛警車，車裡頭沒人。與其說心裡有不祥的預感，不如說已非常篤定，他不由自主地往車站折返。

他走到站前一家連鎖居酒屋。由於黃金週已結束，店內空空蕩蕩的，不過因為他單身前來，所以店家沒徵詢他的意見，直接領他坐向吧台。吧台空間狹窄，座位就像是面向牆壁罰站。他問前來確認點餐的年輕女服務生：「這裡向來都這麼空嗎？」對方愣了一下，接著說：「不，我們店裡大多是家人前來用餐，所以週末人比較多。」

「妳在這裡打工嗎？做很久了嗎？」

他先點了生啤酒和幾道下酒菜後如此詢問，對方應道：「不，四月才來的。才做了一個月。」聽她講話有點腔調，望向胸前，名牌上頭寫著一個「張」字。

「原來是留學生啊，日語說得不錯呢。」

「不，還有待加強。」

女子露出靦腆中帶點驕傲的笑臉，搖了搖頭。

「不，真的說得很好。妳是大學生？」

「是的。」

女子點點頭，說出令人懷念的大學校名。

「咦，那妳算是我學妹呢。妳念哪個學院？」

「國際文化學院。」

「現在有這種學院啊，我那時候沒有。」

「這樣啊。」

「不過當時有留學生，但都不是像妳這樣的年輕女孩，以年過三十的男人居多。很多人都有家室，所以那時都當他們是另一個世界的人，不太和他們往來。現在可就後悔了，當初要是能和他們多聊聊，一定收穫匪淺。」

大學時代的種種突然浮現腦海，他開始連珠炮似的說個沒完。

不過，不管哪個國家都一樣，可能是年輕女孩對中年男子的陳年舊事不感興趣，她臉上流露出不置可否的表情。雖然還想再聊，但廚房傳來叫喚，於是女子微笑說「我幫您端生啤酒過來」後離去。女子往廚房奔去時，一位像是店長的男子和他搭話，兩人開心地有說有笑。望著她露出皓齒的側臉，感覺疲憊全消。

他一直待到快打烊才步出店外。這段時間來了幾組客人，店內突然熱鬧起來。那名忙進忙出的打工女子，似乎也到了下班時間，不知何時已不見她身影。雖然喝再多酒也不會醉，但是那針刺般的胃痛消失了。

他穿過警車原本停放的位置，走進公寓大門。現在十二點多，只聽見櫃台旁的自動販賣機馬達發出陣陣低吼。走進電梯，裡頭仍留有香水甘甜的餘香。驀然間，獨生女智世與警察一起站在電梯裡的身影浮現腦中。

打開房門，看見妻子唯坐在走廊前。她應該回家一段時間了，卻沒換衣服，坐在餐桌旁，單手托腮。

「我回來了。」

他打完招呼後，妻子面無表情地起身走進廚房。前方的房門後傳來智世的聲音，夾雜著吵鬧的音樂，她似乎正在和朋友講電話。

他穿過走廊，走進餐廳。

「手機打了好幾次，你都沒接。」廚房傳來妻子的聲音。

「抱歉，我手機關機。之前跟妳說過，我和浦和的商店街公會會長他們一起。在下電車之前，一直都沒發現妳的留言。」

妻子似乎打從一開始就不想聽他解釋，廚房也不開燈，自顧自地切著葡萄柚。他朝妻子背影問：「智世呢？」妻子簡短回了一句「在房裡」，手中的菜刀噗滋一聲，切進葡萄柚裡。

「是妳去接她嗎？」

明知不是，卻還是問了。妻子搖搖頭，綁在腦後的馬尾搖晃著。

智世的改變，最早發現的人是妻子。事情發生在智世國三那年。

「最近那孩子會寫一些奇怪的字。」

聽妻子說，她似乎是在看智世上課筆記時碰巧發現的，還說：「這很像是鬧街商店的鐵捲門以及天橋的塗鴉所用的字體。」

「可能是學校流行吧。」

他沒把這件事放心上，隨口回應，但妻子卻皺著眉頭說：「或許是吧，但那種字光看就讓人覺得心裡不舒服了，她竟然還寫呢……」

之後過沒多久，智世便開始四處到朋友家過夜。不過，有時是智世去朋友家過夜，有時是朋友到家裡來過夜，都快深夜一點了，還在房裡壓低聲音談天說笑。她們這樣原本倒還不太擔心。到家裡過夜的女孩個個都很有禮貌，偶爾提早結束工作回到家，她們還會代替因工作晚歸的妻子作飯。

暑假結束後，每到週末，這樣的生活就持續著。智世的在校成績並不差，也沒染髮或是奇裝異服。他甚至和妻子說：「真要說起來，與我們念國中的時候相比，現在的孩子正經多了。」兩人都笑了。

因此他們第一次接獲警方通知，說智世在轄區的警局接受輔導時，他和妻子都心想是不是搞錯了。當然還是會擔心，但他們只當是從朋友家到超商買點心，因為已是深夜，才會被警方帶回。

他和妻子馬上趕往警局。

「給各位添麻煩了，真的很抱歉。我們明明提醒過她，別在深夜時分去超商的。」

他們一時半刻只端得出這樣的話。

但接受警方輔導的智世，竟然和一名下巴蓄著短鬍鬚的十八歲男子在一起。妻子滿心以為她固定都和那些朋友在一起，所以還問她：「妳是和小桃她們在一起對吧？」智世一臉歉疚搖著頭。接著他腦中浮現的畫面，是男子想強行將智世帶往某處，頓時怒火上湧，瞪視著那名男子。這時智世開口道：「爸，不是的。我們是認、認真在交往。」

據警方所言，是女兒坐這名男子的車時被帶回輔導的。男子闖紅燈被警方機車攔下，因覺得可疑，才將智世帶回輔導。

事後回想，當時就算當場賞女兒耳光，或是到這名深夜開車帶他就讀國中的女兒出外兜風的男人面前，一把揪住他的衣襟也都是理所當然，但事發突然，他當下腦中完全沒想到這些事。

面對遲遲無法接受情況的父母，只有智世特別冷靜。那名蓄鬍的少年反而顯得惴惴不安，靜不下心。

返家的車上，他一句話也沒說。這時他可以情緒性地痛罵，但他到現在仍難以想像眼前應該接受他咆哮怒罵的人就是他的女兒。

回到家後，妻子說「先讓我們倆談談」，然後她們就一直關在智世房裡。

她什麼時候開始和那種男人交往？難道在朋友家過夜全是幌子？念國中的女兒說的交往究竟到什麼程度？

直到天將亮，妻子才從智世房間走出。她一臉倦容地低語道：「我們自己得振作一點才行。」

「現在就算劈頭痛罵她也沒用……因為她遠比我們想像中還來得成熟。」

「不，她還只是個孩子……」

聽完妻子這番話，他那晚第一次開口。這句話不由自主地脫口而出，他感覺自己當時的心情全濃縮在這句話當中。

和智世在一起的男人似乎是個高中中輟、在加油站工作的十八歲少年。與智世在暑假結束前認識，交往了三個月左右。

「這種事不重要。妳應該吩咐過她今後不准再和對方見面了吧？」

他打斷妻子的話。

「我不是說了嗎，現在就算劈頭痛罵也沒用……」

「要、要不然，妳要讓她繼續和那種人見面嗎！」

「你別跟我吼嘛。」

「智世人呢？叫智世過來！」

他正準備起身時，妻子強行按住他的肩膀。他分不清此時顫抖不停的是自己的身體，還是妻子的手。

「這孩子自己也知道，她現在這樣子還太早。」

「現在這樣子是什麼意思……不該是這樣吧。還有很多事等著她去做呢。她還什麼都不懂，根本什麼都還沒開始啊。」

全身突然虛脫無力，等到回過神來，他發現自己正雙手抱頭。

「我也好好跟她說過了。我說，小智，未來還有許多事等著妳去做，談感情日後多的是機會。結果那孩子反過來問我：『那麼，我什麼時候才可以？』『等我多大才可以交往？』『要等到幾歲，才可以遇見讓自己愛得無法自拔，光想到對方就胸口難受的人呢？』」

「這不是年齡的問題吧。事實上，她是瞞著父母，半夜偷偷和對方見面。這不是一個正經的國中生會做的事。」

「她說之所以瞞著我們，是不想讓我們操心。她想不出該怎樣介紹他，才能讓我們接納。」

「國中生用不著想這種事吧……」

他和妻子持續談這個話題直到兩人出門上班前。妻子好說歹說，他都無法接受，而且他強烈覺得妻子愈說要花時間讓智世想通，智世愈會離他們而去。

雖然智世一直在房裡沒露臉，但他知道智世在房裡靜靜聽他們談話。這天他想過要請假，和智世好好談談，但妻子叫他給智世一點時間，況且他也安排了要去向安裝他們公司清潔系統的店家打招呼。他洗淨油膩的臉，在玄關處穿鞋時，智世從房裡露臉。不知道是因為整晚沒睡，還是因為哭過，她臉部浮腫，雙眼充血。

「爸爸不許妳和他交往。妳不准再和他見面，知道了嗎？如果妳那麼想見他，就離開這個家。離開之後，妳愛怎樣就怎樣。」

他發現自己說這話時，和女兒完全沒有目光交會。他滿心以為女兒會逞強地說一句：「那我這就走！」但走出房門的智世卻說：「我知道了……我會忍耐的。但我要忍到什麼時候才行？」

「忍到什麼時候……？」

他為之語塞。

等到國中畢業嗎？不，還太早。那麼，是要等到高中畢業嗎？不，到時候她的新世界才正要展開。有許多這孩子所不知道的新事物在未來等著她。

「這、這種事妳自己想！」

他不由自主地拉大嗓門。

「你這樣太奸詐了。」智世泫然欲泣。

「我還只是個國中生，什麼事也做不成。這點我很清楚。就算你叫我現在就離開這個家，我也沒這個能力。我不能給恭平添麻煩。但等我可以工作後，我會好好努力。所以在那之前，請讓我繼續待在這個家。」

最後智世一把鼻涕一把眼淚，幾不成聲。他目瞪口呆。女兒那握緊拳頭的模樣讓他腦袋一片空白，他咆哮一聲：「我說不行就是不行！不准妳再見他！」然後逃也似的衝出屋外。

他大學休學後，在一家小型不動產公司當仲介。雖是一份業績獎金不固定的工作，但他從小就不怕生，口才又好，所以業績還不差。當然，他也不是沒吃過苦頭。曾有顧客眼看就要簽約，卻又臨時反悔，也曾因上司喝醉而挨揍。儘管如此，他仍咬牙苦撐，勤奮工作，因為家有妻小，智世會用她那雙小手輕撫他挨揍的臉頰。

他和妻子是在大學的社團裡認識的。當初是學生之間的交往，無憂無慮，但某天女方告訴他自己懷孕了。他們並非沒有避孕，但若問他們避孕措施是否做得徹底，他們也只能低頭無話可說。得知懷孕的瞬間，他記得當時並不焦急，反而莫名沉著。兩人討論了幾天後，做出的結論是要將孩子養大。當時兩人都很膽小，女方害怕男生要是說出「妳就生吧」，自己會拒絕，男方也怕女方若是對他說「我想生」，自己會反對，也許就是因為這樣，才反而說不出「墮胎」這個詞。

父母當然極力反對，說他們絕不提供任何援助。如今回想，當時實在太少不更事了。父母愈是反對，愈覺得父母口中的未來根本毫無意義。

他馬上辦理休學，投入職場。生活雖然清苦，所幸有朋友相助。智世平安出生那天，光是回想仍不禁熱淚盈眶。儘管周遭人都只會數落他：「你們這是拿婚姻當兒戲。」「你的人生完蛋了。」但執起智世的小手時，他覺得周遭的一切嘲諷根本毫無價值。

在智世上幼稚園之前，他假日也照常上班。妻子想回去大學念夜間部，為了實現妻子的心願，他卯足了勁存學費。妻子一面照顧孩子，同時也成功取得一度放棄的大學學位。因為有孩子，求職時阻礙重重，最後終於得以在一家瑞士出資的保險公司任職。

多虧妻子這份工作，生活負擔減輕不少，夫婦倆也可以每個月為智世存錢。就讀小學的智世很尊敬身為職業婦女的母親，更以供母親上大學的父親自豪，曾在作文中這麼提到。這或許只是孩子用自己的方式表達關心，但已足以讓他喜不自勝。他們年紀輕輕就有了孩子，一路含辛茹苦，此刻感覺就像收到女兒頒的畢業證書。

或許因為這個緣故，他開始重新省視自己的人生。一來也是因為他任職的不動產公司生意不佳，在智世升國中那年，他毅然離開老東家，自立門戶，開了一家專為餐廳等廚房區域提供清潔系統的公司。

雖說是公司，但也只是在赤坂的分租辦公室裡租了個小區塊，請人提供電話客服罷了，不過他在不動產公司時期，很長一段時間都與各個店家接洽，所以目前生意雖不如預期，也總是睡眠不足，還是能接到一些訂單，讓他能一展公司老闆的派頭。

智世被警方帶回輔導，是在那之後不久發生的事。

妻子幾乎每晚都在開導智世。而智世有她自己的想法，她吃定妻子的和善態度，甚至揚言國中一畢業就要出外工作，和那個男人結婚。在他和妻子反過來被智世開導的隔天一早，他對智世怒吼：「我說不行就是不行！不准妳再見他！」之後便再也沒跟智世說過話。

他堅信這時父母非得展現堅決的態度不可，而且他自認沒人比他更替女兒著想。

他趁智世沒去上學，把自己關在房裡那段時間，跑去見那名男子。有一次他聽到女兒和男子講手機的聲音，馬上衝進房內，要男子向他保證以後再也不打電話給智世，就算智世主動打給他也不准接。這種說話方式似乎令女兒大為不滿，從此關在房裡不肯出來。

前往妻子問出的那家加油站，他看到那名男子正滿頭大汗地忙著工作。對方似乎記得他的長相，兩人眼神一對上，男子馬上站直向他行了一禮。既沒染髮也沒穿耳洞，外型純樸，是個清瘦高大的少年。

少年說他的休息時間快到了，他於是邀少年去附近的平價餐廳。少年去向加油站辦公室報告一聲，一名有點年紀，看起來像店長的男子一聽見少年的報告，馬上衝出來向他鞠躬致歉：

「這小子這次給您添麻煩了，真的很抱歉。」一時還以為他們是父子，但是就他們的交談情形來看，似乎不是。

來到平價餐廳就座後，還沒點餐，少年便深深一鞠躬，一臉歉疚地為智世受警方輔導一事致歉。

「既然你知道要道歉，就不該三更半夜帶國中女生出去鬼混。」

他忍不住提高音量，原本走向他們的女服務生因此停下腳步。

聽妻子說，那天剛好是這名男生的生日，他說自己工作會忙到很晚，原本也不想這麼做，是智世一再央求說無論如何也要和他見面。

他們點的咖啡送來後，他直言不諱地說：「總之，智世還只是個國中生，與男人交往不是她這年紀的孩子該談的事。」

少年除了搔抓他那汗流不止的脖子外，始終一動也不動，靜靜注視著桌上的咖啡。

「你才十八歲對吧？」

少年低著頭應了聲「是」。

「才十八歲，人生正要開始。今後還有許多事要學習，往後……」

「可是……」

少年這才第一次抬起頭來。可能是從智世那裡聽說過，他的目光帶有些許責備，就像在說：「你們不也是年紀輕輕就結婚的嗎？」

「我先跟你說，我們當時是大學生。與現在的你和智世相比，情況完全不同。」

「這我明白。我連高中也沒畢業……不過，我並不是玩玩，我在這家加油站打工存錢，日後想開一家小型的汽車維修廠。」

「我不是說了嗎，智世還只是個國中生啊！」

少年那不知天高地厚的口氣，令他忍不住拍桌。

「我很認真在思考這件事，所以在智世國中畢業前……」

「你哪裡認真？你懂認真是什麼意思嗎？你只想到自己，根本完全沒替智世著想嘛！」

「不是這樣的……」

少年緊緊咬牙，青筋直冒。

「你根本沒替她想。如果你真替智世著想，你應該知道她現在是什麼情況吧？她還只是個國中生啊。今後會上高中，結交新的朋友，然後上大學，會發現自己想做的事，她的人生才正要開始。你要讓她看到自己今後的人生才對。正因為你完全沒替她著想，才會說自己認真在思考這件事，講得那麼理直氣壯。現在的你有信心讓智世幸福嗎？」

全身緊繃的少年緩緩搖了搖頭。

「如果你真的替智世著想，可以請你從智世面前消失嗎？你不是很希望她能幸福嗎？既然這樣，就給她時間冷靜下來思考吧。她還只是個國中生……」

少年抬起頭，眼中噙著淚水。

一個月後，當智世得知少年辭去加油站的工作，並離開這個市街時，她幾乎要發狂。少年果真一聲不響地從此離開這個市街。

當時智世狂亂地甩動頭髮，朝父親撲來，叫嚷著：「一定是爸爸你說了什麼！」但這件事他連妻子也沒透露，只要堅稱自己沒做，智世就拿不到任何證據。

少年失去下落後，智世失魂落魄的模樣，令人不忍卒睹。一個才十五歲的少女，竟然也會這般哀傷欲絕，每天以撕心裂肺的聲音哭號。

少年明白他的苦心。

少年對智世的愛護，超出大人們的想像，所以才會悄悄離去。年方十八的他，自己也不清楚未來會有什麼，所以他想讓智世也見識那樣的未來。

愈想愈對自己所做的判斷失去自信。這樣做就對了。但愈是這麼想，愈覺得自己毀了心愛的女兒。

智世幾乎不去上學，但最終還是從國中畢業了。她不明白是父母背叛了她，還是男友背叛了她，就此深陷痛苦。他和妻子努力試著和她講道理，但智世到頭來還是不肯上高中。

從四月起，智世變得無處可去，不是整天關在房裡，就是突然心血來潮獨自外出，接連幾天都不回家。有時會像今晚這樣，被帶回警局輔導，由警車送回家中。

「今天我因為公事去了市谷一趟，不知道有幾年沒去了。」

洗完澡後，妻子替他倒了一杯剛榨好的葡萄柚汁。

「市谷？」

「因為有空閒時間，我到大學逛了一趟，當初的校舍都變成高樓了。」

「是啊，我也在照片上看過。」

「那裡原本是什麼？」

「對哦，原本是什麼呢？」

將葡萄柚汁一飲而盡，妻子低語道：「對了，剛才看到警察帶智世回來，她板著臉站在那的模樣，我突然想起了橫道。」

「橫道？」

「嗯，也不知道是為什麼……」

「真懷念。橫道世之介是吧。不知道他現在過得可好……仔細想想，我們也是因為他才認識的。妳還記得森巴舞社全員一起去清里的事嗎？」

「嗯，確實去過。」

「當時我在浴池裡跟他談到妳的事。」

「談到我的事？談了什麼？」

「忘了。」

也許是累了，智世已經入睡，剛才一直從她房裡傳出的音樂，不知何時已趨於無聲。

●

就像被人潮給推出似的，有名年輕人來到澀谷車站前廣場。也許是困在走向各自目的地的人潮中，他的雙腳無法順利邁步向前，一會兒跳著走，一會兒同手同腳。這人當然就是世之介。

他與搭同一班飛機上東京的同鄉小澤已有好些時日不見，今天似乎約好在這裡碰面。世之介肯定會迷路，所以要是能直接前往兩人約好的咖啡廳就好了，但可能是覺得新奇，一見路旁有電動遊樂場就跑去看熱鬧，有舊衣店就走進店裡逛，要不就是買章魚燒吃，結果遲遲沒能前進，真是死性不改。

明明沒什麼錢，卻還在舊衣店裡東看西瞧，一名皮膚黝黑、留著長髮的店員向他推銷，他差點就買下不知道能做什麼用的銀飾。

他們相約的地點，是位於PARCO後方一家名叫「RENOIR」的咖啡廳。世之介抵達時，坐滿人的店內不見小澤的身影，不得已只好先由店員引領就座。由於椅背往後倒，幾乎就像躺著坐一樣，他打開菜單時也差點整個人往後倒。而且菜單上所列的咖啡，光一杯就貴得驚人，這也嚇得他差點往後倒。

與其花這麼多錢喝咖啡，還不如買兩個炸雞便當當晚餐。

隔壁桌坐著幾名像是從事電視工作的男子，正在決定下次開會討論的日期。

「下週一到五都已經排滿了。」

「我也是啊。星期一、二要到地方上採訪，三、四要錄影。星期五要到輕井澤。偶爾也要玩樂享受一下才行。哈哈哈。」

明明只要先說出自己有空的日子就能搞定，但不知為何，他們彼此攤開厚厚的皮革製多功能行事曆，上頭羅列著排滿行程的日子。

咖啡送來，世之介正準備喝一口時，一名身穿搶眼暗紅色西裝的男子站在他面前。隔壁桌的男子們穿的也是類似的西裝，一時間他以為是對方走錯桌位。

「抱歉，有點事耽擱了。」

聽到那沉穩的聲音，世之介抬起頭來。在那件暗紅色的雙排釦西裝上的，是小澤那張長滿痘痘的臉。

「怎、怎麼回事啊你，穿這套西裝來。」

世之介喝到一半的咖啡差點噴了出來。

「哦，這個啊？因為有不少穿西裝的機會，所以就買了。在丸井百貨買的，分十期付款。」

除了入學典禮外，世之介想不出還有其他穿西裝的機會，他抬頭緊盯著小澤瞧。

「我加入了媒體研究會。剛才我們一直在討論今年校慶的事，還和學長姊們拜訪了各家經紀公司。」

「經紀公司？」

「像S Music……」

小澤一面說，一面將厚厚一本多功能行事曆擺在桌上。

「啊，對了，這是我的名片。」

小澤從那本多功能行事曆中抽出名片遞出。

暗紅色的雙排釦西裝、多功能行事曆、名片。

如果是為了逗他笑，這未免也太大費周章了。小澤從高中時就重門面，會用自己的壓歲錢買COMME CA DU MODE的品牌T恤，世之介也知道這點，但感覺他似乎走火入魔了。

「啊，對了，這個星期六晚上，你有空嗎？」小澤問。

「有空啊。」世之介說。

「回答得真快。」

小澤語帶鄙夷地笑了起來。「這樣正好。這個星期六，我們社團要辦一場舞趴。我會給你門票，記得帶朋友來哦。」小澤把門票擺桌上。

「舞趴？」

「就是舞會派對啦。」

「這我知道。」

世之介一聽到社團、跳舞，就聯想到森巴舞，但仔細看桌上的門票，地點似乎是在六本木的迪斯可舞廳，甚至還有服裝限制。

世之介朝那張門票看得入神，這時小澤抬手叫女服務生過來。

「如果你要點咖啡的話，我這杯只喝了一口，你可以喝我的。不過錢要平攤哦。」

聽到世之介的提議，小澤眉頭一皺應道：「別說這麼小家子氣的話。」接著很慷慨地補上一句：「沒關係，咖啡我請你。」

「為什麼？」

「因為我靠銷售舞趴門票發了筆小財。」

「咦？這是要賣我的嗎？」

世之介急忙將門票推回。

「是送你的。我們社團的舞趴很受歡迎，就算我沒賣你，也還是有很多女大學生會搶著買。」

「賣這種門票真的能賺錢？」

「很賺呢。我們整個社團算下來，恐怕有上百萬日圓哦。」

「上百萬？」

「你不要嗎？」

「我要！」

「要幾張？」

「那就來個三張吧。」

另外兩張是倉持和阿久津的份。

走出「RENOIR」後，世之介問小澤：「接下來要做什麼？」如果是高中時，「接下來要做什麼？」「沒事可做對吧。」「回家嗎？」「回家也一樣沒事可做。」他們會展開這樣的對話，以打發時間，所以世之介當自己是為這樣的對話起了頭，而小澤理應要回一句「沒事可做對吧」，但他卻說：「抱歉，我待會兒有事和別人討論。」

「咦！怎麼這樣啊？」

「有什麼關係，我不是送你免費門票了嗎？」

明明是小澤主動邀約，卻又這樣打發他，世之介也不禁為之光火。但就算現在強行留住他，兩人能做的——「接下來要做什麼？」「沒事可做對吧。」「回家嗎？」——也只是展開這樣的對話。

世之介不得已，只能目送小澤那身暗紅色的雙排釦西裝轉身，瀟灑地走過斑馬線。自己孤零零一人留在馬路上，仔細望向四周，頓時覺得呆立在澀谷這種市街上實在很難堪。他大可就此返回住處，但就算回去，也只是上演「接下來要做什麼」，後面對話省略的戲碼罷了。

世之介模仿小澤忙碌的模樣，快步走到公園通。正好那裡有一座紅色電話亭，他突然想到個好點子，決定打電話到倉持家。

倉持現在一定也在上演「接下來要做什麼」，後面對話省略的戲碼。但接起電話的是倉持的母親，她以高尚的口吻回答：「我家一平出門了哦。」

「我家一平」，聽了實在想笑，但他強忍了下來。

「請問他大概幾點會回來？」

「不清楚耶，最近他時常沒回家，您是他學校的朋友嗎？」

「是的，我姓橫道。」

「哎呀，我家一平偶爾會去您那邊過夜對吧？沒給您添麻煩吧？」

「不，不會。」

「聽說您的廚房用品還沒備齊對吧？您隨時都可以到我家吃個便飯，不用客氣。」

「謝謝您。」

「我家一平最近好像跟女生在交往……您知道嗎？」

「我不知道……」

「他大可介紹我認識，但他害羞，什麼也不告訴我。」

世之介不知道怎麼打發時間，才打了這通電話，結果電話另一頭的人似乎比他更不知道怎麼打發時間。

好不容易才和倉持的母親講完電話，世之介步出電話亭，試著朝代代木公園所在的斜坡上走去。

緩緩走上坡道後，每走一步，他便無意識地低語一句。

「不、太、對、勁。」

「不、太、對、勁。」

右腳。左腳。他輪流邁出雙腳，猛然回神，發現自己喃喃低語著這句話。一旦意識到這點，聲音便愈來愈大聲。

「不太對勁。」

「哪、裡、不、對、勁？」

「不太對勁。」

「哪、裡、不、對、勁？」

他試著配合內心聲音的節奏發問，但覺得「不太對勁」的人是他，詢問「哪裡不太對勁」的人也是他，要是再不出現另一個自己，這樣會沒完沒了。

「不太對勁。」

「哪、裡、不、對、勁？」

正當他配合步調反覆自問自答時，代代木公園的入口處已來到眼前。世之介就像要確認自己一路走來的足跡般，從坡道上轉頭望向公園通。

他來到東京將近兩個月，現在五月也即將結束。他不清楚到底是哪裡不太對勁，但這兩個月來，他覺得很不踏實。在全新的城市生活，要結交新朋友，又要展開新生活，不可能打從一開始就一切適應良好，儘管如此，他卻強烈覺得一切都飛快地流逝。明明許多事產生了重大的改變，但他對這方面的印象卻很薄弱。

世之介坐向附近的護欄。一對剛從代代木公園返回的情侶，望著不知如何是好的世之介，從他身旁走過。

那應該是他國二那年暑假結束時的事吧。男學生們流行不穿內衣，直接套上開襟襯衫制服。就連之前會毫不猶豫穿母親買的運動服上學的世之介，也很快地不穿內衣，直接套上開襟襯衫上學。學校裡總會有這種老師，只要學生們流行什麼，便馬上出面阻止。他是一位性格粗暴的體育老師，姓大隈。大隈將沒穿內衣、直接套開襟襯衫的人視為眼中釘，只要一發現有學生這樣穿，就會用他粗大的手指朝學生乳頭旁使勁一捏。有人疼痛難當，當場慘叫，也有人被捏瘀青後，還向人炫耀：「你看我多了顆乳頭。」

有一次世之介也和大隈在走廊上擦身而過。他心想：「唉……今天終於輪到我了。」自己先在腦中想像被捏會有多痛，並皺起眉頭，但大隈朝他走近，卻只是以厭倦的聲音說了一句：

「要記得穿內衣到學校來。」

世之介當然不想被大隈捏，但他卻有一種失落感。雖然大隈以厭倦的聲音講出奇怪的話，那聲音卻聽起來無比成熟。

大隈鎖定的目標是學校裡比較醒目的學生，也就是所謂的不良學生。經大隈用力一捏，那些不良學生都會發出誇張的慘叫。那是一種表演，在休息時間炒熱走廊上的氣氛。而且只有這種學生會對老師說「少管我」，而老師當然不可能放任不管。世之介也是正值十四、五歲青春期的少年，他也想試著說一句「少管我」。但就算沒說，老師也一樣把他擱在一旁不管，所以他連說這句話的機會也沒有。

原來如此。當時要是能拜託大隈朝我乳頭旁邊捏一下就好了。

坐在護欄上的世之介突然產生這個念頭，他急忙說：「不，不可以。」在護欄上重新坐正。

六月　梅雨

「那麼，你要好好幹哦！」

這位青年就像是賽馬一樣，被學長朝屁股用力一拍，推著客房服務用的推車走過飯店走廊，他正是世之介。在後面目送他的，是森巴舞社的學長石田。世之介不安地朝石田點了點頭，搭乘員工專用電梯朝客房走去，照這樣看來，似乎是他第一次單獨前往客房送餐。

「聽好了，飯店會有各種客人，所以進房時務必使用門扣鎖，門不能完全闔上。」

石田有多年打工經歷，據他所言，這家赤坂一流的飯店，有酒醉後糾纏不休的男客，也有將客房服務生誤當成牛郎的女客，甚至有毫無羞恥心的客人，專門選在床上打炮時要人提供客房服務。

「仔細想想，想在飯店裡自殺的客人倒也不是沒有，所以這是替那種人送最後晚餐的工作。總之，在請客人簽完名走出房間之前，絕不能大意。」

請石田代為介紹這項打工工作時，世之介太過樂觀，以為這項工作就只是送餐到客房而已，但愈是聽石田以及其他資深工作人員這樣嚇唬他，他愈覺得這家赤坂一流飯店簡直像鬼屋。

不過，就石田過去多次的送餐經驗，倒還沒遇過這種麻煩的顧客，只有一對從鄉下來參加婚禮的老夫妻向他問道：「泡這種室內浴缸，感覺就像沒泡過澡一樣。這裡沒有大浴池嗎？」

總之，飯店裡的客人千奇百怪，有醉鬼、牛郎，也有暴露狂。前輩們異口同聲地嚇唬世之介，但比起這些客人，世之介反而覺得點一顆兩千日圓的飯糰的客人更可怕。

來到二十樓走出電梯，世之介走在鋪有厚實地毯的走廊上。確認過房號後，他按下門鈴。裡頭傳來男性的聲音。

2015

「您好，客房服務。」

開門的是一位略顯福態的中年男子。現在已經兩點多，他卻還穿西裝打領帶。

世之介遵照石田的吩咐，卡上門扣鎖後才進房，問對方：「請問要放哪呢？」對方回答：「桌上很亂，就直接放在電視前面吧。」

男子似乎從事不動產方面的工作，看起來像大樓平面圖的文件散亂地擺滿桌上。

「這麼晚了還在工作，真是辛苦了。」

男子一面用遙控換電視頻道，一面說道。

「哪裡。請問要把味噌湯倒進碗裡嗎？」

「放著就行了。」

世之介將兩千日圓飯糰的保鮮膜撕開。男子靠向窗邊，望著眼前的夜景低語：「枉費我談妥了一樁大生意，晚上卻得一個人在這種地方吃飯糰，真是可憐。」

大生意。自己一個人吃飯糰。

世之介急忙在腦中打開「顧客接待手冊」，但找不到範例。他決定先跳過這段對話。
「您用完餐後請撥打分機，我會來取。」
「好，我明白了，謝謝。」
讓客人簽完名，正準備走出房間時，「啊，等一下。」男子開口將他喚住。
「什麼事？」
世之介轉過頭來，男子說了一聲「我要給你小費」，從西裝口袋裡取出錢包。之前和石田一起做客房服務時，曾經從美國客人手中收到一百日圓的小費，但從未拿過日本人給的小費。
「咦，我沒有千圓鈔呢，算了，直接給你吧。」
男子竟然遞出一張萬圓鈔。世之介當然沒準備零錢找開。
「可、可是……」
「不用客氣。」
男子將萬圓鈔遞到他面前。
「啊，可是這……」
「放心吧，這不是來路不明的黑錢。」
一萬日圓相當於世之介一天的薪水。桌上擺著要價兩千日圓的飯糰。
「既然我都給了，你就拿去吧。」
「這、這樣啊。真是不好意思，謝謝您。」
世之介一開始拒絕，但最後還是乾脆地收下那張萬圓鈔。

來到走廊後，世之介舉起那張萬圓鈔，透過天花板的燈光細瞧。上頭沒半點折痕，狀態近乎新鈔，但當然不是偽鈔。

先前從美國人那裡得來的百圓硬幣小費，他馬上就在休息室的自動販賣機用掉，但這張萬圓鈔票，可不是買幾罐果汁就花得完。

經這麼一提才想到，大概是一個月前吧，一則新聞提到日本現在每人的ＧＮＰ（國民生產毛額）已超越美國。

世之介還看過一則新聞提到，在景氣好的東京，深夜攔不到計程車，要拿出一張萬圓鈔票在手上甩，才攔得到空車。當時世之介正猶豫該不該買一台錄放影機，他看到這則新聞心想，這種喜劇般的事怎麼可能發生在現實生活中，萬萬沒想到，現在竟然在這裡實際體驗到。

世之介快步奔過走廊。他高舉著萬圓鈔，三級跳遠似的往上跳，都快碰到天花板了。拜這張萬圓鈔之賜，等那遲遲不來的員工用電梯已不覺得不耐煩。別說不耐煩了，他甚至開心得唱起歌來。

哎呀呀，真是來對了地方～萬圓鈔飄呀飄。待在東久留米那種地方，鐵定沒搞頭～要到東京赤坂六本木～真是來對了地方～

我不要待這種小村莊～我不要待這種小村莊～我要到東京～

來到東京～要做客房服務～買ＮＴＴ的股票～

叮的一聲，電梯門開了，世之介急忙立正站好。石田推著推車走進，皺著眉頭說：「你幹嘛自己一個人傻笑，怪可怕的。」

世之介急忙將萬圓鈔藏在手中。

「你拿到一大筆小費對吧？」

馬上就被石田看穿了。

「你可別跟主任說哦，會被沒收的。」

「石田學長，你也常收到小費嗎？」

「偶爾會。不過，要是一直有得拿，就不會想認真工作了。」

「說的也是，我現在滿腦子想的都是ＮＴＴ的股票呢。」

見世之介那喜上眉梢的模樣，石田不屑地冷笑一聲，推著推車走過長廊，車上放的是一個兩千五百日圓的漢堡。

隔天上午九點多，世之介忙完大夜班，搭準急電車返回花小金井站。黎明時分下起雨來，離市中心愈遠，雨勢愈強，這班電車與尖峰時段電車反向而行，車內空空蕩蕩的，雨拍打著車窗。走出驗票口後，沒帶傘的世之介沒騎他停在停車場的腳踏車，改搭剛停靠的巴士。車上一樣只有世之介一人，就像一直在等他上車似的，甫一就座，巴士便馬上駛離。在左搖右晃的車內，世之介再次從口袋裡取出昨晚得到的萬圓鈔。

攤開那張萬圓鈔，感覺連上頭的福澤諭吉也在笑。他決定今晚要到很久沒去光顧的Volks吃牛排。

走下巴士，世之介在雨中快步奔向公寓。因為整晚沒睡，全身滿是油膩，冰涼的雨水打在身上無比舒服。

衝進公寓大門，溼透的傳單散落一地，差點害他跌倒。他爬上樓梯，發現走廊上站著兩名年輕男子。世之介停下腳步。因為男子們向他投以犀利目光。他們雖然穿著西裝，但怎麼看都不像是一般上班族。

世之介刻意不與他們目光交會，朝自己房間走近，這時，其中一名在頭上剃出幾道光溜溜剃痕的男子向他喚道：「你住這一間嗎？」

「是的。」

「住你隔壁203號房的房客，我們有事找他。」

到現在還未打過照面的鄰居，鬧鐘老是在響的那位。

「你不開門對吧……我知道你人在裡面，故意假裝不在。」

男子的嗓門愈來愈大，「我全都知道」，他踹起203號房的房門。世之介不由自主地發出驚呼。

「這樣會給鄰居帶來困擾對吧。」

男子拍著世之介的肩膀，世之介急忙逃進自己房內。可能是一時太過焦急，打工的習慣忍不住上身，差點就掛上了門扣鎖。如果門半開的話，那逃進房裡也沒用啊。

進房後，好一陣子還是聽得見男子們的咆哮聲。世之介打開電視想轉移注意力，正好在播水戶黃門。他心裡確實害怕，但轉移注意後，因為整晚熬夜沒睡，一陣睡意頓時襲來。他打了一會兒盹，又因為男子們的聲音而醒來。可能是剛才看的節目不恰當，他在半夢半醒之際，拚了命地找尋遺失的印籠。

世之介在電話鈴聲中醒來，是下午兩點多的事。外頭仍在下雨，但走廊上已沒有聲響。世之介在還沒完全清醒的狀態下接起電話。

「喂？是世之介嗎？」

電話那頭傳來的，是那身暗紅色西裝仍令人印象深刻的小澤的聲音。

「上次為什麼沒來？」

小澤劈頭問了這麼一句。指的似乎是他免費提供門票的舞趴。

「不，誰說我沒去。」

「咦？你來啦？我找你好久，都沒看到你。」

「我人是去了，但進不去啊。」

「難道是因為服裝？」

「我可要聲明一點，不是因為我，是因為和我同行的那兩個人穿牛仔褲。」

「那就難怪了。」

「就說吧，那是以什麼當基準啊？」

穿牛仔褲的倉持和阿久津唯不准入內，而世之介穿著入學典禮的西裝，卻能進場。

那天晚上，被六本木迪斯可舞廳拒於門外的三人，在倉持的提議下改往新宿的迪斯可舞廳。

「如果是新宿的話，或許能進去，但你這身入學典禮穿的西裝反而很突兀。」

果真如倉持所預言，世之介備顯突兀。偏偏那裡又是衝浪人士專屬的迪斯可舞廳。現場就只有世之介一個人，看起來活像穿西裝到海水浴場的傻瓜。

到了深夜，他們跳累離開迪斯可舞廳時，卻沒有末班電車。世之介身上當然沒錢可坐計程車回到東久留米，於是阿久津唯開口邀約：「世之介同學，你也到我家過夜吧。」

聽倉持說，最近他幾乎都在阿久津唯的公寓過夜，處於半同居狀態。世之介不想睡在兩人身旁，但他更不想將身上僅有的一千日圓花在歌舞伎町。最後三人各出四百日圓，叫了一輛計程車，前往阿久津唯的公寓。

阿久津唯的房間裡擺了之前組裝的書架。靠窗的床鋪上有兩個枕頭，地上放著一盒面紙。雖然那是再普通不過的面紙盒，但不知為何，世之介就是不敢直視。

也許是三人都跳舞跳累了，一來到房間就依序沖澡，決定立刻上床睡覺。阿久津唯只要像平常一樣，和倉持一起睡就沒事了，但她卻堅持不肯和倉持同床。似乎在朋友面前同床很難為情。

「你們不是向來都一起睡嗎？」

世之介朝地上擺好坐墊，倒頭就睡。

兩人還持續爭執了好一會兒，但世之介當那是搖籃曲，轉眼便沉沉睡去。

黎明時分醒來，看到倉持蜷縮著身子，睡在矮桌桌腳後面，背對著他。看來最後他還是沒能上床睡覺。朝陽微微照進屋內，倉持和阿久津唯睡覺的呼吸聲重疊在一起。

小澤打這通電話似乎沒什麼用意，世之介掛了電話，查看走廊的情況。他先附耳在門上，沒有動靜。接著在掛著門扣鎖的狀態下偷窺。地上留了兩個像是男子們喝完的空罐，擺在隔壁的房門前，但不見兩名男子的人影。

世之介放心地鬆了口氣。才剛鬆了口氣，肚子便響了起來。是該先去Volks吃牛排呢，還是先啃幾片吐司，寫完法文作業後，再去那裡慢慢享受牛排呢？

他得翻譯有位叫李維史陀的學者所寫的書，但書上淨是他不懂的語言寫著他不懂的事，坦白說，他連自己是為哪裡不懂而傷腦筋都不知道。

先去吃牛排好了。

雖然苦惱，卻很快做出決定。正當他抓著屁股時，電話再度響起。由於房內狹小，所以電話一響，感覺就像滿屋作響。

「喂。」

電話裡傳來老家母親的聲音。她向來只在晚上八點過後，電話費比較便宜的時段打來，世之介有點驚訝。

「怎麼啦？這時候打來？」

「你聽說了嗎？」

母親顯得很興奮。

「聽說什麼？」

「清志說他不去找工作，要當一名小說家。」

「啥？」

「就是你那位表哥清志啊……」

「這我知道。」

「你不是去找過清志嗎？」

「我是去過。」

「他有沒有哪裡不太一樣？」

「就只是說他想習慣絕望。」

「咦？」

世之介提到的這部分顯得有點古怪。

「他該不會自殺吧……」

「為什麼？」

「他不是說要當小說家嗎？」

「媽，小說家要是都自殺的話，世上就沒有小說家了。」

「說的也是。」

這時門口門鈴聲響起，緊接著傳來202號房住戶小暮京子的聲音。

「是誰啊？」話筒裡傳來母親的聲音。

「我對面鄰居。」

世之介拉長電話線，打開房門，京子壓低聲音說：「啊，太好了，你在家。」

「好久不見。」

世之介將話筒抵在耳邊這樣說道，所以母親納悶地應了一聲：「什麼？」

「啊，沒事……有人來找我，我先掛電話了。」世之介向母親如此說，京子則是向他道歉：「真抱歉，你在講電話啊？」

「哎呀，是女生嗎？」

世之介已分不清現在誰在跟誰對話，於是先掛斷電話。

「不好意思，在你打電話的時候打擾你。」

「不會啦，是我媽打來的。」

「你媽？自己的獨生子到東京生活，她應該很擔心吧？」

「不，他擔心的不是我，是我表哥……」

「表哥？」

「不，沒事……對了，有什麼事嗎？」

「啊，差點忘了。」

京子推開世之介，擠進狹窄的玄關。

「……今天早上，你也遇到了吧？」

「遇到什麼？」

「到你隔壁203號房找人的流氓啊。」

「咦，那些人果然是流氓啊？」

「是啊，應該是來討債的。我怕得不敢出門呢。」

自己進屋來的京子，一面打著哆嗦，一面指著牆壁悄聲道：「你隔壁的人應該是躲在屋裡吧？」

203號房住戶都趁一大早世之介還在熟睡時出門工作。似乎會在晚上近十二點時返家，世之介隱約感覺得到，但還沒見過廬山真面目。有一段時間，世之介很好奇隔壁住的是怎樣的人，只要一聽到隔壁開門的聲音，他就從房門上的貓眼窺望。但不知道是反射神經太慢，還是對方動作太快，他從未看過對方的身影。

「世之介，你最近晚上都不在對吧？」

走進房內的京子一面替世之介將他亂脫的襯衫折好，一面問道。

「我現在開始打工，做的是飯店客房服務。」

「難怪都不在家。」

「那些流氓晚上也來嗎？」

「是啊。兩、三天前，半夜一點多還鬧得不可開交呢。我們該不該跟管理公司聯絡一聲啊？」

「這個嘛……」

對於小暮京子的提議，世之介不置可否。

「妳接下來要去工作嗎？」

見京子手裡拿著運動提袋，世之介如此問道。

「今天我只上一門課。」

「我也來學瑜伽好了，最近運動量不夠。」

就在這時，隔壁傳來開門的聲音。兩人不約而出發出「啊」的一聲驚呼。

「等等。你去跟他說，他這樣會給我們帶來困擾。」

京子突然將世之介的肩膀往前一推。

「咦？我嗎？」

「你是男人吧？好了，快去吧。」

京子站起身，硬拉著世之介的臂膀。儘管京子態度強硬，一直在背後推著世之介，他還是極力抵抗，轉眼間已被趕出房門外。

幸好隔壁203號房的男子似乎已經離去，走廊上不見他的身影。

「你看，就是因為你拖拖拉拉的，讓他跑了。」

京子從門縫裡探出頭來，世之介道歉著：「對不起……」

在傾盆大雨中走出原宿站的世之介，感慨良多地望著眼前的大路。那是竹下通。週末人潮如織。五顏六色的傘在狹小的道路上四處碰撞，停在原地的世之介也一樣，別人的傘毫不留情地撞向他手中的傘。他只是輕輕握住傘柄，所以每次遭到撞擊，手中的傘就會轉圈。

其實，對世之介來說，一提到竹下通，就想到竹筍族[2]。現在已不復見，但在世之介小學

2　亦可稱竹之子族，是一種在一九七九年崛起，於一九八〇年代初期廣為流行的日本街頭表演文化。源自於一家在竹下通開設的「竹之子服飾店」。

小學時，有位離家出走的表姊成了竹筍族，返回家中。

從阿姨那裡得知表姊平安歸來的消息時，世之介的父母對那來路不明的「竹筍族」大感慌張的模樣，至今仍深植在世之介腦海中。

「小光好像回家了，不過，聽說她進了竹筍裡。」

既生氣又放心的阿姨聲音顫抖著，似乎在電話中傳達了事態的嚴重性，母親聽完向父親轉達。

「進了竹筍裡？在哪兒？」

因為沒聽懂重點，所以就算擺出一臉嚴肅的模樣，還是無法將真正的意思傳達給父親，但接電話的人是母親，有義務讓父親了解狀況，所以她也很賣力。

「在東京。」

「在東京進了竹筍裡？不是竹子？」

「會是竹子嗎……是竹子就進得去嗎？」

「小光嗎？」

「不太可能，對吧？」

如今這成了一樁笑話，但當時世之介也不知道竹筍族的存在，在一旁聽著父母的對話，心裡害怕，不知道表姊被放進什麼東西裡面。

當初那位竹筍族的表姊，如今嫁給了地方公務員，此刻世之介走在竹下通，回想著表姊的事。竹下通滿是有名的藝人商店和可麗餅店，人潮擁擠，根本無法站在原地不動。世之介好不容易才走完遊人填街塞巷的竹下通。他與小澤約見面的場所，是從明治通轉進表參道，再往巷弄走才能抵達的一家店。

世之介在電話裡要小澤說選個比較好找的地方，但熟悉媒體業的小澤，連和朋友見面的店家也很講究。

後來想出的折衷方式，是先約在巷弄的入口處碰面。世之介邊走邊仰望被雨淋溼的行道樹，猛然發現穿著翡翠綠西裝的小澤就站在前方。

「你遲到了。」

「抱歉、抱歉。」

小澤帶世之介來到一家頗為時尚的咖啡廳，名叫「Bamboo」。這是以開放式露台聞名的咖啡店，但遇上這樣的傾盆大雨，戶外遮篷也全都收起來了。

「也許今天的關鍵字是『竹子』呢。」

這麼想著，世之介走進店裡。

店內一群年輕女孩正在展示櫃前排隊。這裡似乎專賣三明治，但這些排隊的女孩和一般學校或電車裡的女孩明顯不同，就像將全國各市鎮裡首屈一指的美女全都聚集在這裡。

世之介心生畏怯，小澤在背後推他向前。

「有什麼好緊張的啊？」

「不，我……」

「哦，這裡啊？這業界的女孩都會到這來。」

「這業界？」

「應該說是模特兒，或是培訓藝人吧。」

「模、模特兒！」

世之介這聲叫喊，令那些排隊的女孩轉過頭來，露出厭煩的表情。

「喂，你有沒有在聽我說啊？」

一聽到小澤的聲音，世之介急忙點頭說「有」。但他顯然沒在聽。世之介舒服地置身於聚集眾多模特兒和培訓藝人的時尚咖啡廳，老實說，他根本沒心思聽小澤說話。

「我想和那位大我一屆的學長自立門戶。」

「咦？自立門戶？從哪兒啊？」

「我不是說了嗎……喂，你有沒有在聽我說啊？」

世之介完全沒在聽，但小澤說他們社團主辦的舞趴，就算一直在旁幫忙，身為底層人員的他們根本賺不了什麼錢，所以他想和大他一屆的學長聯手，重新創立這類社團。

「我在想……看你要不要也一起做。」

「咦，我？」

「這很簡單。首先要找好地點，然後向人販售派對的門票。」

「這我不行啦，高中校慶時，我在攤位前連一份可麗餅也賣不出去，這件事你也知道。我這個人只要想賣東西，眼神似乎就會變得很凶惡。」

「不要把這件事和慶校的可麗餅相提並論。你放一百二十個心吧。你要是跟著我，包準你變得更帥一些。」

「咦，真的假的？」

「我是說一些些哦。不過說起來，有部分原因是因為你原本太土了。」

「你要誇人就乾脆誇到底嘛。」

世之介在店內游移的視線就此停住。

一名女子不知何時走進店裡，坐在靠窗的桌位，望著戶外大雨滂沱的露台座位。宛如一場大雨在女子的眼前演奏著。店內明明有許多女客，個個都不差，但不知為何，世之介眼中只看到她的身影。

除了國文課之外，世之介從未用過「好美」一詞，此時卻差點脫口而出。

「咦，那個人……」

小澤發現世之介那毫不掩飾的視線，轉頭一看，然後側著頭尋思。

「那個人我記得是……」

小澤側著頭站起身，維持偏頭的姿勢，朝世之介視線前方的女子走近。他沒頭沒尾的留下這句話往前走去，讓留在原地的世之介坐立不安。

小澤靠近女子，略帶顧忌地向她問候。女子抬頭看小澤的表情充滿戒心。他急忙自我介紹，從夾克內側口袋取出名片。

女子接過名片後，很不耐煩地點著頭應了聲「哦」，旋即將小澤的名片放在桌上。

小澤又對她說了些話，但女子吃著手中的三明治，不再抬頭。世之介望著小澤的模樣，跟著緊張起來。

幾乎完全不被女子理睬的小澤走回世之介身邊。與其說是走回，說是落荒而逃還比較貼近。

「她、她是誰？」

世之介迫不及待地問，小澤仍繼續虛張聲勢，對他說：「哦，我和她還算認識，好像叫片瀨千春吧。」

「片瀨千春……可是，如果你們認識的話，她怎麼會完全無視你的存在呢？」

「她就是那樣的女人。」

小澤悄聲數落了女子的不是。

「你們是怎麼認識的？」

「那個女人該怎麼說好呢……應該說是跑趴妹吧？」

「跑趴妹？什麼啊？」

「就是真實身分不明，但總是有身分地位不錯的男人陪伴，出席各種派對的女人。」

「哪種人？」

「不是說了嗎，就真實身分不明嘛。」

「我問的是那些身分地位不錯的男人，例如呢？」

「例如媒體人士、知名演員、有錢的小開、土地收購業者等等。」

「土地收購業者……難道是大哥的女人？」

「才不是呢，我不是說了嗎，她是跑趴妹。」

世之介重新望向女子。不論小澤再怎麼說明，他還是不懂，只覺得那女子愈看愈危險。女子似乎已吃完三明治，朝他的方向瞄了一眼。世之介大為慌亂，急忙以菜單遮臉。就在那時，女子站起身，晃動手中的帳單走近。如果不是世之介的視力突然變差的話，不知為何，那名女子正直視著他。

「唉～」

明明沒在聽教授上課，卻一臉疲憊地嘆著氣，此人是世之介。上完產業概論，學生們陸續走出大教室。

校園裡的樹木遇上久違的晴天，正散發青翠的光芒，準備好好吸收眼前的陽光。空蕩蕩的教室裡吹來一陣風，帶有夏日的芳香，長長的窗簾緩緩隨風搖曳，窗外的陽光微微照射在黑板的邊角上。

世之介趴在一張畫有女性陰部塗鴉的桌子上。他的臉頰貼向冰涼的桌面時，有人輕拍他的肩膀。抬起臉一看，阿久津唯站在他面前，朝他冷笑道：「怎麼啦，瞧你一臉頹喪。」

世之介仍舊把臉埋在臂彎，阿久津唯坐到他身旁，用筆戳著世之介的側腹說：「喂，偶爾也來練舞吧。」

「我現在沒心思學森巴舞舞步。」

世之介還是趴著回答道。

「你和石田學長會在打工的地方碰面對吧？他什麼都沒對你說嗎？」

「輪班時間改了，最近都沒碰面。倒是倉持，他最近有沒有來上學？我都沒遇見他呢。」
「他完全沒來。不僅沒來上學，還整天窩在家裡……今天是星期二，應該又在看《From A》。」
「他要開始打工啦？」
「如果是那樣就好了，雜誌頁面角落不是會有一行感想文嗎？他總是看著那行字偷笑。感覺有點可怕。」
感覺到阿久津唯站起身，世之介也跟著抬頭。
他抬頭望見阿久津唯的瞬間，脫口冒出一句：「真好，倉持會喜歡的對象，就是像妳這樣的人。」
「這什麼意思？在損我嗎？」
「不，我不是那個意思。我只是在想，要是我能喜歡和自己同屆的學生就好了，我就不會這麼煩惱了。」
「什麼？你有喜歡的人了？」
阿久津唯明明自己提問，卻不等對方回答，逕自走出教室。
「喂，妳既然提問了，要讓我回答啊！」
「因為我接下來還有課。」
「你們是我促成的耶！」
「又沒人拜託你。」
阿久津唯頭也不回地離去。但已來到喉頭的話不吐不快，很想找個人說。世之介環視教室。

這時與他目光交會的這名男同學，世之介之前在學生餐廳曾借他五十日圓。世之介豎起小拇指，朝他微笑道：「哎呀，其實我正為此煩惱呢。」

男子一見他笑，馬上轉移目光，裝作什麼也不知情，更換隨身聽裡的錄音帶。不過有話想說的時候，還是非說不可。

「你下一堂沒課啊？」

面對世之介的詢問，男子馬上回了一句：「沒有。」

世之介離開座位，若無其事地坐向男子身旁。男子雖然一臉為難，但看他收起耳機，似乎有意聽世之介說話。

「吃過午飯了嗎？」世之介問。

男子搖頭說「還沒」，接著皺起眉頭問：「我們是第一次見面吧？」

「你忘啦？之前我曾經在學生餐廳裡借你五十日圓吧。」世之介說。

「五十日圓？」

「喏，就在售票機前，你當時說了『呃，還差五十日圓』，正準備離去，我掏錢借你。」

「那不是我。」

「不會吧？」

世之介登時羞紅了臉，男子丟下他起身。要是就這樣離開，自己可就成了糊塗蛋了，無論如何先叫住他再說。

「那，要不要一起吃個飯？如果是站前的那家儂特利，我有優惠券。我請你吃薯條。」

「不用了，我待會兒和朋友有約。」

「幾點的事？」

「傍晚。」

「那根本沒影響嘛，我們走吧。」

也許是世之介裝熟奏效了，也可能是男子懶得拒絕，雖然不太情願，還是接受了他的邀約。

「你姓什麼啊？」

「加藤。」

「我姓橫道。」

走出校園，兩人走在護城沿岸的步道上。加藤似乎也拿定主意，話稍微變多了些。

加藤在大阪出生長大，但他似乎很討厭大阪腔，所以來到東京。但他現在語尾還是帶有大阪腔。

聽加藤說完，世之介心想接下來總該輪到我了，於是開心地從之前沒能說給阿久津唯聽的事開始說起。

「其實啊……我正為了這件事煩惱呢。」世之介又翹起小指。

加藤並不想聽世之介說，不過，既然自己都說過了，自然不能對世之介置之不理。

外頭大雨傾盆，世之介人在原宿的「Bamboo」咖啡廳。他以菜單遮臉，女子卻朝他的桌位走近。

「你，只要一個小時就好，可以假裝是我弟弟嗎？我會付你打工費。」

女子站在世之介面前如此說。世之介原本以為她是在對小澤說，所以微微將菜單移開，卻發現女子正望著他。

「啊，這位是我高中就認識的朋友……」

小澤在一旁想插話，但女子制止了他，又重複說了一遍：「只要一個小時就好。」

「咦？咦？我嗎？」世之介連講話都破音。

「是啊。不然還會有誰？」

小澤明明在一旁，女子卻似乎對他視而不見。

「當妳的弟弟一個小時？咦？弟弟？」

「你很合適，拜託了！」

女子突然雙手合十，做出請求的動作。

「可、可是……」

「詳細情形我們邊走邊談，沒時間了。」女子催促道。

「咦？可是我……」

「拜託啦，好不好？」

女子再度雙手合十，還朝他眨眼。與其說是因為她的眨眼，不如說是她身上傳來的淡淡芳香，世之介屈服了，回答：「可、可以啊，沒關係。」

「真的？謝謝你，幫了我一個大忙。」

「啊，哪裡……」

女子拿起世之介他們的帳單，走向收銀台。世之介一頭霧水，根本不清楚發生了什麼事，一旁的小澤也看傻了眼，問他：「你真的要去？」

「不，我不去！」世之介急忙搖頭。

「還說呢，可是你剛才不是答應了嗎？」

「嗯，我是說過……」

「到底去還是不去啊……」

世之介望向收銀台。女子轉頭看他，臉上洋溢迷人的微笑，向他招手：「快點、快點。」

「抱歉，我要去……」

「咦？真的要去？」

世之介搖搖晃晃地站起身，小澤的聲音已傳不進他耳裡。

來到表參道後，女子馬上攔了一輛計程車。女子坐進後座，告訴司機目的地，正巧是世之介打工的那家飯店。

「呃，你叫什麼名字？」

女子拿出蕾絲手帕擦拭被雨淋溼的脖子，一面望著世之介。這時，司機猛然一個大轉彎，女子的豐唇湊了過來。

「你叫什麼名字……你有在聽嗎？」

女子重新坐正後，又問了一遍。

「哦……呃，我姓橫道，橫道世之介。」

明明就坐在身旁，但女子的聲音聽起來卻那麼遙遠，與他國二那年冬天感冒高燒時的情況很相似。

世之介以他此刻迷糊的腦袋，聽女子說出她的請託。其實內容相當單純，她想和某個男人分手。接下來她要和那名男子見面，如果單獨前往，對方一定會哭哭啼啼。這時她看到世之介，突然心生一計。要是帶弟弟一同前往，對方總不好意思當場放聲大哭，做出丟人現眼的行徑吧。

「所以才找上我？」

世之介忍不住反問。

「因為他真的是個很不乾脆的男人嘛。」

「不過，既然妳說要分手，就表示你們曾經交往過囉。」

看世之介一臉認真，千春哭笑不得。

「如果我說『那個人有妻小』，那你總明白了吧？」

「啊，原來是這樣啊。」

千春沒回答世之介的問題，將視線移向窗外。外頭一樣大雨滂沱。

就在兩人你一言我一語時，計程車已停在飯店的正門玄關。

「我會幫你出回程時的計程車資，當作是謝禮。」女子說。世之介回答：「我住東久留米哦。」

「怎麼不住近一點呢。」女子笑道。

「剛才忘了說，我在這家飯店打工，做的是客房服務。雖然現在還有點早，不過今晚我要值班。」

「是嗎？」

走進大理石大廳，女子的高跟鞋發出的聲音特別響亮。

「啊，他在那。」

在寬敞的交誼廳裡，一名中年男子一見女子便站起身來。他那身白色絲綢夾克樣式年輕，但怎麼看都像是個快五十歲的大叔。

「唉，人一失去自信，沒想到會變得這麼寒酸。」

女子誇張地長嘆一聲。

「失去自信？」

「他的公司現在搖搖欲墜，做的是詐欺生意。」

交誼廳傳來柔和的鋼琴曲。

「不好意思，你話說到一半打斷你，你什麼時候才會提到你的女人？」

加藤突然插進這麼一句話，世之介嘴裡叼著薯條，納悶地反問：「我的女人？」

他們在儂特利飯田橋店二樓。大部分座位都坐滿了學生，從剛才起，不知道是誰放的曲子，那台附影片的點唱機一直反覆播放著凱莉．米洛的新歌。

「你不是為了她的事煩惱，才想說給我聽嗎？剛才不是對我豎起小拇指嗎？」

加藤將雞塊送入口中。

「我說，你剛才有聽我說嗎？」

加藤顯得不太情願，世之介向他質問。

「有啊。你和朋友去一家表參道的咖啡廳，結果遇到一位看起來壞壞的女人，那位不好惹的女人要你假裝是她弟弟，於是你們去了你打工的那家位於赤坂的飯店對吧？然後那裡有位中年男子……」

加藤邊講邊以雞塊沾烤肉醬，這時他似乎發現了什麼，停下手中的動作，發出「咦」的一聲驚呼。

「難道說……就是那個女人？」

「沒錯。不然還會有誰？我就是為了千春小姐的事煩惱啊！」

世之介伸手拿起一個雞塊，一副很受不了加藤的模樣。

「等、等一下。你和那名女子後來有怎樣嗎？」

「後來？」

「你們不是在赤坂那家飯店，和那名做詐欺生意的中年男子見面嗎？」

「我正準備接著往下說，結果你吃著雞塊，打斷我說話。」

「啊，是這樣啊。抱歉……可是，那名女子多大年紀？聽你的描述，感覺應該長你好幾歲。」

「我不知道她幾歲。」

「看外表應該大致猜得出來吧。」

「外表？」

世之介試著回想千春的容貌。她坐在咖啡廳靠窗的桌位，望著外頭滂沱大雨時的模樣，看起來像二十一、二歲。但在計程車裡，坐在身旁的她身上隱約傳來香水味，感覺似乎年紀更大一些。

在赤坂飯店的交誼廳裡與中年男子對面而座的片瀨千春，簡單地向男子介紹世之介是她弟弟後，馬上切入正題。

那名姓根岸的中年男子，以怨恨的眼神瞪視著這位厚著臉皮跟來的弟弟。可能真的就像千春說的，男子因為從事詐欺的生意，遭人追趕，他不時以銳利的目光確認身後，接著以幾欲發瘋的眼神望向千春，然後又朝背後確認有無旁人，再次充滿恨意地瞪視世之介。

如果將千春那不夾帶情感的談話內容做一番整理，大致的意思是希望男子能將借她的那輛車轉到她名下。她借的那輛車好像是ＢＭＷ，但明明談的是同一輛車，千春叫它「ＢＭ」，男子卻說是「寶馬」，所以光聽對話，就知道兩人很難達成共識。

事實上，兩人這場糾紛爭論不休。男子說車子只是借她開，千春卻堅稱是送她的。車子是公司的名義，但男子似乎曾經承諾要找個時間轉到千春名下。

「就是你拖拖拉拉，才會演變成現在這種情形。」千春氣忿地說。附近桌位的客人都嚇了一跳，轉過頭來。

而男方似乎想結束車子過戶的話題，改談他和千春今後的事。

「在妳弟弟面前談這件事有點難為情，不過我是真心的。既然現在公司走到這個地步，我想和妳一起逃到別的地方去。當然，我沒信心能讓妳幸福，但就算以後日子過得不好，我還是希望妳能陪在我身邊。」

對男子來說，這是他一生最精采的演說，但千春連冒牌的弟弟都帶來了，當然沒那個意願和他長相廝守，見男子岔開話題，她馬上再向男子提車子過戶的事。

兩人持續爭執了三十分鐘，男子終於答應將車子過戶到她名下。儘管事已至此，男子還是死纏爛打，想極力挽留千春。但千春不顯一絲同情，起身離席。

世之介扮演的是弟弟的角色，所以也緊跟在後，走出交誼廳。

「謝謝你陪我。」

「我只是坐在一旁罷了。」

「那個男人向老先生、老太太兜售一些沒用的土地，發了一筆橫財。」

聽到千春這番話，世之介轉頭望向交誼廳。但在盆栽的阻隔下，看不見男子的身影。

「世之介，你在這裡打工對吧？幾點開始？」

外頭大雨未歇。千春請門僮叫計程車後，向世之介問道。世之介回答：「五點半去就行了。」

「那我們沒空喝茶了。」

計程車緩緩駛進車廊。

「世之介，你還是學生嗎？」

「是的。」

「這樣啊。那麼，要成為好男人哦。」

之前臉上不帶半點笑意的千春，說完這句話後第一次露出微笑。

「好男人？」

計程車門開了。

「是啊……會讓我愛上的男人。」

這一刻，千春的表情顯得稚嫩。不解風情的世之介轉頭望向交誼廳，千春見狀笑道：「轉頭幹嘛，我什麼時候說我愛過那種男人了。」接著她坐進車內。

「再見了，謝謝你。」

「啊，哪裡……」

世之介目送計程車離去，而千春始終沒回頭。

那天，世之介忙完工作，回到住處已是早上七點多。一整個晚上，他忙著將昂貴的飯糰套餐、漢堡、肋眼牛排送進客房，腦中想的全是搭計程車離去的千春。

回到位於東久留米的公寓後，世之介很想找人說這件事，猛然回神，他發現自己竟打了電話回老家。接電話的是還沒出門上班的父親。因為才早上七點多，父親以為他發生了什麼事，相當擔心。

「沒事啦。」世之介笑道。

「東京的生活怎樣啊？」父親如此問，他回答一句「還好」。七早八早就打電話回家，父親似乎猜他是缺錢，掛電話前小聲對他說：「我會再匯些錢過去給你。」

「我差不多該回去了。」

加藤將漢堡的包裝紙揉成一團，如此說道。看他的表情，明顯已聽膩了世之介的故事。只有世之介說到他在飯店車廊與片瀨千春道別的場面時，加藤才勉強提起興趣，但最後沒有他期待的高潮情節，千春就這樣搭計程車離去，之後世之介打電話回老家一事，聽了更是讓人失望又乏味。

加藤準備起身離去，世之介拉住他，對他說：「我好不容易講出這個故事，好歹給個意見嘛。」

打從心底感到不耐煩的加藤敷衍地說道：「你和那名女子的相遇是命運的安排。」

「就說吧，我也這麼認為……」

世之介高興地站起身，加藤卻冷冷地補上一句：「才怪。」

「我們剛認識不久，我不清楚你的為人，但對方是從一個可怕的男人那裡借來一輛ＢＭＷ的女人對吧？順便問一下，你有汽車駕照嗎？」

世之介無力地搖了搖頭。

「你要迷戀一個開ＢＭＷ的女人，為情苦惱，先等你拿到駕照再說吧。」

面對加藤自以為是的說法，世之介噘著嘴應道：「那……你就有駕照嗎？」

「我沒有，但我下個月會開始上駕訓班。」

「咦？哪裡的駕訓班？」

「小金井。」

「真的假的？如果是那裡，我騎腳踏車也到得了。那裡學費很貴吧？」

「我當然是分期付款……啊，對了。要不要一起去？如果兩人一起報名，可以打九五折哦。」

不知不覺間，話題轉到駕訓班的折價上。加藤重新坐回椅子，從背包裡取出宣傳手冊，世之介很感興趣地看了起來。裡頭分期付款的條件，以他的打工費似乎負擔得起。

「什麼時候報名？」世之介問。

「明天。」

「如果是明天，我在打工前可以去一趟。」

「既然這樣，我們就一起去吧。九五折算是很大的折扣了。」

兩人起身收拾餐具，討論著宣傳手冊上的內容，離開儂特利。

在往飯田橋站的路上，加藤說他希望拿到駕照那天能擁有一輛Rover MINI，世之介聽著聽著，不知為何，腦中卻想像著自己駕著千春那輛ＢＭＷ的模樣。

七月　海水浴

一輛腳踏車騎得飛快，眼看都快翻倒了，直直衝進駕訓場，是世之介。因為遇上高低差，又沒踩剎車，車身整個浮起，他發出「啊」的慘叫聲。腳踏車最後在停車場停下，世之介一躍而下，直奔教室。他全身熱汗狂飆，但似乎沒閒工夫擦汗。

衝進學科教學大樓，強力的冷氣才短短一瞬間便令世之介全身冷卻。眼前是加藤站在走廊自動販賣機前買罐裝果汁的背影。

「趕上了……」

一路滑向走廊的世之介朝加藤肩膀一拍。

「咦，你還沒上過這門課嗎？」

加藤轉頭一望，一臉嫌棄地向後退開，與滿身大汗的世之介保持距離。

「之前我只遲到三分鐘，就不讓我進教室了。」

加藤不聽世之介發牢騷，朝教室走去。

「才三分鐘耶！」

跟在加藤身後走進教室，發現坐前排的一名女孩一直靜靜地盯著加藤。與其說是靜靜地瞧，不如說是看到出了神。

兩人坐向最後一排。

「前面有個女生從剛才就一直在看你耶？」世之介輕拍加藤肩膀。

「嗯。」

那名女孩刻意和身旁的女孩有說有笑，但她的注意力肯定擺在加藤身上。

「你的意思是，你們認識？」

「她剛才跟我說過話。」

加藤瀟脫地回答。

「跟、跟你說話？為什麼？」

「她想跟我約會，喏，這是她的電話。」

「約會？」

加藤的反應實在過於冷靜，世之介於是重新打量起那名女孩。重新看過一遍後，還是覺得滿可愛的。坐她身旁的女孩也同樣清秀可人。

「她叫我帶朋友一起去，你要來嗎？」

加藤百無聊賴地說。

「咦？四人約會？和她們倆嗎？咦？我也去？」

「你排斥的話就算了。」

「不排斥、不排斥。」

世之介不由自主地趨身靠向桌子，不巧老師這時走了進來。

接下來約一個小時的時間，厚厚的窗簾緊閉著，教室內播放著淒慘的交通事故現場幻燈片。世之介徹底被睡魔打敗。加藤在一旁說著不吉利的話：「有人拿到駕照，也有人因此送命。」害世之介做了場噩夢。

上完課後，厚重的窗簾被拉開，夏天的陽光照進教室。世之介伸了個懶腰，加藤在他一旁低語：「啊，是蟬鳴。今年的第一聲蟬鳴。」

「蟬鳴？」

世之介豎耳細聽，確實是蟬鳴。

「先別管蟬鳴了，不是要四人約會嗎？」

女孩們已站起身，頻頻瞄著加藤他們，然後走出教室。

「你看，她們走掉了。應該先訂好日期和時間吧。」世之介催促道。

「你不是正為開ＢＭＷ的女人煩惱嗎？」

見世之介如此焦急，加藤出言調侃。

「見不到我也沒辦法啊，而且也不知道怎麼聯絡她。」

「咦？你沒問她嗎？」

「咦？一般會問嗎？這件事先不管，約會！約會！」

面對世之介的一再催促，加藤不耐煩地站起身，揹起背包走向走廊。世之介也隨後跟上。

這時，加藤叫住前面的女孩，女孩們便喜孜孜地走了回來。

「關於妳剛才的提議，這個星期六怎麼樣？還有，這位是和我念同所大學的橫道，他說他也能去。」

來到加藤面前的女孩極力扭轉著身體，世之介的視線則投向在走廊前等著的女孩，那就是他的「約會對象」。

才剛投注視線，便馬上四目交接。

她和加藤的約會對象是不同類型，別說扭轉身體了，她甚至擺出幾乎想張口吠人的兇樣，狠狠瞪視著世之介。世之介大為驚駭，急忙別過頭去。

「那就這個星期六下午一點，下北澤站見。」

那名叫睦美的女孩決定好見面地點後就和加藤告別了。她扭著身體似乎一樣能行走，回到那位像要吠人似的、仍舊瞪視著世之介的朋友身邊，一起走向陽光刺眼的戶外。加藤神色輕鬆地揮著手。

目送兩人離去後，世之介一把抓住加藤的肩膀。

「真不知道你是有女人緣，還是個性太差，到底是哪一個？」

「為什麼這樣問？」

「突然有女生主動開口說要約會，這種事一般可是遇不到的。你也稍微慌亂一點好不好！」

「慌亂是吧。」

重新細看才發現，加藤與最近某位當紅男演員有幾分神似。

「我對女生不太感興趣。」

「那你對什麼感興趣？」

「你這樣問，我也不知道該怎麼回……」

「我還是第一次遇見像你這樣的同學呢。」

「是嗎？」

兩人並肩來到戶外，陽光照得地面無比晶亮。四周平靜無風，駕訓場內種植的樹木就像圖畫一樣，樹葉一動也不動。回家小睡片刻後，世之介又得去打工，但他的房間別說冷氣了，連電風扇也沒有，想要好好睡個午覺都不可能。

「加藤，你的房間有冷氣嗎？」世之介問。

「有啊，房裡原本就裝好的。」

「離這裡很近吧？」

「很近。」

「可以去一下嗎？」

「你想一路睡到打工時間對吧？」

「現在騎車回家，然後又得出門，很麻煩的……我會安分地躺在房間角落，絕不會打擾你。」

「這樣就算是打擾了。」

加藤沒說「你可以來」，但也沒說「不准來」。世之介決定往好的方面解釋。

加藤的公寓離駕訓班徒步只要三分鐘。沿著小河流經、綠意盎然的道路而建，從房內窗戶可以俯瞰小河。

世之介很快地吃完路上在超商買來的便當，裹著加藤借他的毛巾被準備入睡。

「剛才你說對女人不感興趣，那你可別趁我睡著時偷襲我哦。」

加藤沒搭理世之介的玩笑話，自己也躺在床上。雖然帶點霉味，但有冷氣果然馬上止汗。世之介感到眼皮沉重，冷氣的涼風輕撫臉頰，窗外傳來小河水聲潺潺。世之介從小就很會賴床，也很容易入睡。

「咦！要我接下來去練森巴舞，不可能啦！」

時間來到隔天早上六點。世之介結束飯店的工作準備回家，石田從背後架住他，他極力抵抗。最近他已習慣這項工作，只要將休息室的椅子擺好，馬上就能熟睡，但整晚沒睡又接著練森巴舞，還是覺得吃不消。

「你完全沒有身為森巴舞社員的自覺嗎？」

「我才沒有什麼自覺呢。」

「今年只有三名新人加入，但你和倉持完全不露面，雜事全都是阿久津學妹一個人做。你好歹也要有點歉意吧。」

「我解釋過很多次了，我不是自己喜歡才加入的。」

為了下個月舉辦的森巴嘉年華，社員們已展開正式練習。前幾天世之介一度也被阿久津唯硬是拉去練習。

世之介所屬的森巴舞社，由於成員人數少，無法單獨參加嘉年華。因此每年都會和喜愛森巴音樂的社會人士團體「MUSICA」共組一隊。「MUSICA」這群人也不知該說是過度認真，還是不懂得拿捏分寸。例如像世之介這樣的男人，就算去迪斯可舞廳也只會對著牆壁跳舞，而他們竟然要求他這個標準日本人拿出濃厚的拉丁熱血。

儘管世之介百般不願，一再抵抗，這天早上還是被石田掐著脖子，帶到湯島的公民會館參加晨練。

但看到世之介抓著車上的吊環就睡著了，石田終究於心不忍，在到公民館之前，請他到吉野家吃早餐定食。

兩人稍晚才抵達公民會館，這時，趕在上班前在此集合的「MUSICA」成員，以及森巴姊清寺由紀江等人早已到達，正隨著熱鬧的音樂起舞。而在大廳角落，阿久津唯正朝紙箱裡窺望。當世之介走近時，她抬起頭來說：「你來啦，真是難得。」接著拉出一塊奇怪的橘色布說：「聽說這是男生的服裝。」

「從頭上套下去……」

「這什麼鬼啊？」

阿久津唯遞給他的不知是向日葵還是太陽，總之是個古怪的東西。好像是要從這塊布的中央露出臉來，就這樣穿在身上。

「要穿這個嗎？」

「應該是吧，上頭寫著男生服裝。」

世之介攤開那古怪的東西。

「好不容易考上東京的大學，卻要穿這種玩意，父母看了肯定難過得想哭……」

世之介一時間不知如何是好，阿久津唯則是硬把這頂巨大的帽子戴在他頭上。這時，在不遠處跳舞的「MUSICA」成員也開始往這裡聚集。世之介很想馬上脫掉這玩意兒，但可能是尺寸太小，扣在他下巴處的鈕釦怎麼也解不開。

「喂，你別硬拉啊！」

「下巴的繫繩還是放長一點比較好。」

「整體的平衡感和顏色都很不錯。」

一群人圍在因難為情而滿臉通紅的世之介身旁，冷靜地討論著。世之介終於摘下那頂帽子，交給阿久津唯後離開現場。

在大廳角落，石田正換上運動服，世之介走向他，想向他哭訴。

「石田學長，要我在大庭廣眾下穿成那樣，我實在辦不到。」

「你說得太誇張了，你以為沿途有多少人認識你？」

「要是有認識的人，我一定當場羞死。」

「那就死吧，我會替你撿骨的。」

「石田學長，你去年也穿過那玩意兒嗎？」

「去年不是這種感覺，是更鮮豔的紫色……」

「紫色……未免也太猛了吧。真是記不取教訓啊。」

世之介臉上的神情就像在說「這實在太荒唐了」，準備起身離去，石田一把揪住他的襯衫。原本一早就在公民會館狂舞的這群人比較怪異，現在反倒是感到難為情的世之介成了少數派，不肯跳舞反而顯得突兀。

此時世之介明明連舞步是什麼也不知道，卻也加入他們的圈子裡，依樣畫葫蘆地扭起了腰。不過，雖然他偷偷扭著腰，卻依舊不敢開放地舉起雙手，像極了採立正姿勢，只會擺動腰部的古怪玩具。

「你要害羞到什麼時候啊。」

石田突然朝他屁股踢了一腳，世之介往前撲倒。

「把一切全忘了，敞開胸懷，你就會愈來愈快樂。」

「我就是不懂怎樣敞開胸懷啊！」

「這種事習慣就會了，要習慣。」

世之介重新站好，一旁的石田則踩著華麗的舞步。

走出下北澤站的驗票口，世之介踩著外八步伐衝下樓梯。他並非遲到了，而是信不過加藤這個看起來很無情的男人，總覺得自己只要遲到一分鐘，加藤就會放他鴿子。

幸好加藤人還在站前廣場。一旁站著之前在駕訓班主動向加藤搭話的戶井睦美，不知為何，兩人同樣都穿丹寧襯衫。

「啊，來了。」

在加藤的迎接下，世之介朝睦美點頭致意。

「祥子應該也快到了……」

睦美環視熙熙攘攘的廣場。

「對了，為什麼你們穿一樣的服裝？」

不識趣的世之介如此詢問，睦美紅著臉支吾道：「啊，這個啊，真的只是湊巧……」一旁的加藤則是說：「穿這種襯衫的人，路上隨便抓都是。」態度一樣冷淡。

睦美站在加藤身旁，明顯看得出她的緊張。坦白說，連站在一旁的世之介也覺得不自在。兩人開始聊起在駕訓班要修的課程，世之介乘機蹲下重新綁好運動鞋鞋帶。

「那個搞不好是祥子……」

世之介因睦美這聲叫喚抬起頭。

一輛黑色的CENTURY駛進狹窄的商店街，就像高喊著「讓路！讓路！」一樣。

「你說的那個，是指那輛車嗎？」

似乎連加藤也感到驚訝，睦美點點頭，朝那輛車揮手。

世之介站起身，與加藤面面相覷。那輛黑色CENTURY完全不管會不會造成行人不便，逕自停在廣場上。

「竟然開車到下北澤來？而且還停在車站前？」

加藤說的一點都沒錯。

一名穿制服的司機走下車，繞到另一邊打開車門後，和睦美一起在駕訓班上課的女孩走下車。

她顯得神情焦急。既然如此，大可不必等司機替她開門，但感覺她還是等司機開門後才開始焦急。

「對不起！我遲到了。」

這位叫祥子的女孩一面揮手，一面朝世之介他們走近。她的注意力完全沒放在周遭的事物上，儘管在地上鋪塑膠布賣雜貨的年輕人朝她投以不滿的視線，她也不以為意；非但不以為意，甚至一腳踩在年輕人的塑膠布上。

「感覺來了個厲害的人物。」

加藤不由自主地嘀咕道，接著又冷靜地補上一句：「既然有車又有司機，沒必要考駕照吧。」

睦美向世之介介紹這名向他們跑來的女孩。

「她是我從小就認識的朋友，與謝野祥子。」

介紹完畢。

睦美似乎想趕快回到和加藤的談話中。

「真、真酷啊。那是祥子小姐家的車嗎？」

世之介目送那輛在人潮擁擠的商店街緩緩駛離的黑色CENTURY。

「我原本打算搭電車來，但正準備出門時被安住先生看見了。」

「安住先生？」

「就是剛才那位司機……他最近剛娶了美嬌娘，似乎很想向我炫耀這件事。在來這裡的路上，一直聽他聊太太的事，真受不了。」

雖然這情況無比唐突，教人聽得一頭霧水，但她似乎也有她的辛苦。

「那我們走吧。」

在加藤這句話的帶動下，他們兩兩並肩而行，頗有四人約會的樣子。

「世之介先生，您已經開始學道路駕駛了嗎？」

與謝野祥子主動向世之介搭話。

「咦？」

「我是說道路駕駛。」

世之介當然懂她提問的意思，但有更多事令他感到在意。

「目前還沒……不過，妳別叫我世之介先生好嗎？不覺得這樣聽起來像是做油傘的浪人嗎？」

「哈~哈哈哈。竟然說像浪人。哈，真是有趣。」

「我說，妳講話向來都這麼中規中矩嗎？」

世之介頗感驚訝，走在前面的睦美轉過頭來，代替祥子向他道歉：「真是抱歉，不過你很快就會習慣的。」

「睦美，妳也真是的，說什麼習慣嘛，講得好像我……」說到一半就此打住。

由於祥子這句話斷得很突兀，等著她繼續往下說的世之介一行人就此亂了步調。

「等等，好像妳怎樣？」

話。」

睦美再也按捺不住地反問，祥子神色自若地應道：「啊，抱歉，我想不到後面要怎麼接

這話聽起來像是敷衍帶過，不過祥子不以為意。

加藤選的是名叫「CARICCIOSA」的店，似乎是人氣名店，排隊人潮已從店門口到樓梯。

「要是等下去的話，午餐都變晚餐了！」

世之介馬上叫苦起來，於是加藤提議：「那麼吃ITALIAN TOMATO怎麼樣？」

祥子和睦美似乎都沒意見。

四人前往ITALIAN TOMATO一看，很不巧的，店內一樣人山人海。店員說，有兩個分開的兩人座桌位。

睦美似乎很想早點兩人獨處，便說：「這樣也不錯啊，就分開坐吧。」馬上往桌位走去。

「看來睦美好像很喜歡加藤呢。」

最後兩組人分坐不同桌位，世之介率先拿起叉子，吃著剛送來的生菜沙拉，一邊如此說。而祥子望向坐在靠窗桌位的兩人，坦然地應道：「因為睦美對帥哥完全沒抵抗力。」

「妳這說法有點過分哦。」

「這是事實啊。」

「聽妳這樣說……難道妳們感情不好？」

「不，我們是好朋友。從幼稚園到高中都是，我還常常夢見睦美因出車禍無法行走，我替她推輪椅……」

真不搞不懂她的話幾分是真，幾分是假。也許言談間帶有隱喻，但世之介決定不細究。

「祥子，妳爸從事什麼工作？很有錢對吧？」

「我爸是吧……這不太好說明呢……」

「做黑心生意是嗎？」

「倒也不算黑心，應該說是廢土處理業者，負責把東京灣填平。」

「太好了，好在不是把人埋進東京灣。」

「哈~哈哈哈。」

世之介的玩笑話聽得祥子朗聲大笑。她那偏大的嘴笑起來頗為迷人，但笑聲略嫌大了點。

「好笑嗎？」

「好笑，把人埋進東京灣。今晚我會說給我爸聽。」

「那、那就免了吧，還是別說的好。而且和他寶貝女兒約會的事要是讓他知道，有可能真的會被抓去埋進東京灣呢。」

「哈~哈哈哈。」

「這也好笑嗎？」

「世之介先生，你這個人真有趣。」

這好歹比說他無趣來得好，不過明顯看出隔壁桌的情侶很受不了他們的對話。

「祥子，妳參加什麼社團？」

「吟詩社。」

「吟詩是吧，我是森巴舞社。」

「哈～哈哈哈。」

「不，我是說真的。」

「嘻～嘻嘻嘻。」

世之介開始擔心起來。他朝窗邊投以求助的目光，但加藤的背影無比冰冷，睦美則以迷濛的眼神凝望著加藤。

祥子好不容易才停止大笑，這時她點的義大利麵正好送來。世之介看到義大利麵，馬上想到一個笑話，但他怕祥子又笑個不停，所以說不出口。

就像是待在自己房間似的，世之介自行從壁櫥裡取出毛巾被。他把坐墊折成一團充當枕頭，直接躺在地板上。豎耳細聽，可以聽見窗外傳來小河的潤潤水聲。這裡是加藤的住處。

「我說，這裡房租多少？」

對於世之介的問題，一樣躺在床上午睡的加藤回答：「六萬八千日圓。」

「如果扣掉餐費，我倒也不是住不起。」

「你每天都吃我的，還有什麼餐費可以扣啊。」

「別這麼說嘛。」

學校開始期中考。世之介有夜班工作要忙，上駕訓班學開車，還被迫跳森巴舞，別說一天了，就算有一整個禮拜的時間也是轉眼即逝。

為了節省時間，最近他都窩在加藤的公寓裡。加藤明顯露出不堪其擾的神情，但他老家在大阪經營大型超市，幾乎每週寄來大量食材，世之介會陸續將它們清空，站在「總比擺著發臭好」的立場，加藤還滿歡迎世之介到來。

「對了，加藤，你的名字叫什麼？」

世之介擅自將冷氣風量調為「強」，如此問道。

「雄輔。」

「真普通……」

「和你的世之介相比，任何名字都顯得普通。」

豆腐攤販的喇叭聲從窗外經過。

「對了，最近在駕訓班都沒看到祥子呢。」

待喇叭聲遠去後，加藤這才開口。

「她說第一次上術科就和教練大吵一架，已經放棄考駕照了。」

「你們有聯絡？」

「那次之後接過幾次電話，但最近我都刻意不接。」

「為什麼？」

「因為我不過是講了個笑話，說有個人叫小蔡，然後就被端走了。她聽了狂笑不止耶。那女孩有點怪……倒是你，和睦美現在怎樣？」

「嗯。」

「嗯是什麼意思啊？」

「我跟她說我有喜歡的人，之後她在駕訓班就完全當我不存在。」

「加藤，你有喜歡的人啊？」

「在大阪。順便跟你說，是我單戀。」

「哦，是個怎樣的女孩？」

等了好一會兒，加藤始終沒回答。剛才逐漸遠去的豆腐攤販喇叭聲，再度緩緩靠近。

加藤在花店打工，他和世之介在下午四點多離開公寓。出門前，加藤親自動手炒飯，所以世之介也默默準備好自己的盤子和湯匙。

加藤邊吃炒飯，邊聊到他在花店打工的事。那是位於銀座的花店，向晚時分，酒店小姐會來買店裡裝飾用的鮮花，而到了深夜，則會有中年男子到店裡詢問花語，買花當禮物。

世之介邊聽加藤聊，邊朝自己的炒飯撒鹽、胡椒，最後還拌上番茄醬。對於他如此挑明的抗議，加藤毫不以為意。

坦白說，加藤的廚藝很糟。這天的炒飯也是，還有上次炒的菜，不知為何有股臭水溝的味道。就連世之介也忍不住出言抱怨，結果加藤竟莫名其妙說了一句：「我最怕食欲了。」

「人不是有五欲嗎？色欲、財欲、食欲、名欲、睡欲，當中我最怕的就屬食欲了。」

「倒是聽過有人說自己最怕青椒，但是說自己最怕食欲，我還是第一次遇到。」

不過是炒菜調味的事，不知為何對象換成了加藤，便成了艱深難懂的佛門問答。

在公寓前和要去車站的加藤道別後，世之介跨上腳踏車回自己住處。只要沿著小金井大路直線北上就能返家，但一想到就算回家也無事可做，而且今晚想必也一樣酷熱，踩踏板的雙腳就顯得沒勁。因為這個緣故，砂石車從旁呼嘯而過時，他差點被風壓捲進車輪下。

騎了三十多分鐘抵達公寓門口，頓時熱汗狂湧，就連伸手進口袋都覺得不舒服。世之介回房後，先朝狹小的浴缸裡放水。雖然沒有風扇，但只要泡個冷水澡，就能維持兩個小時的涼爽。

水位來到三分之一後，他脫下衣服，慢慢把腳伸進冷水裡。先前在砂石車的廢氣包圍下，踩著腳踏車騎過小金井大路，此刻身體發燙幾欲冒火，光是把腳尖伸入冷水，汗水就立刻收進毛細孔。當水浸到腰部時，他索性一口氣蹲下身。

「噢～」

在水位暴增的小浴缸內，世之介捏著鼻子潛入水中。頭沉了下去，腳卻冒了出來。水龍頭的水沖向他往前挺出的胯下，世之介在水中發出一聲慘叫。他發出的慘叫化為氣泡，在水面上發出咕嚕咕嚕的聲響。

隔天早上，世之介覺得，室內靜止不動的熱氣彷彿一直盯著他的睡臉瞧，便清醒過來。

窗戶完全敞開，但在這沒有電風扇的熱帶夜，無法舒服地入睡，感覺一整晚都在狹小的墊被上尋找冰涼處，一再翻來覆去，捱到天明。

他將隨著體溫變熱的枕頭丟向遠處，想再次入睡，便把臉埋進原本放枕頭的地方，感覺稍微涼快一點。

這時門鈴聲響起，儘管睡得迷迷糊糊，世之介還是出聲回應。枕邊的鬧鐘還不到八點。

可能是老家寄宅急便來吧。

他揉著惺忪睡眼，卻聽到一個熟悉的聲音喊道：「世之介先生～請問，這裡是世之介先生的住處嗎？」

祥子？

因為一直維持奇怪的睡姿，連脖子都是偏的，差點就要抽筋。

「請、請等一下！」

身上只穿一條內褲的世之介，將腳邊揉成一團的毛巾被纏在腰間，來到門口。打開門一看，祥子戴著一頂寬帽沿的白色帽子站在門外。

「啊，還在睡啊？」

「怎麼了？這麼早跑來。」

祥子對世之介的焦急視而不見，準備就此進屋。

「等、等一下啦。」

世之介急忙擋住去路，祥子表情嚴竣地往房內窺望，說道：「難道屋裡有人？」

「不是……是因為那個啦。喏，這房間這麼小，妳戴著這麼大一頂帽子，進不去的。」

「哎呀，又在逗我笑了。哈哈哈。」

「我說，妳為什麼知道我住這兒？」

「我打電話給加藤先生問來的。我打給您，您都不在，聽說一直都住在加藤先生家。」

「也不是一直啦……對了，妳到底是怎麼了？一大清早跑來。」

「啊，對對對。要不要去海邊？」

「海邊？現在？」

「是啊。我想去海邊一定很舒服，今天天空好藍。」

世之介被她那頂白色的大帽子所震懾，向後倒退一步。

「妳突然跑來說要去海邊，我也沒辦法去啊……」

「哎呀，您有什麼行程安排嗎？」

「不，我沒有……」

這時只要說「有」就沒事了，也不知道該說他太一板一眼，還是不夠機靈。

「總之先等一下。妳看我現在這副模樣，房間裡色情書刊又散落一地。」

這當然是玩笑話，但祥子突然臉色發白。

「咦，妳怎麼了？」

「黃色笑話我沒辦法接受……」

祥子板起臉孔的模樣實在可怕。平時光是像「小蔡」那樣的笑話都能逗她笑，卻不知道什麼是她絕不能踩的地雷。

「總之，妳在這裡等一下，我換個衣服。」

世之介穿上他脫在一旁的牛仔褲，感覺到背後的視線，回頭發現祥子一直盯著他瞧。

「喂，別這樣一直盯著我看嘛，我會害臊的。」

「不要緊，我有個哥哥。」

「不，不是這個問題。」

儘管一再牢騷，世之介還是穿好牛仔褲，套上T恤。房裡一樣悶熱，動沒幾下就滿身大汗。縱身躍入浪中的畫面瞬間浮現腦中，太陽從頭頂正上方照向忽而冷卻的肌膚。

「海邊是吧……去海邊也不錯。」

世之介一面確認之前穿過的T恤是否有臭味，一面對祥子說道。

「我就說吧？去海邊應該很不錯。」

祥子微微托起白色帽子寬闊的帽沿，嫣然一笑。

世之介這個人一旦做出決定，就不會猶豫，他馬上從壁櫥裡的紙箱取出泳褲和蛙鏡。

「車子已經在樓下等了，從這裡只要兩小時就能到。」

「妳說車子，是那輛黑色轎車嗎？這樣感覺不像要去海水浴場。妳不覺得像老年人出遊嗎？」

「哎呀，是這樣嗎？」

「年輕人就應該帶泳圈和蛙鏡坐電車。」

世之介是開玩笑的，但祥子卻信以為真的應道：「啊，說的也是。」世之介急忙改口：「不，我是開玩笑的。」但這次換祥子很堅持的搖頭說：「不，年輕人就該坐電車。」

司機想開車送小姐去海邊，但祥子想和一般年輕人一樣搭電車去，世之介則是覺得坐轎車比較輕鬆，但對於踩著海灘鞋坐在轎車的皮椅上又有所顧忌，最後在三個人的折衷下做出不乾不脆的決定，那就是先坐轎車到東京車站，再從車站搭電車前往。

不過，世之介坐上車後突然發現一件事。

「可是，為什麼是去東京車站……我以為妳要去湘南海邊？」

他穿著短褲、腳踩海灘鞋，皮椅緊黏著他冒汗的膝窩。

「我想去稻毛海岸，您不方便嗎？」

「不，只要是海邊，哪裡都行。不過，稻毛海岸在哪一帶啊？」

「應該是浦安再過去一點……」

「浦安是迪士尼那一帶吧？那裡有海嗎？」

行駛中的車輛坐起來比想像中還要舒服，同樣的路線，坐在巴士和高級車上看到的景致截然不同。

「我裡面穿著泳褲，感覺卡卡的。」

世之介從座椅上抬起臀部，一再拉扯卡進胯下的泳褲。

「我們鄉下的海邊不是沙灘，大多是岩岸。踩岩塊躍進海裡，採海螺和海膽。這就是我們的海水浴，一點情趣也沒有。所以我對這邊的海水浴有點憧憬。」

世之介內心已置身海灘傘下，而祥子聽到這番話似乎顯得臉色凝重。直到他們在東京車站改搭電車，再從京葉線的稻毛海岸搭計程車抵達目的地，才明白箇中原因。

「咦？這裡是？」

眼前豪華的遊艇港令世之介為之瞠目。

「世之介先生，您想像的好像是海灘，所以我一直說不出口……不過您放心，只要搭遊艇出海，就能游泳了。」

「遊艇？」

一對肩上披著夏季針織衫的情侶從旁走過。世之介在稻毛海岸站前超商買來的游泳圈，已套在腰間。

別說蔚藍的大海了，現在的世之介根本就臉色發青，祥子硬勾著他的臂彎。世之介緊抓著腰間的游泳圈想要抵抗，但當然無濟於事。

「等、等一下啦。祥子，妳剛才說遊艇對吧？」

世之介一面被拖離停了一排高級車的停車場，一面極力抵抗。

「雖說是遊艇，但只是小型的。」

「就算是小型的，但遊艇終究是遊艇，就像鬥牛犬，不管再小終究還是鬥牛犬！」

「哈～哈哈哈。」

「一點都不好笑！」

「總之，今天家兄找來朋友舉辦派對。全都是可以敞開心胸交往的好人，所以世之介先生一定也能樂在其中。」

停車場裡停的那排車，有賓士、ＢＭＷ、Jaguar、藍寶堅尼……藍、藍寶堅尼！

「祥子，剛才妳看過我的房間對吧！不管再怎麼看，我都不適合搭乘遊艇吧？像我這樣的，就適合在海邊的店家吃清湯烏龍麵啊！」

「哎呀，如果是清湯烏龍麵，船上廚房有。」

「我不是這個意思！」

最後，他還是被拖到碼頭。白光閃耀的遊艇和快艇，很理所當然地排成一列。這種場景，世之介只在星期五洋片劇場的片頭畫面看過。

「啊，在那兒。您看，家兒在向我們揮手。」

祥子所指的地方，有艘亮晶晶的白色遊艇，船身隨波搖晃。甲板上七、八名男女晃動著手中的香檳酒杯。當然沒人像世之介一樣腰間套著游泳圈，也沒人穿泳衣。

世之介從前就百思不解，到底男裝的夏季針織衫都是誰在穿、在什麼場合穿呢？此刻就在他眼前……而且還是有三、四個人穿。

「抱歉，我遲到了。因為是搭電車來的。」

祥子由那位像是她哥哥的男人牽著手，登上甲板。甲板上的人們全都緊盯著世之介這個生面孔。要是沒帶游泳圈就好了，至少可以少丟點臉，但一切都太遲了。世之介心裡才這麼想，緊接著下個瞬間，視線餘光便捕捉到一個熟悉的女子身影。

千春小姐？

他餘光捕捉到的確實是片瀨千春。在赤坂的飯店裡，從中年男子那裡要走一輛ＢＭＷ，還告訴世之介「要成為一個好男人哦」，就此從他面前離去的女人。

腰間套著游泳圈來到甲板上，明顯有種格格不入的感覺。其實他並未明顯遭到拒絕，而周遭人對他的態度，不知該說是細心周到還是陰沉，雖然以乍聽之下很親切的口吻對他說「咦，祥子竟然也會帶男朋友來，真是難得。」但每個人眼中都不帶笑意。

站在甲板上，一手拿著香檳酒杯，一手拿前菜的，是祥子的哥哥以及像是他朋友的男子一共三人（全穿著夏季針織衫），還有包括片瀨千春在內的四名女性。女性們身上穿的夏季洋裝，光是送洗費就足以買一套世之介身上的衣服。

也不知道常搭遊輪出遊的人是否都守這樣的規矩，尤其是來了世之介這樣一位新人，既沒人介紹他，也沒人自我介紹。

在隨波搖盪的船上，世之介百無聊賴地站著，這時祥子遞給他一杯香檳。他只能以這杯香檳，動作生硬地與祥子乾杯。

「我去拿太陽眼鏡來。」

祥子走進船內，這時，原本望著外海的千春就像看準機會似的，朝世之介走近。

祥子的哥哥正走向船首，他的笑聲順著海風傳來。

「你為什麼會在這裡？」

「還問呢……有人邀我來啊……」

在他耳畔低語的千春，聲音聽起來很可怕。

「你真的在和勝彥先生的妹妹交往？」

「不，我們沒交往。我還沒有女朋友。」

「喂，別那麼大聲。」

「倒是片瀨小姐，妳怎麼……」

「總之，之前的事你要替我保密。知道了嗎？」

千春的手指抵向她豐厚的紅唇。

「兩位認識嗎？」

突然有人出聲說道，世之介回頭一看，發現祥子的哥哥就站在他身後。

「是啊。我才在想，曾經在哪兒見過他，原來是在之前住過的一家赤坂的飯店，他是那裡的服務生。」

聽完千春的謊言，祥子的哥哥面露自然的微笑，但他似乎不相信。

「你和祥子是在哪兒認識的？」

祥子的哥哥伸手環住千春的腰際問道。世之介很不自然地將視線從那裡移開，很快地說：

「呃，是在駕訓班認識的。」

出航前，在甲板上的暢談聲中，世之介逐漸明白片瀨千春從事的是什麼工作。他只能單手端著香檳酒杯，從人們隨興的談話中吸收這方面的資訊，而且一旁還有祥子在，她總是我行我素地問：「世之介先生，您是天蠍座對吧？」「世之介先生，您是B型對吧？」，所以他很難在腦中整理思緒，只知道千春好像在一家負責派對企劃（例如品牌店的開幕紀念會等各種聚會）的公司裡擔任助理。

祥子的哥哥勝彥好像才剛和她交往不久，兩人似乎是在六本木一場類似的派對上認識的。

或許是世之介自己想多了，感覺其他女人看千春的視線無比冰冷。女人們與勝彥及其他男人似乎認識多年，擺明著以對待外人的態度與千春接觸。只要千春一說話，大家就露出一臉乏味的神情，淨說些千春不知道的往事。
「可不可以嘛？」
祥子突然在他耳畔說道，世之介視線移向千春，點了點頭，隨口應道：「哦，嗯。」
遠方天空的積雨雲，看起來就像是為了凸顯出千春的側臉而存在。
「真的可以嗎？世之介先生，你剛才答應了對吧？」
「哦，嗯、嗯。」
「真的可以？」
「嗯、嗯。」
「我太高興了！我還沒去過九州呢。」
「要去九州？」
「因為您的老家不是在九州嗎？」
「嗯。」
「暑假你會返鄉對吧？」
「嗯。」
「所以我剛才不是說了嗎？到時我要去你家玩。」
「啥？」
什麼時候談到這個話題？
世之介正急著要拉回話題時，勝彥站起身說：「差不多該開到外海了。」甲板上微微響起一陣歡呼。因為這個緣故，世之介就此錯失取消那奇怪約定的機會。

順帶一提，雖說是外海，但離陸地並不遠。原本覺得自己與搭遊艇出航的場合格格不入、如坐針氈的世之介，也因為新奇而滿心雀躍，期待出航，但這與他的期望有段落差。

不過，來到外海一看，這裡與水面上漂浮著垃圾和海藻的遊艇港相比，水質截然不同，豔陽下的海無比遼闊。水質清澈，從甲板往下窺望，大海深不見底。

率先從停好的船上躍入海中的是勝彥。濺起大量水花，船上響起一陣歡呼，可以清楚看見勝彥白色的身軀深深沉入水中。

「世之介先生，您也跳水吧！」

祥子被水花濺了滿臉，興奮地催促著世之介。浮出水面的勝彥大叫一聲：「好冷！」那聲音在闃靜無聲的這一帶迴盪，久久不散。

世之介也脫去T恤和短褲。以拇趾踩在甲板外緣，猛然一躍而下，太陽照向他敞開的胸膛，大海迅速朝他逼近。

他從腳尖落水，冰冷的海水直往上竄，佈滿熱汗的肌膚急速冷卻，他在無限寬廣的大海中卯足了勁擺動雙腳。

浮出水面後，他甩動溼透的頭髮。眼前是那艘緩緩搖晃的遊艇，甲板上是千春和祥子並肩而站的笑臉。「千春小姐也跳吧！」世之介本想這麼說，但強忍下來，改喊：「祥子，妳也來吧！」

之後世之介和祥子一起跳水，然後又回到甲板，接著又跳水、爬上甲板，如此一再反覆。

蝦子跳水、烏賊跳水、蜘蛛跳水、三圈半跳水、半踩離合器跳水……

想得出的跳水方式，兩個人全都用過了。千春一直站在一旁看，世之介覺得有點難為情，但祥子不斷問他接下來要怎麼跳，百玩不膩，他就算想停也停不下來。

世之介在考卷背面寫了五遍「Je suis somnolent, Je suis somnolent……」，教室鈴聲響起，考試結束了。順帶一提，這句意思是「我好睏」，是這三個月來世之介唯一學會的法語。

答案卷收走後，嘆息聲、哈欠聲、低吼聲在教室裡此起彼落。開始蠢動的學生中，有人馬上對起答案，世之介聽到的答案和他寫的完全不一樣。這時有人朝他肩頭一拍，世之介抬起頭，發現竟然是倉持，難得他會到學校來。

「看你的樣子，重修是跑不掉了。」

倉持把考卷捲成筒狀，敲世之介的頭。

「要是重修，我的暑假就變短了啊。」

「先不管這個，你最近很少來找我耶。」

倉持如此說道，坐向一旁，給了世之介一顆曼陀珠。

「又要打工，又要上駕訓班，忙得不可開交嘛。」

「之前唯不是邀你一起去打撞球嗎？」

「我和別的朋友有約。」

「別的朋友？」

他說的朋友是加藤。他一如往常到加藤家住，而加藤同樣明顯露出不堪其擾的表情，但世之介還是整晚沒睡，向加藤說出「遊艇事件」的始末，不過不知為何，要向倉持說明此事，世之介就覺得麻煩，所以只回一句：「他叫加藤，你不認識。」

「對了，你都在忙些什麼？聽阿久津唯說，你沒來學校，也沒去打工，整天窩在家裡是吧？」

「該怎麼說好呢，簡單來說，應該是沉迷女色吧。」

「女色？真好意思說。」

「不，我可不是在開玩笑哦。這話我只跟你說，就像剛學會打手搶的猴子一樣，每天都打，從早到晚……你說，我是不是真的不太對勁啊？啊，這件事你絕不能跟唯說哦。」

「我哪好意思說啊。」

「你有這種經驗嗎？我想應該沒有。」

「不，倒也不是沒有……」

世之介沒自信地低聲說，倉持再度用考試卷捲成的紙筒敲他，說：「你少裝了。」

才短短兩年不到，世之介卻覺得那時候已離他無比遙遠。當初乘著醉意向大崎櫻吐露自己狂熱的愛意，是高二第二學期的事。大崎櫻見世之介半夜突然現身，雖然納悶，但還是從二樓房間走下樓，認真聽世之介一生僅只一次的真情告白。不過，大崎櫻困惑地回答：「你突然跟我說這些，我不知該怎麼回答才好。」

「而且，我看你是喝醉了吧？」經她這麼一說，世之介急忙否認：「我沒醉！我只是假裝喝醉而已！」

事後聽說，那天令大崎櫻心動的不是「我一直很喜歡妳」這句一開始的告白，而是世之介的一句教人聽得似懂非懂的解釋——「我之所以假裝喝醉，是因為我沒醉時一直很喜歡妳」。

那天晚上，從大崎櫻那裡得到什麼答覆，世之介已不太記得，只記得在大崎櫻目送下離去的路上，一直自言自語：「我也有女朋友了。」「咦？我有女朋友了？」所以應該是得到符合他期待的答覆了才對。當時他只要看到電線桿，就會跳上去一把抱住。

隔天早上來到學校，大崎櫻一如往常坐在靠窗的座位。每天早上看到她的身影，才坐向自己的座位，這是世之介的例行功課，這天他同樣很自然地將目光移往她身上。不過和之前不同，平時總是他單方面望向對方，這天大崎櫻卻也望向他，對他說早安。

第一節課結束，下課時間短暫，世之介沒辦法找她說話。接著第二節課結束、第三節課結束，別說找她搭話了，就連看她一眼都沒辦法。午休時，小澤硬拉著他去學校餐廳，就此錯失良機，而第五節課和第六節課是選修科目，他和大崎櫻在不同教室上課。

她是我女朋友。我和大崎櫻從昨天晚上就開始交往了。

世之介這樣告訴自己，但他還是無法主動向前搭話。放學後，世之介留在教室裡。平時總是一溜煙跑掉的小澤，這天偏偏不走。好不容易等到小澤回去，他滿懷期待地回頭，只見大崎櫻還留在教室裡。

「抱歉。」世之介向她道歉。

「真慢。」大崎櫻笑道。

這大概就是他們開始交往的第一句話。從那天起，他每天都和大崎櫻一起回家。世之介在小澤的邀約下加入應援社，但基本上算是幽靈社員，而大崎櫻國中時好像是游泳社，但高中沒有游泳社，所以基本上算是「回家社」，放學後兩人多的是時間相處。

從高中搭巴士來到鬧街。在那裡兩人會分別乘坐不同巴士返家。剛開始交往時，兩人捨不得道別，明明也沒什麼特別的話要說，卻長時間坐在公車站牌的長椅上，不斷聊國中時的事、談自己的好朋友、講老師壞話。

雖然兩人講的是老師的壞話，但只要對象是小櫻，就會很自然地勃起。這對世之介來說，也算是一種特別的學習。

第一次到小櫻家，是開始交往後兩個禮拜的事。坐在公車站牌處聊天會渾身發冷，但又沒閒錢天天去麥當勞。

「要去我家嗎？」

先邀約的是世之介。開口邀約固然好，但他也擔心母親反應過度，平時明明不烤蛋糕，卻可能為了他們刻意烤蛋糕。

「可是，你家很遠吧？」

的確，世之介家離這條鬧街有一大段距離，搭巴士得花將近一個小時，考量往返時間，小櫻如果要趕在七點前回家，那只有三十分鐘左右可待。

「可是，這樣好歹能待上三十分鐘，而且可以在來回的巴士上聊天。比起這裡，巴士上暖和多了。」

小櫻見世之介這般堅持，改為提議：「我家離這裡比較近，要不要來我家？」

小櫻家是雙薪家庭，在美術館工作的母親七點多才會回家，在那之前兩人可以好好獨處。怎麼想也比被迫吃難以下嚥的蛋糕來得強。

從鬧街搭巴士，七、八分鐘就能到小櫻家。這是一棟才落成三年、白色的全新獨棟房，門口種有瑪格麗特。世之介連在玄關脫鞋都感到難為情。還記得當時為了掩飾心中的害臊，他刻意說一聲：「我回來了！」而比他早進屋的小櫻騙他說「我爸在家耶」，嚇得他急忙一把抓起剛脫下的鞋子。

小櫻房間的擺設是十足的少女風。她很不好意思地說：「這些全是我媽的個人喜好。」世之介聽了也笑著說：「我房間也都是我媽的個人喜好，裡頭擺滿了參考書。」

小櫻可愛的房間裡，有世之介前幾天借她的唱片。那是瑪丹娜的專輯，不知道有多少個夜晚，他都是一邊聽裡頭的情歌，一邊想著小櫻。

如今他本人和唱片都在小櫻的房間裡。

小櫻將書包擺桌上，問他：「要喝點什麼嗎？」他這才發現自己腦中一片空白。他們連手都沒牽過。小櫻踩在地毯上，只穿著襪子的雙腳看起來如此鮮明。世之介一再吞口水，朝單手放在書包上的小櫻靠近。他貼近小櫻，感覺她無比嬌小。雖然緊張，但他知道如果急著噘起嘴唇，會顯得太過猴急，於是一把抱住小櫻嬌小的身軀。他鼻子緊貼著小櫻頭上的髮旋，聞到一股甘甜的芳香。

「世之介，書包……」

小櫻笑了。世之介滿腦子只想著什麼時候嘛出嘴唇才恰當，所以他抱住小櫻時，手裡還拎著書包。

雖然想放下書包，但已經抱在懷中的小櫻，說什麼也不想放開。他使出苦肉計，直接鬆開手中的書包，結果運氣真背，書包的邊角直接砸中腳背。

他忍了下來，雖然痛得快飆淚，仍縮起腳趾極力忍住。對世之介來說，初吻的記憶就只有停不下來的疼痛。

那天，在小櫻的母親回家前的兩個小時，只要每次重播瑪丹娜的情歌，他就會和小櫻接吻。彼此的睫毛互相碰觸，戰戰兢兢伸出舌頭，碰觸小櫻那潔白小巧的門牙。

他滿心認為，初吻的日子就只有初吻。如今回想，要是當時接吻後能直接上床就好了，但畢竟是人生的第一次，而且雜誌上總說女人討厭太猴急的男人，這些資訊一再對他洗腦，所以他不敢輕舉妄動，但還是想做些什麼。在那兩小時裡，他反覆和小櫻接吻。

從那天起，放學順便道繞往小櫻家一趟，已成了他的例行行程。上完課就直接過去，在小櫻的母親回家的七點前，兩人一起念書（這是對小櫻母親的說法）。小櫻的母親通情達理，每天下班看見一定會出現在家中的世之介，還會故意拿情色畫冊給他看，望著他可疑的舉動，面露微笑。

每次放學走進小櫻的房間，他連將書包擱向桌子的時間都捨不得浪費，馬上猴急地撲向小櫻。

「好歹讓我放下書包吧。」

「那妳快點放吧。」

「真是的，一點氣氛也沒有。你就不能稍微等一下嗎？」

「等一下？我坦白跟妳說吧，妳知道我每天花多長時間等待嗎？搭巴士來這裡的路上就不用說了，連上課我也是極力忍耐啊。」

「太誇張了吧。」

「不，不光是上課。打從一早起床，我就想著要來這找妳。不，真要說的話，我昨天不是從這裡回家嗎？我從那時就在等了。」

當時句句都是真心話。哪怕說只有在小櫻房間度過的這兩小時才是人生，也一點都不誇張。時序來到冬天，忍著天寒地凍來到小櫻房間，裡頭一樣寒氣逼人。在電暖爐暖和房內的這段時間，他們鑽進冰冷的被窩，憑藉彼此的話語和歡笑暖和冰冷的身體。

婚後要蓋怎樣的房子、從事什麼工作、怎樣養育孩子。他們認真地在被窩裡討論這個話題。一直都在被窩裡度過。世之介誤以為只要將待在被窩裡的兩小時串連在一起，就能打造出幸福的人生。

突然為這樣的關係劃下休止符的是小櫻。那是冬去春來，他們升上高三後不久的事。

「我覺得我們一直在逃避未來。」小櫻說。

小櫻的態度出現了一百八十度的轉變，很難相信到昨天為止，她還是個會跟世之介廝磨鼻尖的女孩。大概是清醒了吧，小櫻單方面地關上他們以為會永遠幸福的那扇門，並牢牢上鎖。在心意堅決的小櫻面前，只有世之介始終沒有清醒。

在夢裡捧著堆積如山的髒衣服，四處找自助洗衣店的世之介猛然醒來。一直開著沒關的冷氣，令他手腳冰涼。

聽到玄關傳來開鎖聲，世之介急忙從床上起身，移到地板上，裝出原本就睡地上的模樣。看他的模樣，就像在自己家，但這裡是加藤的房間。

「你剛才睡床上對吧……我看到了。」

玄關傳來加藤冰冷的聲音。

加藤到家已是向晚時分。照這樣看來，世之介又沒去駕訓班上駕駛課了。

「你不是因為上午要去駕訓班，才來我這過夜嗎？」

加藤拎著超市購物袋，一副已受夠他的模樣，出言責備。今天早上，世之介忙完飯店的工作來到這裡。雖然暑假已經開始，但為了替忙著練習森巴舞的石田代班，他幾乎每天輪班，所以每到要上駕訓班的日子，他就想到加藤的住處過夜。這裡有冷氣也是一大主因。世之介在外打工，區區一台電風扇倒也不是買不起，但有人說，錢賺得太多就沒空花，這話一點都不假，如果有時間上電器行，他寧可多睡三十分鐘。

「因為別人家的冷氣用起來一點都不心疼是吧，你這個人實在是……」

加藤拿起遙控器關掉冷氣，打開窗戶和緊閉的窗簾。夏天的夕陽照向世之介的惺忪睡眼，無比刺眼。

「最近我認真在考慮買一台冷氣給你，竟然有這種念頭，實在太可怕了。」

加藤坐在床邊，津津有味地啃著路上買回來的蘇打冰棒。

因冷氣而冰涼的皮膚，接觸從窗外流進的悶熱夏氣，感覺說不出的舒服。

「對了，今天早上因為太睏了沒有說，我通過臨時駕照的考試了。要是再等你，恐怕就沒辦法趕在暑假結束前考上，所以先報考了。」

加藤以門牙啃咬的蘇打冰棒，冒出白色的霧氣。

「我再上一節課，也能報考臨時駕照，你再等我一個禮拜就行了。」

再過一個禮拜，打工的飯店便沒辦法休假，還要上駕訓班，緊接著是森巴嘉年華。世之介不知如何是好，只好露出小腿，伸手搔抓。

睡了將近十個小時，好久沒這樣了，感覺通體輕盈。世之介等加藤吃完蘇打冰棒，起身擅自打開冰箱。

「我可以吃這顆桃子嗎？」

雖然開口問，但他已經張口咬下。加藤回了一句：「不行。」

「啊，加藤，忘了跟你說，洗髮精用完囉。」

「因為都你在用。」

「你好像心情不太好呢。是不是欲求不滿啊？」

桃子入口甘甜，汁液滑順地流進乾渴的喉嚨。

「我今晚要外出，你快回去吧。」

加藤躺在床上，露出髒襪子。世之介看了猛然站起，對他說了一聲「借我沖個澡」，然後走進浴室。

他朝所剩不多的洗髮精瓶子裡裝熱水，用它來洗頭，因為水聲聽不太清楚，不過隱約聽見加藤在門外和人說話。世之介心想，可能是推銷訂報之類的吧，倒也沒太在意，繼續忙著洗頭，接著卻傳來咚咚咚的敲門聲，加藤喚道：「世之介，祥子來找你了！」

自從那次去稻毛的遊艇港體驗過「海水浴」後，祥子始終沒有聯絡，世之介心想一定是自己老盯著千春，祥子才對他死了心。雖然頭髮洗到一半，但他還是從門內探出半邊身子查看情況。祥子站在狹窄的玄關，顯得神色自若。她一樣戴著那頂帽沿寬大的帽子，使狹窄的玄關更顯狹窄。

「怎麼了？」

世之介擦去差點跑進眼睛的泡沫問道。

「這兩、三天，我請業者到我家挑選去長崎入住的可愛飯店，也討論怎樣才是有效率的行程安排，可以到各觀光景點逛逛，然後我突然發現，還不知道您哪天要返鄉呢。」

面對滿頭泡沫的世之介，祥子自顧自地說個不停。

「等、等一下。妳說有效率地安排行程，祥子，妳是真的打算陪我回鄉下嗎？」

「哎呀，當然是真的。有一家很可愛的飯店，所以我已經訂好了。」

世之介那含蓄的抵抗，祥子根本感受不到。加藤在玄關聽著兩人的對話，強忍笑意，甚至還在一旁插嘴：「哦，祥子，妳要跟世之介一起返鄉探親啊？那妳不用住飯店，直接住世之介老家不就好了嗎？」

世之介馬上瞪了他一眼，但祥子似乎有點難為情，很開心地笑道：「加藤先生，你也真是的。這麼厚臉皮的事，我的個性實在做不來。」

「如果是返鄉的日期，打電話來問不就得了嗎？用不著專程跑到這兒來吧。」世之介極力抗議。

「我打過電話。可是您總是不在家，電話答錄機的留言也錄滿了。」

「我的電話答錄機，三分鐘的留言可以錄十通耶。」

「咦？有三分鐘那麼久嗎？我還以為只能錄三十秒呢。」

世之介明白再講下去沒完沒了，決定先回浴室把身上的泡沫沖乾淨。

他一面沖洗泡沫，一面試著想像祥子走在老家附近的模樣。雖然老家一帶也算不上多鄉下，不過那是十五年前才填海打造的新生地，原本是一座海島，有人家中是有漁船，但沒人有遊艇。別說遊艇了，就連擁有遊艇的人長怎樣也沒見過。有次他帶小櫻回去，魚市場的大嬸還朝他們發出「喲」的喝采聲。

世之介望著被吸入排水孔的泡沫，長嘆一聲。

走出浴室後，實在沒辦法對等在屋外的祥子視而不見，於是世之介向加藤說聲再見，走出房外。果然不出所料，公寓前方停著那輛黑色CENTURY，祥子坐在後座，一臉開心地翻閱旅遊書。

他敲了敲車窗，坐進車內，駕駛安住將車上電話遞給祥子說：「少爺打來的電話。」

「今晚？今晚我忙著為旅行做準備呢。」

祥子講電話時，橫之介透過後視鏡與安住打招呼。

「……對。我現在和世之介先生在一起。嗯，哎呀，是嗎？可是我沒辦法耶。嗯，那就這樣囉，請代我向千春小姐問好。」

一直在等她講電話的世之介，一聽到祥子提到「千春」這名字，馬上做出反應。

「妳說千春小姐，是上次搭遊艇時的那位千春小姐嗎？」

祥子將話筒遞還安住後，世之介逼問似的向她追問。

「是啊。勝彥哥說他們今晚要搭直升機飛東京灣，他問我要不要找人一起去，但我今晚得決定好旅遊行程。」

祥子不理會世之介此時的慌亂模樣，又開始翻閱起旅遊書。

「只有妳哥和千春小姐嗎？」

「我哥的朋友，就是上次一起去的大河內先生他們原本也要同行，但後來突然不能去。」

「我想去！我想坐直升機！」這句話湧上世之介喉頭，但將自己對千春的熱情表現得太明顯也不妥，所以世之介刻意佯裝平靜地說：「祥子，你們兄妹感情不錯吧。」改從其他角度進攻。

「或許因為我們是同父異母的兄妹吧。」

祥子泰然自若地應道。

「咦？同父異母的兄妹？」

「是啊。家父是個熱情奔放的人，家母是他的第三任妻子。」

「這樣啊……可是，難得妳哥開口邀約，就這樣拒絕好嗎？」

「咦，什麼意思？」

「我是說直升機。」

「世之介先生，你想搭直升機？」

「我？我還好……」

「我有點怕那位千春小姐。」

「為、為什麼？她感覺人不錯啊。」

「勝彥哥似乎覺得有趣才和她交往，不過我跟您說件事，您可別跟人說哦，她好像是位高級妓女。」

「高、高級什麼？」

此時世之介驚訝的程度，如果車上有天窗，他恐怕就會像直升機般一飛沖天，而面對這樣的他，祥子只是靜靜地回了一句：「妓女。」

「可、可是，她不是擔任派對企劃助理嗎？」

「應該就是那家企劃公司居中安排的吧。我也只是從大河內先生那裡聽到一些消息，詳情並不清楚。先不管這個，這是我挑選的飯店，很可愛吧？雖然離市區有點遠，但好像離你家很近。聽說是採希臘聖托里尼島風格打造的。」

世之介思緒紊亂，祥子朝他攤開畫滿圈圈的旅遊書。

八月　返鄉

進入八月後連日酷暑。第一次體驗東京夏日的世之介，也因為連日暑氣逼人而活像一隻喘不停的野狗。當然，世之介的家鄉同樣也正值夏天。但白天光芒萬丈地照耀人們和地面的太陽，總會有浮雲遮蔽，入夜後空氣也會轉涼。東京則完全不會。在家鄉會有睡不好的夜晚，卻不會有無法入眠的夜晚。

順帶一提，七月最後一天舉辦了他們社團引領期盼的森巴嘉年華。世之介當然也參加了，但石田學長為了以最佳狀態參加嘉年華，連日讓世之介替他輪班，結果當天，世之介上午穿著一身華麗的服裝站在起點處，原本還沒事，卻在等候「MUSICA」隊出發時，因為睡眠不足加上中暑而昏厥，大出洋相。

世之介醒來時，人已在主辦單位的事務所後方搭建的急救帳篷裡。他朦朦朧朧恢復意識時，還替團員擔心，像夢囈般嚷著：「你們不必管我，快點出發吧。」

他以為大家會擔心他而沒參加嘉年華，圍在床邊照顧他。但事實上，「MUSICA」的舞者就不用說了，就連硬是要學弟替他輪班的石田，也在隊伍中目送擔架抬走世之介後，無情地在大路上展開熱舞。

嘉年華平安落幕，傍晚一行人在淺草的居酒屋舉辦慶功宴，世之介這才知道真相。宴席中，盡情狂舞後的激昂情緒還未消散，眾人舉起啤酒杯相互乾杯，只有世之介一人坐在角落，感嘆團員們的無情。

雖然在森巴嘉年華中昏厥，但世之介這幾天還是有開心事。原本以為在返鄉前不可能通過臨時駕照和正式考試，沒想到竟順利通過。

「你又在看森巴嘉年華的錄影帶啊？」

從澡堂回來的加藤如此說。世之介還是整天窩在有冷氣的加藤家中。順帶一提，最近因為打工存了筆錢的世之介，考慮搬到學校附近。這樣的話，與其在現在的住處裝冷氣，不如再忍一個月，另外找間附冷氣的房子。這麼一來，他只要思考接下來這一個月該怎麼做才不會被加藤逐出門外就行了。

「你回來啦！」世之介躺在地板上，以開朗的聲音相迎，加藤則是笑著應道：「雖然你嘴巴上總是說跳森巴舞很丟人，但其實還是很想跳嘛。」

「對了，你後天要回老家對吧？」

當時也在淺草大橋欣賞「MUSICA」配合輕快節奏扭腰擺臀，看得津津有味的加藤向世之介問道。

「是啊，兩個禮拜後再回來。」

明明練舞都偷懶沒去，卻還是不甘心沒能在嘉年華中登場，世之介看著影片的雙眼充滿恨意。

「就算我叫你別來，你還是會來吧。倒是那卷錄影帶，你就別再看了。老是聽那個音樂，連作夢都會夢到你。」

「我在夢裡跳舞嗎？」

「啥？」

「沒在正式開始前昏倒嗎？」

世之介那不死心的態度令加藤傻眼，他起身前往浴室，查看從傍晚就放在浴缸裡泡冷水的西瓜變涼了沒。

「加藤，關於千春小姐那件事，我還是覺得那是祥子捏造的……就是說她是高級妓女那件事……會不會是因為我一直很在意千春小姐，祥子看了嫉妒……」

世之介躺在地板上，做著空中踩腳踏車運動，一面說道。從浴室裡抱著西瓜走出來的加藤，則啐了一聲說：「又講這個。」

「你飯店的工作休假，無事可做，這我明白，但你每天不是看森巴嘉年華的錄影帶，就是聊千春這女人的事，你這人可真沒生產性。」

「生產性？我才沒那種東西呢。」

「如果你真那麼在意那個女人，幹嘛不直接和她見面，把話問清楚呢？如果是的話，就用你打工存下來的搬家費，買她一夜春宵啊。」

「哇，你可真敢說。我可從沒用那種有色眼光看她哦。」

「騙人。你平時睡覺說夢話，不是都在喊價嗎？」

「不會吧……」

世之介慌了起來，抱著西瓜的加藤從他身上跨過。

「看你這反應，果然想對她喊價。」

高級妓女究竟是怎樣的職業，世之介也以自己的方式調查了一番。入學以來他從沒去過學校圖書館，這次他特地去辦理使用登記也是為了這個，甚至還借了埃米爾．左拉的小說《娜娜》。

在貧窮勞工家庭長大的少女娜娜，以她的肉體魅力從女演員成為高級妓女，上流階級的紳士們拜倒她石榴裙下。男人們迷戀娜娜，拋卻財產和地位紛紛破產。但娜娜的放縱人生，最終結局卻是因懶惰而落得一死，死狀悲慘……

事先看過描述詳盡的故事大綱，感覺就像千春也會死於非命，所以他遲遲不敢往下看。

「加藤，這本書你可以先幫我看過一遍嗎？」

加藤將西瓜剖成兩半，拿湯匙挖著吃，世之介朝他丟出那本《娜娜》。

「我吃完西瓜要出門。」

加藤直接改變話題。

「去哪？已經十一點多了耶。」

「去哪……只是去散個步。」

「啊，如果是散步，我跟你去。反正閒著也是閒著。」

「免了吧，你就不用跟了。你就留在這看你的高級妓女小說吧。」

「我不是說了嗎，我不敢看，我會怕。」

雖然加藤沒請他吃西瓜，世之介還是從廚房拿來自己的湯匙。

「我認為她原本不是那樣的女人，也許是背後有黑道威脅，強迫她做這種事。」

世之介也大口啃起了西瓜，加藤無視他的存在，打算出門。

「等我一下，我也要去。」

「不是叫你別跟嗎？」

世之介拿著西瓜和湯匙跟在加藤後頭。

「你要拿著那些東西走嗎？」

「因為我還沒吃完啊，不是散步嗎？」

可能是懶得發表意見，加藤什麼也沒說就出門外。

加藤走在夜路上，世之介則邊吃西瓜，邊跟在他後頭。他在加藤背後說：「千春小姐她啊……」加藤沒搭理。走了約三分鐘後，加藤突然停下腳步問他：「我之前跟你說過我對女人不感興趣對吧？」

「哦，聽你說過。」

「結果你說你還是第一次遇見像這樣的同學，還問我對什麼感興趣，對吧？」

「對，是有這麼一回事。」

「其實我喜歡男人。」

語氣雖然乾脆，但加藤難得露出緊張的神色。

「哦，是嗎？」

「哦，是嗎……你就只有這種反應？」

反而是加藤感到驚訝。

「啊……難道我在睡覺時，你曾經對我惡作劇？」

「我才不會呢，你不是我的菜。」

「這話……太傷人了。」

「總之……就是這麼回事。所以以後你要是覺得不方便跟我往來，那就算了。」

加藤邁步離去。

「啊……你這話的意思，該不會是拐著彎叫我以後別到你那裡過夜吧？」世之介急了起來。

「不是……應該說，你聽了之後一點都不覺得慌亂嗎？」

「會啊，可能以後都沒冷氣吹了。」

「就只是這樣？」

「嗯。」

「總之，就是這麼回事。」

「這我明白……結論是我以後還是可以在你那過夜吧？」

聽到世之介這番話，加藤傻眼地轉頭看。

兩人前方是草木茂密、鬱鬱蒼蒼的公園，園內燈光照向樹葉，呈現出迷幻風情。

「我說……」

加藤擋在仍悠哉吃著西瓜的世之介面前。

「算了……總之，我就是這樣的人，像我們這樣的人到了晚上，為了尋求一夜的刺激，會聚集在這座公園，所以現在我才會來到這裡。」

加藤似乎漸感焦躁，他背後是一座漆黑的公園。

「咦，這裡就是嗎？」

就連世之介也為之驚慌。

「沒錯。」

「我要是跟你在一起的話，那不就很不妙？」

「非常不妙。」

加藤現在已從焦躁轉為發火。

「那我到那邊的長椅坐著等你……」

加藤滿心以為他會就此離去，沒想到世之介竟然一面挖著西瓜吃，一面從他身旁走過，朝園內而去。加藤完全傻眼，說不出話來。

「竟然說要等我……」

「我不會礙事的，你快去吧。」

走近園內的世之介，坐向離他最近的長椅。果然還是坐著吃西瓜比較方便。

窩在加藤的住處混日子，轉眼間，世之介的暑假已過了一半。要不是要返鄉，世之介肯定直到聽見鈴蟲鳴唱為止，都待在加藤冷氣涼爽的房內。

這天世之介第一次返鄉。

他一臉睏倦地走出地方機場的大樓，肩上揹著大背包。順帶一提，裡頭裝有大理石座鐘。四個月前帶來東京的東西，現在又再度帶回老家。

在他走出機場大樓，坐進開往市內的接駁巴士前，驀然仰望天空。原本只是覺得「看來今天也會是個大熱天」，而不經意地轉動頭部，但映入眼中的藍天和壯闊的夏日浮雲，突然令他眼眶一熱，好懷念的夏日晴空。但不解風情的世之介卻擔心自己中暑而不安，這是因為上次森巴嘉年華即將上場前，他突然昏厥所造成。

要先搭接駁巴士到市內，然後換乘巴士。世之介的老家，從市內搭車約一個小時。那是在當地都被稱作「鄉下」的地方。在巴士上搖搖晃晃坐了約一個小時，終於抵達，世之介在巴士上睡死了。他揉著惺忪睡眼下車，拖著步伐走在回家的路上，隨即下個瞬間，世之介突然睜眼細看腳下；就像誤穿了別人的鞋一樣。

世之介環視四周。明明是看慣的故鄉景致，卻覺得哪裡不一樣。這是四個月前他幾乎每天都走的路，甚至可稱作他的專屬道路。

咦，這條路有這麼窄嗎？

包圍道路的石牆理應和四個月前一樣高，現在卻覺得低矮。世之介再度確認起自己的鞋子。是他穿慣的那雙骯髒的運動鞋。但道路、石牆、小時候掉進去過的水溝，還有零食店的店面，一切看起來都那麼小。

順帶一提，世之介的身高在高二那年夏天便停止生長。來到東京的這短短四個月，也不可能突然長高。

世之介幾乎可說是恍恍惚惚地回到老家。來到豆腐店前，正在曬太陽的葛井伯母跟他打招呼：「哎呀，世之介，你從東京回來啦。」

「啊，是伯母啊，您好。」

聽到他的聲音，從店裡探頭的豆腐店老闆，調侃他：「世之介，變帥囉。」

「啊，伯父好。」

自己居住多年的老家就在陡坡上，與剛才的道路、石牆、自己跌進去過的水溝相比，它看起來更小。

原來如此。我現在住在東京……

世之介不自覺地脫口說出。他仰望天空，眼前是夏日藍天。世之介這時第一次發現，這片晴空如此蔚藍，這裡的蟬聲如此喧鬧。

坐飛機時目光都被空姐吸引，但此刻面對懷念的老家，鄉愁突然襲來，令單純的世之介無法自抑，眼淚幾乎快要奪眶而出。他打開門，朝屋內喊道：「我回來了！」

一走進玄關，便聞到熟悉的氣味。嚴重磨損的入門台階、鞋櫃上的除臭劑，都與四個月離家前沒有兩樣。

四個月前，行李雖然沉重，但世之介有預感一個全新的什麼正要展開，就此步出家門。

就在世之介感慨萬千之際，「你回來啦」，屋內傳來母親的聲音。世之介將視線從鞋櫃上的除臭劑移開，母親穿著圍裙站在面前。他此刻心情激動，很想對母親說一句：「媽，謝謝你將我養育成人。」但母親一看到感慨萬千的兒子，竟然劈頭就罵：「真慢，你是跑哪鬼混去了，人家祥子小姐早來了。」

「竟然說我跑去鬼混……」

世之介話說到一半。

「咦？妳剛才說祥子？」

世之介發出一聲鬼吼，這時祥子從母親背後探出頭來。

「祥、祥子……」

「您回來啦。」

「為、為什麼？……妳不是明天才要來嗎？」

「嗯……這件事說來話長，不過，不是有個叫 Skymate 的制度嗎？」

還是一樣我行我素的祥子開口說。

「是學生的機票優惠對吧。這我知道。我也是買這種機票回來的。」

「就說吧。我原本不知道……從學校的朋友那裡得知，馬上火冒三丈。我也是學生，應該也適用Skymate才對。但卻被迫用一般票價購買，你不覺得很過分嗎？對方做這種黑心生意，我不能原諒，於是馬上提出要求，撤換和我家固定往來的業者。不過，因為明天的機票不容易買到，就臨時改為今天了。」

面對祥子的憤慨，世之介的鄉愁和感慨早已不知去向。母親從一臉疲憊的世之介肩上接過背包，一臉感佩地說：「真是一位有經濟概念的好女孩呢。」世之介在心裡吶喊：「才不是呢！」但他的想法無法傳達給母親。

「這樣的話，妳應該打電話通知我一聲啊。」

明知多說無益，世之介還是不死心。

「話是這樣說沒錯，不過因為我從今天早上就一直在等候補機位。」

「妳不惜等候補機位也要改成Skymate？」

「哎呀，因為節省很重要啊。」

母親一副理所當然的神情插話。

儘管你一言我一語地爭論不休，但與這客廳四個月不見，他感到無比懷念。不知為何，祥子端來了冰涼的麥茶。這時世之介也逐漸明白是怎麼回事。

似乎是今天早上，祥子等到候補機位，很幸運地坐上飛機。她馬上打電話給旅行社，說她訂好了飯店。雖然機票打了折扣，但卻多了一晚住宿費，要是她能發現這項矛盾就好了，但祥子卻只是開心地強調Skymate的折扣有多高。

從機場搭乘飯店接駁巴士的祥子，在上午十點辦好住房手續，當地的游泳池、咖啡廳、禮品店，她似乎都逛過一輪，很快就覺得無趣。於是她打電話到世之介老家，想先跟他們聯絡一聲，說她提早到了。

接電話的人是世之介的母親，一開始聽祥子這麼說（世之介從東京帶女朋友回家！），她當然很驚訝，但如果兒子的女朋友專程從東京來，留她一個人孤零零地住在飯店也怪可憐的。

「請馬上到我們家來吧。」

母親似乎將住家周邊的詳細地圖傳真到飯店。

祥子和世之介的母親從見面到現在應該也才短短幾個小時，但她們似乎相談甚歡。反倒是世之介比較像客人。

「老爸幾點回來？」

可能是這個緣故，世之介說話的語氣顯得有點不悅。

「七點應該會回來吧……啊，祥子小姐，砂糖不在那邊，在橘色拉門裡面。」

「好～啊，找到了。話說回來，從流理台的窗戶望出去的景色真美呢。」

「我們家地勢高，甚至能看見大海呢。」

祥子和母親都顯得心情愉悅。

「妳不問我在東京過得怎樣嗎？」

世之介不由自主地問。母親回了他一句：「聽說你整天窩在一位姓加藤的朋友家是嗎？還加入森巴舞社，在重要的發表會當天卻昏倒了。」

看來，獨生子在東京的生活情形，她已從祥子那裡聽聞。

睽違四個月重返家鄉的感動已完全消失，世之介他們靜靜等父親返家。世之介很久沒回家，所以今晚餐桌上會有他最愛吃的漢堡肉。但人在廚房的祥子和母親一副聊得很投緣的樣子，世之介雖在家中，卻覺得渾身不自在。

不過，他也有意外發現。雖然祥子出門都有司機接送，還把遊艇上的派對誤當成是海水浴，但廚藝卻不錯。漢堡肉就不用說了，就連父親愛吃的醬燒，她也在母親的指導下俐落地完成。

望著站在廚房忙碌的兩人，世之介只感到飢腸轆轆。他無事可做，只好走上二樓房間。與四個月前沒什麼改變。要是在這裡睡上一覺，明天早上可能會迷迷糊糊的到高中上課。他躺在床上，昏昏沉沉地睡去。也不知睡了多久，是父親的一聲「哦，回來啦」將他喚醒。

「嗯，我回來了。」

世之介揉著眼睛應聲。連父親對他說的一句「飯煮好囉」也和四個月前一樣。

「好，我馬上下去。」

他的回答也和四個月前沒兩樣。

父親正準備關門時，突然停下轉頭對他說：「你該不會對那女生做了什麼不規矩的事吧？」眉頭擠出深邃的皺紋。

「不規矩的事？」世之介打了個大哈欠。

「我是指……害人家懷孕之類的。」

「咦？」

父親似乎是認真的。

「別開玩笑了，我們只是普通朋友。」

「沒騙我？」

「是真的。」

世之介噘起嘴。事實上，他確實問心無愧。

父親似乎就此放心，把門關上，下樓的同時像夫妻打暗號似的向母親報告：「孩子的媽！世之介哪有變胖啊。」

夜風從敞開的窗戶吹進屋內，緊纏著電風扇的葉片。世之介走出房外，祥子從樓梯底下探頭。

「世之介先生，吃飯囉。」

「嗯。」

「跟您說哦，伯父伯母說吃完飯後要帶我到他們常去的卡啦ＯＫ酒館。」

「卡啦ＯＫ酒館？是那家『幸』嗎？」

「伯父說，等您當上大學生後，和您一起去喝酒是他的夢想。」

「我老爸真的那樣說？」

「不，是伯母偷偷跟我說的……我能參與這麼感人的場面，真是幸運。」

祥子還是一樣我行我素。世之介在背後推著祥子的肩膀往餐桌走去。用餐時，世之介的父母一搭一唱說：「世之介，東京的女孩說話可真文雅呢。」「就是說啊。」自從解開懷孕的猜疑後，他們倆便開心地喝著啤酒。

●

冰箱裡沒有葡萄酒，原本放葡萄酒的地方，現在擺著一個蔬菜濃湯包。他沒印象自己買過這東西，所以應該是相方買來的，但這幾天他多次打開冰箱，不知為何一直都沒有發現。

幸好上次買整箱松賽爾白酒還剩一瓶，於是他將蔬菜濃湯包往裡塞，改將白酒放進側架。現在已七點多。在相方來前應該來不及冰鎮。也許先到公寓一樓的便利商店買些冰塊回來比較妥當。

大約三年前買下的這間公寓，站在陽台就能飽覽新宿夜景。當初買房時，抽籤選到最頂樓，真是好運氣。晨跑時總會碰面的深川夫婦是他們樓下的住戶，聽他們說雖然只差一層樓，但他們家被對面公寓的瓦斯排氣管擋住，剛好看不見新宿林立的高樓。

當初買房時地價正好跌至谷底，利息也低。距離新宿搭地鐵只要兩站，十八坪兩房一廳五千萬圓成交，可說是買在買房最佳時機。

他大學畢業後在中型廣告公司任職，一待就是八年。負責的是像鐘錶、汽車、香水這類奢侈品，累積了人脈後被挖角，到當時剛創刊的雜誌擔任廣告負責人。在那裡又待了四年後創業，目前經營一家小型的廣告公司。

之所以會買下這間公寓，一來是公司營運上了軌道，二來是大四那年開始交往的相方身體突然出狀況，經歷了一段長期住院的生活。檢查後得知是心臟方面的問題。

他年少輕狂，或者該說很少在別人面前示弱，但當相方在病床上低聲哭訴，他不由自主地脫口：「不管發生什麼事，我都會照顧你。」

如今回想，對他而言，也許那就算是求婚了。幸好手術後恢復狀況良好，三個月後出院，之後兩人都對當時的事避而不談。不過，每到週末在陽台喝紅酒閒聊時，總會在不經意的瞬間感覺到彼此仍未忘記當時的話。

當他接到相方打來的電話，說自己在房裡無法動彈時，他要相方馬上叫救護車，自己也打了119，然後趕往相方被送往的醫院。但儘管相方痛苦難受，院方仍不允許他和相方見面。

可能是因為太激動，他坦白告訴醫生自己和相方交往了將近十五年。即便如此，醫生也只露出覺得噁心的表情，說他既不是家人，也不是他的妻子或未婚妻，沒有會客的權利，堅持不肯退讓。

院面已跟相方的家人取得聯絡。兩小時後，相方的母親臉色大變，火速趕來，當相方的病情稍微穩定下來，她發牢騷說：「就是怕有種情形，我才一再催他早點結婚啊。」他在一旁也只能憨傻地回答：「因為他太受歡迎。」

至今仍不時會想起，當時他無法得知相方病情，獨自在醫院走廊上雙手抱頭的樣子。有時護士會從走廊上路過，他勉強維持住理性，但若沒人看到，他恐怕會當場抱頭蹲地，全身顫抖。

為了買冰塊來冰鎮紅酒，他走到一樓的便利商店，在雜誌區看了一會兒雜誌，突然想起白天發生的事，頓時無法專注在雜誌上。

今天下午，他在青山一家咖啡廳與人討論。對方是某家飲料公司負責宣傳的女性，與他有多年交情，因為下個月要舉辦新品發表會，他與對方討論相關事宜，同時聽對方聊她最近迷上越南。

坐在靠窗的位子，可以看見路上來來往往的行人。這名女子正好談到她在越南認識了一位她很欣賞的畫家。他的視線不經意投向窗外，一個模樣熟悉的年輕男子從店門前路過。

他不由自主地發出一聲驚呼，卻又一時想不起對方是誰。與其說是想不起名字，不如說是不知道什麼時候、在哪裡見過這個人。

「什麼事？」

話說到一半被打斷，女子也馬上望向店外。

「好像有個認識的人從外面路過……」

他望著馬路回答道。當然，那名年輕男子已從他的視野中消失。

「是和你有工作往來的人嗎？」

「不，是個年輕人。」

「又來了，我看只是對方剛好是你的菜吧？」

她朝外面的馬路望了半晌，這時服務生剛好走來，她便請服務生替她的紅茶加熱開水。

「說到喜歡的菜正好想到，最近你們夫妻倆處得好嗎？」

「我們？還不是老樣子。」

「之前不是說嫂子在外花心，為此大發雷霆嗎？」

「哦，那件事早過去了……應該說都這把年紀了，還覺得自己很受歡迎是她的可悲之處。」

「說什麼呢，妳們不是都正值盛年嗎？」

「在這種情況下，要以女人的年齡來看才對。」

「哦，這樣啊……啊，等等，雖然我和妳們同樣年紀，但我還年輕哦。」

「她也是這麼說。」

「原來如此。如果是我自己說那倒還好，但如果是同年紀的女人說同樣的話，或許就會覺得有點可悲。」

「對吧？」

之後兩人的話題又拉回越南，還說好下次要挑同樣的時間休假，一起去越南。離開咖啡廳時，那不經意看到的熟悉臉孔已從他腦中揮除。

他在超商買了冰塊回到屋內，相方正忙著將配菜端往陽台的桌子上。「這麼早啊？」他如此喚道，接著一面抱怨：「又是伊勢丹的熟食。」一面把菜移往盤裡，順便捏起一小塊鴨肉送入口中。

「你不是去大阪出差嗎？」

他在廚房朝冰桶倒入冰塊，如此問道。

「啊，對對對。這次的工作地點離你老家開的超市很近哦。」相方說。

「說什麼老家，早已經轉賣給別人，現在是別人的店了。」

「超市就是超市。我問附近的人得知它重新裝潢，取了一個時尚的英文名，但大家還是都叫它『丸萬』。」

在大型建設公司任職的相方，只要一有大案件，再遠也要去，幾乎飛遍日本全國各地。最近不光日本，飛往亞洲各國的機會也逐漸增多。因為工作的緣故，相方常出差的地方一定會重新開發，數年後成為世人矚目的新焦點。這幾年他都沒返鄉，不過看相方頻頻到那裡出差，他從小生長的地區應該也有不小的變化才對。

他捧著冰桶到陽台一看，相方不知何時已在寢室換好衣服，穿著一身運動服坐在椅子上。這樣子用餐光線是昏暗了點，但在夜風下享受悠哉時光，最能讓他感到幸福。

「還不夠冰哦。」

相方正準備要打開紅酒，他朝相方說道。相方叼著菸，皺起眉頭說：「沒關係，我正口渴呢。」將開瓶器插進軟木塞裡。

他發現忘了準備筷子，站起身。就在這時，雖然不知道是什麼作用使然，不過他已想起下午在青山的咖啡廳裡看到的那名年輕男子長得像誰。

「啊……」

可能是因為他不由自主地停下動作，正在拔軟木塞的相方維持手臂出力的姿態，以誇張的聲音問：「咦？怎麼啦？」

「不，沒事……」

他先應了一聲，甦醒的記憶轉眼變得鮮明。當時他心不在焉地望著店外，正巧從馬路經過的那名青年，與大一時和他感情不錯的世之介有幾分神似。那距今已有二十多年，世之介不可能仍保有當時的模樣，從馬路上走過。

「喂，你怎麼了？」

相方一面打開軟木塞，一面側著頭問道。

「不，是這樣的，今天我在青山一家咖啡廳和丸野小姐一起喝咖啡時，有名年輕男子從外面的馬路走過。那個人……」

說著說著，不知為何一陣笑意上湧。

「你在笑什麼啊，怪可怕的。」

「不，我大一時有個感情不錯的朋友。」

「男的嗎？」

「對。同一所大學，我記得……啊，對了，當時他認錯人，主動跟我搭話。」

他想起世之介明明睡在別人床上，卻又假裝是睡地板的模樣，以及晚上在公園長椅上啃西瓜的模樣。

「他的名字叫世之介，仔細一想，當初我是和他一起考到駕照的。」

「別自己一個人在那裡傻笑好不好，怪可怕的。」

「抱歉……」

開始喝起相方為他倒的紅酒，笑意還是不斷湧現。

「世之介……那個人啊，當時對一位年紀比他大的女人一見鍾情，對方應該是一位高級妓女吧。那時候不是正值泡沫經濟興盛期嗎？總之，世之介迷上那種女人，睡覺說夢話時還喊價呢。啊，對了，同一個時期，有位富家千金也迷上他……聽說那小子帶著游泳圈坐上那位千金哥哥擁有的遊輪。」

看得出相方不感興趣，但從他嘴裡湧出的話卻怎麼也停不下來。

「我還是第一次看你這麼開心地聊著大學時的事。」

「是嗎？」

「是啊。我們不是在大學四年快結束時才交往的嗎？從那個時候起，你總是說那所大學很無趣，有趣的傢伙一個也沒有，不是嗎？」

「是嗎？」

「沒錯，當時你是這麼說的。」

「這樣啊……那就是我當時還不明白。」

「不明白什麼？」

遇見世之介之後的人生，與沒遇見他的人生，有什麼不一樣？他突然思索起這個問題。大概不會有什麼不同。只不過，一想到這世上有許多人在青春年少時沒遇見過世之介，不知為何，總覺得自己值得了。

「快點拿筷子來吧，我肚子餓了。」

聽到相方催促，他點了點頭，接著又想起了往事，笑著走向廚房。兩個男人在陽台上圍著小桌子而坐，外頭是遼闊的新宿夜景。

●

「喂，你真的沒問題嗎？」

母親從窗外往車內探頭，對世之介的每個動作都有意見。至於世之介，雖然回答沒問題，但因為這和他在駕訓班開的車種不同，所以就連鑰匙都不知該往哪插。

「你載了祥子，要特別小心哦。」

世之介以為是後照鏡調整鈕，一按才知道是車窗的開關鍵，差點夾到母親的脖子。

祥子就坐前座吧……正想這麼說時，不知為何祥子已坐向後座。

「我坐前座容易暈車，而且坐這邊比較方便和駕駛說話。」

雖然兩人還不是情侶關係，不過世之介第一次開車，她實在不該坐後座。

「不好意思，可以先開空調嗎？」

昨晚世之介打電話告訴高中同學他要返鄉的事。他有位男同學姓栗原，在當地的大學就讀。似乎不論在東京還是在當地，暑假都一樣無事可做，栗原對他說：「世之介，你回來啦？既然這樣，明天我們一起去海邊吧。我也會聯絡次郎和小池他們。」

四個月前，這四人還是合買情色書刊輪流看的關係，但現在其他三人也成了大學生，似乎都有女朋友，說要各自開車帶女朋友來。

「你呢？在東京交女朋友了嗎？」

面對栗原的詢問，世之介差點就回答「沒有」，但祥子正在廚房和母親一起吃飯後西瓜。

「不算是女朋友，是一位東京來的朋友。」

「男的嗎？」

「不，是女的。」

「咦？是這樣啊……那我不知道該不該說耶。」

栗原說話的語氣有點拐彎抹角。

「什麼啦，快說。」世之介催促道。

「嗯，那我就說囉……現在次郎交往的對象是大崎櫻。」

「咦？」

「他們好像在同一個地方打工。你也去過的，一家叫『That's IZZA』的披薩店。」

去過，當然去過。何止去過，還是和大崎櫻一起去的。

「走沒幾步就是海邊了，為什麼要專程開車去呢？」

世之介不斷對後視鏡進行微調，祥子看了焦急從後座問道。

「那邊的海岸全是岩石，沒辦法游泳。」

「您的朋友也都會帶女朋友一起去對吧？」

「對，一起。連我們也算在內，一共八個人。那我們要出發囉，可以嗎？」

「好啊。我從十五分鐘前就在等了。」

世之介終於放下手剎車，把腳從剎車踏板移開。等得不耐煩的母親已離開車庫。車子緩緩駛離昏暗的車庫，順著陡坡而下。這輛車的剎車也許比駕訓班的車還要靈敏，只是輕踩便車身一震，使得兩人身體前後搖晃。

「我有點緊張呢。」

「啊，抱歉。」

「世之介先生，您的同學個個都是有趣的人吧？」

「啊，原來是指那個啊。」

「咦？不然還會是哪個？」

世之介不理會祥子，決定專心開車。車子駛下陡坡，開在村子狹窄的巷弄裡。在駕訓班時，直角轉彎他最拿手。車子通過村子，進入縣道。在出發前花了不少時間，但一旦開始行駛，一切就很順利。

「世之介先生，您的朋友們也都開車來嗎？」

「聽說都是開自己的車，喏，這裡和東京不同，每個人家裡都有停車場，所以他們很快就買車了。」

世之介一面順著沿海道路行駛，一面心想，哦，原來這就是所謂的開車兜風啊。有生以來第一次開車，他頗感自豪，但如果可以，他希望與他同行的人能坐在前座陪伴。

「祥子，會熱嗎？」

「不會，很舒服。」

「要放音樂嗎？」

「啊，這裡有令尊在酒館唱的石川小百合全曲集。」

「那就免了吧，這可是我人生第一次開車耶。」

「那麼，要聽渥美二郎嗎？」

車子提高速度，順暢地駛過縣道。世之介嘗試人生第一次的超車。超車的對象是以前他上下學坐的巴士。

人生第一次在路上開車，超乎想像地暢快。

約見面的地點是亞熱帶植物園前方的大路，路旁停了三輛車。在豔陽下，栗原他們坐在馬路護欄上聊天。世之介把車停在最後頭，眾人馬上靠了過來。

「你好慢啊。」

率先走來的栗原如此說道，目光移向後座的祥子。

「妳好，我是栗原。」

「很榮幸遇見您。我叫與謝野祥子。今日承蒙……」

「啊，可以了，可以了。」

世之介急忙來到車外。叼著菸的小池對他說「好久不見」，世之介向他應聲「嗨」，同時目光搜尋次郎和小櫻。栗原和小池的女朋友們坐在護欄上，朝世之介點頭致意。

「次郎呢？」世之介問栗原。

「最前面那輛車。」栗原努了努下巴。

世之介走在灼熱的柏油路上，緩緩靠近那輛白色的COROLLA。他猶豫了一會兒，不走向前座，而是繞往駕駛座，發現次郎和小櫻正透過後照鏡看著他走近。

世之介拍了拍駕駛座的車門。車窗馬上搖下，次郎探頭應了聲「嗨」。小櫻坐前座。陽光照向她白色POLO衫，略微曬黑的臉龐散發出亮光。

「好久不見了。」

世之介這句話是對次郎而不是小櫻說，但小櫻卻對他說：「歡迎回來。」

「嗯……啊，對了，你們的事我已經聽栗原提過了。聽說是在那家披薩店打工對吧？那不就得沖那種像開水一樣淡的咖啡？哈哈哈。」

聽世之介開這個玩笑，次郎緊繃的表情才緩和下來。

「你在東京和小澤見過面嗎？」次郎改變話題。

「小澤那傢伙穿著華麗的西裝，搞一個叫什麼媒體研究會的東西。」

「他以前說過想當電視台播報員對吧。」

「咦？是這樣嗎？」

背後傳來一陣笑聲，世之介轉頭看，原來是栗原和小池的女朋友正在和祥子交談。

各自讓女朋友坐前座的三輛車，與不知為何讓祥子坐後座的世之介，大夥抵達位於半島南端的海水浴場已是十一點多。他們高中時就常光顧的海邊店家「小濱屋」有可以眺望沙灘的看台，他們佔好位置，當女生們去更衣室時，栗原向世之介問道：「喂，你和祥子吵架是嗎？」

「為什麼這樣問？」

以浴巾裹住身子換泳褲的世之介側著頭感到納悶。

「因為她沒坐前座啊。」

「她說坐前座容易暈車。」

世之介說出簡單易懂的原因，栗原聽了之後應一聲「哦」，馬上明白過來。

栗原和小池的女朋友都很善於交際，所以新加入的祥子似乎也玩得很開心。「多對情侶一起開車兜風，這是我人生第一次體驗。」祥子在後座很開心地說。

換好泳褲的世之介等人在海邊店家的沖腳處等女生們。女生們依更衣順序走下樓梯。祥子平時都穿有荷葉邊的寬鬆衣服，所以看不出來，世之介現在才知道她胸部豐滿，大為驚豔。順帶一提，祥子穿的連身式泳裝也有荷葉邊。

栗原和小池的女朋友似乎高中時就認識。兩人穿不同顏色的兩件式泳裝，只有最後走下來的小櫻穿白色比基尼。

世之介刻意不看小櫻，孩子氣地說：「沙灘很燙，我們一路衝向海邊吧。」執起祥子的手，在日曬下的沙灘邁步飛奔。「好燙、好燙。」祥子雖然一路尖叫，但還是緊緊跟上。世之介衝進浪中，祥子大可停下腳步，但她跟著照做，差點被大浪吞沒溺水。世之介急忙將她拉起，其他人站在岸邊笑嘻嘻地望著他們。

眾人玩起海灘球，世之介則獨自游向浮在外海的浮標。他游到中間地帶，讓身子漂浮在海面上。他感覺到位於眼皮正上方太陽的熱度，海水潑向灼熱的胸膛，有說不出的舒服。他踩著水望向沙灘，從隨波晃盪的水面前方，可以看見眾人追逐海灘球的身影，穿著白色比基尼的小櫻朝他揮手。

咦？

他試著找尋祥子的身影，發現她比任何人都還認真追逐著海灘球。世之介也向小櫻揮手。外海吹來的風吹拂他濡溼的肩膀。

過了用餐時間很久，他們才在海邊店家吃午餐。雖然遊輪上的魚子醬也很可口，但對世之介來說，游完泳後來碗清湯烏龍麵和飯糰，才真的是人間美味。

剛才還在頭頂上的太陽，此刻開始往背後的山巒隱沒，沙灘上四處奔跑的孩童們背部染上了傷感的橘色。

用完餐後，肌膚略感寒意。他們各自披上浴巾或襯衫返回沙灘。眾人一起緩緩走向遠方的岩石地，自然地拉開了彼此的間距。世之介和小櫻走在一起，離眾人有一大段距離。小櫻的襯衫下襬緊黏在溼透的大腿上。

「祥子小姐人真開朗。你們交往很久了嗎？」

「不知道算不算是交往……」

面對語塞的世之介，小櫻插話：「祥子小姐很喜歡你對吧？」

「妳也知道的，她這個人有點怪。」世之介回答。

「什麼話啊，我以前不是也和你交往過。」

小櫻注視著世之介的臉，他的視線不由自主地移向小櫻胸前。

「妳自己呢，怎麼會和次郎呢？」世之介轉移話題。

不知為何，小櫻突然收起笑意。

「是次郎向妳告白嗎？」

「就別談我和他的事了。」

小櫻跨過岸邊的海藻。

「你們交往得還順利吧？」世之介問。

「當然。」

小櫻面露微笑，但那不是世之介熟悉的笑臉。

「倒是祥子小姐，她真的很喜歡妳哦。」

「是嗎？」

「因為她很努力要讓你的同學們喜歡她。」

小櫻這番話令世之介感到意外，望向走在前方的祥子。

「她總是給人我行我素的感覺。」

「世之介，你還是一樣遲鈍。一般來說，在紫外線強的海邊，年輕女孩是不會像祥子這樣和男生一起玩的。」

世之介再次望向祥子，發現在女生當中，就只有祥子的肩膀曬得比誰都紅。

「感覺你和祥子小姐是天生一對呢。」

小櫻低語著。走在前方的祥子等人留下的腳印，旋即被海浪抹除。

「天生一對？」

「因為你和當初跟我交往時相比，更常笑了。」

「啊，這是誤會。這純粹是因為我和她在一起時，有很多狀況只能傻笑。」

「看吧，你現在不也是很開心地談到祥子小姐的事嗎？」

「是嗎？」

可能是注意到世之介的視線，祥子突然回過身來朗聲喊道：「世之介先生，聽說那裡的海邊店家賣烤蠑螺呢！」

「咦！妳還要吃啊？」

世之介大感傻眼，大聲喊了回去，聲音在黃昏浪潮聲愈來愈響亮的沙灘上傳開來。

世之介一家人和祥子四人共進晚餐，已成了慣例。祥子當然還是住在飯店，但從早餐到晚餐，甚至洗澡都在世之介家解決，晚上才回飯店。

「送祥子回飯店前，幫我送這個水羊羹去給初野太太。」

母親一口醃黃蘿蔔一口茶泡飯，如此說道，世之介則是吃著日式涼粉應道：「方向完全相反，太麻煩了。」

返鄉當天及隔天，用餐帶有滿滿的慶祝氣氛，但接連幾天，他們對世之介就不用說了，就連對身為客人的祥子也沒再把她當客人看待。

「你現在吃的日式涼粉就是初野太太拿來的。」

「咦，早知道就不吃了。」

「說這什麼話啊，真可惡。」

父親早習慣了世之介和母親的鬥嘴，直接跑到客廳去看棒球。祥子和父親不同，不可能習慣這樣的場面，但面對眼前的母子鬥嘴，她擺出與我無關的姿態，自顧自地嚼著醃黃蘿蔔配茶泡飯。

「沒關係啦，世之介先生，就當散步，順便去一趟吧。我陪您。」

「如果我的孩子不是你，而是祥子不知道該有多好。」

「知道了啦，我去，我去總行了吧。」

光母親一人就很難應付了，現在連祥子也站在母親那邊，世之介毫無勝算。

用完餐後，世之介和祥子感情融洽地出門去。剛泡完澡，夜風拂過脖子，帶來沁涼快意。

「既然有這個機會，要不要去海邊看看？」

「哎呀，太棒了。」

「雖說是海邊，但不是沙灘，是岩岸哦。」

「是防波堤那邊對吧？」

初野太太家就位在前往防波堤的路上。在敞開的大門前，世之介慵懶地喚道：「阿姨，水羊羹我放這裡哦。」初野太太馬上從屋裡走出來說：「聽說你帶女朋友來啊？」

「因為我在東京很受歡迎嘛。」

因為祥子在外面等，他說起話來肆無忌憚。

世之介和祥子順著陡坡往下朝海邊走去。沒花多少時間便來到低矮的防波堤。兩人翻越防波堤前岩岸走。

在月光下散發藍光的岩岸，因為祥子頻頻稱讚「好美」，世之介感覺就像自己受誇獎一樣，決定牽著祥子的手走到岩岸頂端。

「哇，我還是第一次在晚上這麼近看海呢。」

世之介找了一處平坦的岩石，祥子坐在上頭，望向遠方隱約可見的水平線。祥子沐浴在月光下的秀髮，隨著外海吹來的涼風擺動。

世之介驀然想起小櫻在海水浴場說過的話——「因為她很努力要讓你的同學們喜歡她。」

祥子望著打在腳下岩石散開的浪花，世之介伸了個懶腰，坐在她身旁。這是一塊小小的岩石，所以兩人的臀部勢必緊緊相貼，要是稍微失去平衡，就會被祥子的臀部擠出岩石外。世之介雙腳用力踩住，涼鞋的夾腳處深深陷入趾縫間。

「對了，小櫻大力誇妳呢。」

「小櫻小姐？」

祥子轉頭看他，兩人的臉貼得很近。腳下的岩縫間，因浪潮搖晃的海水發出有點搞笑的嘩啦嘩啦聲。

「妳很顧慮我同學們的感受，刻意陪他們一起玩對吧。一會兒坐香蕉船，一會兒游到跳台那邊去。」

「啊，我沒有顧慮他們的感受。去玩香蕉船和跳台，都是我提議的。」

見祥子回答得若無其事，原本有點感動的世之介一時無言以對。

舒暢的晚風，以及眼前這片沐浴在月光下的大海。此刻氣氛絕佳，但兩人間的對話卻融不進眼前的氣氛中。

「說、說的也是，是小櫻想多了。」

世之介尷尬地笑了起來。本以為祥子會跟著一起笑，沒想到她卻突然垂下頭，幾乎都可聽到她低頭發出的聲響。

「妳、妳怎麼了？」

看到那莫名其妙的反應，世之介慌了起來，急忙往祥子臉上看去。

「世之介先生，您真的一點都不懂女人心呢。」

「咦？」

「我也是女人，您要是和昔日戀人有說有笑，我看了心裡也會難過。」

「我們才沒有說有笑呢……啊，不過，要是給妳這種感覺，我向妳道歉。」

「我已經向您表示過我心裡難過了。」

「對不起……我都沒發現……是什麼時候的事？」

「我不是大聲對您喊：『聽說那裡的海邊店家賣烤蠑螺呢！』當時我實在是……」

「咦？那個嗎？我哪聽得出來啊，這太難了……我滿心以為妳是真的想吃呢。」

「我對貝類過敏。」

「啊？抱歉。」

坐在一旁的祥子，看在世之介眼中比平時還要嬌小。

「世之介先生……我很慶幸能來到您的故鄉。」

「真的？我原本還擔心不知道會怎樣。我也很高興。」

水平線上有顆星光閃耀。

世之介將微微發顫的手搭在祥子肩上。在他微微朝指尖使力的臂彎中，祥子迫不及待般，以頭鎚般的勁道一頭靠向世之介肩上。

「好痛。」

「啊，對不起。」

「沒、沒關係。」

兩艘船駛過外海。由於船速頗快，所以不是漁船，但是那並列的燈光特別好看。

「我已經不再喜歡小櫻了。」

「嗯，我知道。」

「可是妳剛才……」

「那是在套你話。」

「咦，是嗎？」

「像這樣兩個人看海，感覺真好。」

「祥子，我可以……親妳嗎？」

祥子沒回答。

世之介再也無法按捺，一把抱住她。

「祥子……」

雖然朝抱住祥子的手臂使勁，但祥子卻沒回抱他。

「這時候問這個問題有點不太恰當，不過……」

祥子的聲音莫名冷靜。

「什麼問題？」

「有艘船靠岸了。」

「船？」

「對，就在那……你看，好多人下船。」

附近有座漁港，但這時間沒有漁船會出海捕魚。就算有，應該也不會停靠這樣的岩岸。世之介以為祥子又在講些奇怪的話，回頭看去。月光將岩岸照得銀亮，世之介順著祥子驚訝的視線前方望去。

「咦？咦！」

結果證實，並不是祥子又說了什麼莫名其妙的話。

「咦？那是什麼？」

在離他們有點距離的岩岸上，停著一艘形狀怪異的小船。那艘沐浴在月光下的小船又髒又舊，彷彿隨時都可能沉沒。就像是用合板硬是在船上搭建了座小屋般，模樣之怪異前所未見。

船身有一部分打開，一群人從船上走下岩岸，果真如祥子所說。

「那群人是怎麼回事？」

祥子望著那群男人從小船上跳往岩岸，以完全狀況外的悠哉聲音問道。

「我、我不知道。」

由於事情來得太突然，世之介一時也不知該如何是好。下船的人們攀抓岩石，爬過不易立足的岩壁，朝他們的方向而來。人數約有二十多人，個個衣衫襤褸，枯瘦的身形沐浴在月光下。

「我、我們先離開再說。」

世之介急忙一把抓住祥子的肩。可能是過於焦急的緣故，他想站起身，卻因為腳下岩石而沒站穩，身子往前傾倒。

「他們好像不是這裡的人呢。」

祥子仍舊很悠哉地說道。

「總之，我們先走再說。」世之介又說了一遍：「那……那是難民，boat people。」

「難民？」

祥子似乎這才搞清楚狀況，用力抓住世之介的手臂。

「應、應該是……我們先回鎮上通報……」

「等、等一下！你看，裡頭有抱著嬰兒的母親啊。」

「這、這不重要，我們快走！」

「等一下，等一下，那個嬰兒看起來奄奄一息啊！」

猛然回神，才發現已經聽得到那些朝他們靠近的人們發出的腳步聲和呼吸聲。最早抵達的是一名年輕人，他爬也似的越過一塊巨大岩石的凹陷處，當他發現手牽著手的世之介和祥子時，頓時停住動作。從他背後陸續爬上岩壁的其他男人也和那名帶頭的男子一樣，愣在原地。

他們之間的距離已縮減為短短幾公尺。世之介維持準備起身的半蹲姿勢，就像要抱起祥子般，雙手一直插在她腋下。

就在這時，從那群停止動作、像趴在岩石上的男人們當中，步履蹣跚地走出一名比他們還要枯瘦的女性，懷裡抱著一名癱軟的嬰兒。

她凌亂的長髮因海風吹拂而緊貼在黝黑的臉龐上。女子沒有拂去緊貼臉上的頭髮，一直以世之介他們聽不懂的話低語著。那是想要大喊，卻沒力氣出聲的聲音。往前邁出一步已是竭盡所能，但她卻擠出最後一絲力量，想讓世之介他們看她懷中那名癱軟的嬰兒。

過程中，她背後的男人們一再大聲咆哮。但女子不理會那些朝她而來的聲音，慢慢向世之介他們靠近。腳下破碎的浪花飛沫，一路往上濺至抱著嬰兒的女子與世之介他們中間。

「世之介先生，這嬰兒……這嬰兒……」

猛然回神，世之介發現他緊抱在懷中的祥子在臂彎裡一再重複同樣的話。

「妳是要我們救妳的嬰兒對吧？是這樣對吧？」

祥子以近乎哭泣的聲音向靠近他們的女子問道。

「世之介先生，他們要是被抓會怎樣？這小嬰兒能獲救嗎？到底會怎樣！」

面對祥子的喊叫，世之介以一句「我、我不知道」吼了回去。這時，抱著嬰兒的女子踩到鬆動的岩石，差點跌到。世之介不由自主地來到她面前，從踉蹌的女子手中接過那名癱軟的嬰兒。

女子的臉上滿是眼淚，以幾不成聲的聲音不知喊了些什麼。世之介不發一語地點了點頭，接著女子就像在叫他快逃般推著他的背。這時四周突然強光照射，亮如白晝。不知何時，岩岸前方出現了兩艘巡邏船。

從搖曳的船上，射來兩道太陽般強烈的亮光。強光下，岩岸上的男子們大為驚慌，不知該往哪逃。巡邏船的擴音器傳來怒吼聲，但聲音被浪潮和風聲打亂，傳不進世之介耳中。

一群穿制服的男人從巡邏船跳往岩岸，動作無比迅速，相形之下，那群不知往哪逃的男人看起來就像慢動作。

這時，那名枯瘦的女子在世之介身旁蹲下身。她就像徹底死心般蹲在地上，張著已發不出聲音的嘴巴，以動作告訴世之介：「快逃、快逃，救救這嬰兒。」

臂彎裡的嬰兒好輕。那癱軟、纖瘦的手臂碰觸著世之介冒汗的手臂。嬰兒還沒死，雖然癱軟無力，但體溫傳向世之介胸口。

世之介無意識地逃離那群走下巡邏船的男子。他一手抱著嬰兒，一手拉著幾乎放聲尖叫的祥子手臂。

這裡是他從小常玩耍的地方。就算燈光照不到，他也知道踩哪個岩石可以通過。男子們的怒吼聲一直緊追在後。就在他從巨大岩石間的縫隙上跨越時，祥子突然鬆開了手。世之介跳過岩石轉頭看，發現祥子被絆倒在地。

「祥子！」

世之介雙手抱著嬰兒大喊。浪潮在他腳下打散，飛沫在兩人間高高濺起。

「快走！快走！別管我，快點！救救那個嬰兒！快走！」

祥子的聲音傳向岩岸，就像要蓋過破碎的海浪聲。世之介本想跳回祥子身邊，但還是停下腳步。祥子身後的那群男人陸續被逮捕。一群穿制服的男子從那名蹲在地上的嬰兒母親身上跨過，朝他們直追而來。

「快點走啊！」

祥子這聲叫喊令世之介回過神來。他馬上改變方向，向前狂奔。每次從這塊岩石跳往另一塊岩石，臂彎裡的嬰兒那纖細的手臂就會大力搖晃。

「停下來！別跑！」

「快跑！」背後祥子的叫喊聲夾雜在一片男聲中。世之介不由自主地停下腳步。被男子們扶起的祥子，無力地想甩開他們的手。

「你們是日本人嗎？」

扶著祥子的男子朝停下腳步的世之介喊道。

「等一下！你們這是在做什麼！」

世之介抱著嬰兒看著祥子。不知是不是腿軟，祥子始終無法站起身。剛才還一片漆黑的防波堤對面，不知何時已被燈光照得亮晃晃，紅色的巡邏車燈不停轉動，照向白色的防波堤。世之介找尋逃脫路線，但除了回到鎮上外，四處都無路可去。員警們從鎮上的方向跨越防波堤朝他走來。

「你們是在這裡等他們上岸嗎？」

面對男子的詢問，世之介無力地搖了搖頭。他想出聲，但喉嚨就像燒起來似的，感覺灼熱，無法出聲。

「你打算跑去哪？你就待在那別動。我現在過去。」

世之介本以為是腳下的岩石因不穩而搖晃，後來才知道是自己的膝蓋發顫。

「你放心。我們會負起責任收留嬰兒，所以就算你們帶著嬰兒逃跑，也幫不上忙！」

世之介聽著男子的話，同時聽見背後有腳步聲，轉頭望向身後。越過防波堤前來的員警們手抵著腰間的佩槍，躲在數公尺遠的岩石後方觀察情況。

「你們是剛好在這裡嗎？」

面對男子的詢問，世之介點著頭，以嘶啞的聲音應道：「是的。」

「你聽好了。那名嬰兒我們會馬上送往醫院。他的母親當然也會一起帶去。你不必擔心。如果你也是這一帶的住戶，那你應該知道，大村有個設施會暫時收留這些人吧？先在醫院接受治療，之後會送去那裡集中保護。總之，你先冷靜下來，明白了嗎？我要過去了，別輕舉妄動。」

世之介默默聽著男子說話。雖然明白他在說些什麼，但對方的話卻無法以話語的形式進入他耳中。

男子一鬆開祥子的手臂，她就癱坐在岩岸上。

「祥子！」

世之介忍不住大喊，癱軟的祥子噙著淚水應道：「世之介先生……」

男子就像在確認腳下是否穩固般，一步步朝世之介的所在處走來。男子的脖子流下好幾道汗水。男子來到世之介面前，躲在後方岩石背後的員警們迅速將兩人包圍。而防坡堤對面，滿是聽聞騷動而趕來看熱鬧的鎮上居民。男子催促他交出嬰兒，但世之介手臂不停顫抖，遲遲無法交出嬰兒。

九月　新學期

儘管時序邁入九月，但始終不見轉涼。明明已睡了十個多小時，世之介卻覺得自己還能睡，臉緊抵著滿是汗味的枕頭。如果是連著三天沒睡還說得通，但從老家回到東京，世之介成天睡覺，睡到連自己都覺得不舒服了。淡淡的夕陽餘暉從窗簾縫隙射進屋內。

世之介從被窩伸手，確認鬧鐘的鈴響設定在早上七點半。

竟然是七點半……

雖然是自己事先設定的，世之介也覺得傻眼。他一直看電視看到將近早上六點，只睡一個半小時就起床，根本不可能。就只是抱著姑且去一趟學校的心情，像傻瓜似的設定鬧鐘，說來還真是空虛啊。

總之，這兩個禮拜以來，世之介每天都處在這種狀態。整晚看綜藝節目直到天亮，明知起不了床，還將鬧鐘設在早上七點半。果不其然，最後睡過頭了（而且是十個多小時）。

唉，今晚應該又睡不著了。

他只要加把勁，撐上一天不睡，應該就能恢復原本的生活步調，但他沒這股幹勁。相反的，他只想著怎樣才能連續睡二十個小時。

連續睡上十個小時，就會覺得肚子餓想吃飯。不過他嫌出門麻煩，總是到公寓一樓的日式什錦麵店吃定食。因為每天光顧，所以整個禮拜定食附的是什麼醬菜，他都會背了，例如星期一是柴漬，星期二是醃黃蘿蔔，星期三是醃小黃瓜。

世之介再度把臉埋進滿是汗味的枕頭。玄關的門鈴響起，肯定是來推銷訂報的，他根本懶得爬出被窩。

「世之介！是我，加藤。你在家吧？」

傳來加藤的聲音。世之介之前整天窩在加藤的公寓，但加藤從未來過這裡。

「加藤？」

世之介還在磨磨蹭蹭，加藤打算從遞信口往內窺望。

「我在。你、你等我一下。」

世之介爬出被窩，一面搔抓背部，一面往玄關走去。打開門一看，穿著全新POLO衫的加藤神色自若地站在門外。

「你剛起床嗎？」

世之介還沒開口，加藤就大搖大擺地走進房內。

「裡頭的空氣好髒啊。」

加藤手裡拎著超市的袋子。「這什麼啊？」眼尖的世之介一眼就發現，馬上伸手要拿。

「是章魚燒，有人在站前的超市前面擺攤。」

「剛起床就吃章魚燒啊。」

明明想吃，卻還不忘發牢騷。

「你最近在忙什麼？新學期都開始了也不到學校來，打工也是暑假開始就一直沒去，對吧？」

加藤毫不客氣地踩過世之介的棉被，朝電視前唯一空出的地板坐下。

「你該不會是擔心我，特地買章魚燒請我吃吧？」

雖然語多不滿，但世之介已開始打開袋子。

「因為你的關係，給我添了不少麻煩。」

「為什麼？」

「你和祥子在長崎發生了什麼事嗎？」

世之介手裡的竹籤刺進章魚燒裡，就此停下。

「你這個人可真好懂。發生了什麼事對吧？」

「難道是祥子去找你？」

「不是祥子，是睦美。就是祥子的朋友，之前我們四個人一起去下北澤玩時，和我一起的那個女生……她每天打電話來，說祥子自從長崎回來就一直不太對勁，看起來鬱鬱寡歡。她問我知不知道原因。」

世之介將章魚燒送入口中。第一顆裡頭沒有章魚。

「裡頭沒章魚耶。」

「咦？」

「沒有章魚！第一顆裡頭就沒章魚，這是怎麼回事啊！」

「發、發什麼火啊，你心情不好哦……」

加藤逃避似的起身上廁所，出來時還嫌廁所髒。聽他說，祥子從長崎回來後似乎也過著足不出戶的日子。睦美替她擔心，前往探視，但不管問什麼，她都只會回答「嗯」或是「哦」，就像在嘆息一樣。

「祥子好像有什麼煩惱。聽睦美說，祥子從廚房端紅茶來時，好像忘了附砂糖，但就只因為這麼點小事，她就哭著說：『我連端紅茶給客人喝也不會，真是沒用。』連睦美看了也覺得怪可怕的……你在長崎到底對祥子怎麼了？」

世之介嘴裡塞滿了章魚燒，加藤伸腳朝他背後一踢。章魚燒從竹籤前端掉出，落在棉被上。

「你幹嘛啦……」

「啊，抱歉。喏，這裡有面紙。」

「我也會哭哦！」

「啥？」

「我是個連章魚燒也不能好好吃的人……我在這裡哭給你看！」

加藤盯著他的臉，世之介連忙把目光轉開。這兩個禮拜以來，他壓抑的情緒現在因為祥子一句「我連端紅茶給客人喝也不會」的感嘆，而即將爆發。

「到底是怎麼了？發生什麼事了？」

感到莫名其妙的加藤也難得顯得慌亂。

將癱軟的小嬰兒交給巡邏船上的男子後，世之介幾乎不記得後面發生了什麼。應該是員警帶著他從岩岸翻越防波堤，回到鎮上，但祥子當時是在他身旁，還是各走各的，他完全沒印象。等他回過神來，人已坐在警車後座。明明是晚上，車窗外卻出奇明亮，他所認識的鄰居們把臉貼在警車車窗上。猛然清醒過來的世之介向坐在駕駛座的員警詢問：「請問祥子人呢？」員警望著後視鏡應道：「她坐前面那輛車。」從前車的後座，可以看見和女警坐在一起的祥子後腦。

警車裡的無線電有人以飛快速度下達指示。這時，突然有人用力敲打一旁的車窗，幾乎快把玻璃敲破了，世之介驚訝地抬頭一看，只見母親臉色大變地站在窗外。她實在敲得太用力，世之介急忙向一旁的員警說：「抱歉，這是家母。」

「哦，原來是你母親啊。」一位年紀較長的員警說，打開世之介那一側的車窗。

「喂，你到底做了什麼事？」

那聲音近乎哀嚎。聽在世之介耳中，感覺母親的聲音無比遙遠。

「太太，妳冷靜一點。我們先去警局問一些事，應該很快就會讓他回家。」

被母親那驚人氣勢震懾的員警，極力想關上車窗。

「你、你到底在幹什麼。明明只是送水羊羹給初野太太，怎麼會搞成這樣呢……」

母親也亂了方寸。因為她這句話，圍在警車旁的附近住戶也都竊笑起來。

警車在防波堤旁的道路緩緩行駛，前面是祥子坐的那輛。世之介坐在開著冷氣的車內，突然覺得身體冰冷。這也難怪，他的T恤滿是汗水，就像剛從海裡上岸一樣。他急速冷卻的身體只有剛才抱小嬰兒的手臂仍熾熱猶如火燒。嬰兒那輕得不像話的重量一直殘留在手臂上。

記得偵訊時曾被問及他與祥子的關係。

「她是你女朋友嗎？」

「不是，不過原本就快是了。」

世之介在幾個小時後被釋放。

那天晚上，祥子似乎沒回飯店，而是在世之介的老家過夜。世之介早上回到家中，父親在背後推著他去看睡在客房裡的祥子。輕輕打開隔門一看，祥子已哭累睡著了。

隔天祥子決定回東京。母親為他們做的早餐，兩人只是一味地送進嘴裡，就像在嚼石頭。前往機場的巴士上，兩人幾乎沒有交談。

「抱歉，妳大老遠來到這裡，結果卻……」

「世之介先生……」

一直低頭望著腳下的祥子以沙啞的聲音叫喚世之介。

「什麼事？」

「當時那位母親的眼神，您看到了嗎？那位母親是真心相信我們，相信我們會救那個嬰兒，所以才抱著必死的決心，將嬰兒託付給我們對吧？」

世之介也靜靜注視著腳下，他要是抬頭看祥子，恐怕會熱淚盈眶。

「我們是不是背叛了那位母親？我們完全幫不上忙對吧？那個嬰兒……」

「嬰兒……已經安全地送往醫院了。」

「真的？」

「已經……送去了。」

兩人的聲音逐漸轉為哭腔。前面座位坐著一對情侶，正開心地計畫著怎麼玩東京迪士尼最有效率。

可能是世之介將海岸發生的事全告訴因擔心他而前來探望的加藤，也可能是加藤在大型居酒屋請他喝啤酒，讓他得以熟睡的緣故，隔天早上鬧鐘還沒響，世之介就神清氣爽地在八點前醒來。雖然趕不上第一節課，但就算他慢慢換裝準備好再出門，也還是有充分的時間能趕上第二節的「綜合體育課」。

下學期上的是籃球。正好可以重新鍛鍊退化的身體。附帶一提，世之介就讀的這所大學，校園分為市中心的市谷校區和郊區的多摩校區。原本體育課都是在多摩校區上課，但班上有幾個名額，只要抽中，就能留在市谷校區的體育館上課。當初選課時，世之介也受到群眾氛圍的影響，不想從市中心搭兩個小時電車去多摩校區上課，也跟著抽籤，結果成功抽中。但後來仔細一想，他住在離市中心一個半小時車程的鄉下地方，比起搭巴士到市中心的校區上課，去多摩校區反而比較近。

久未坐電車上學，感覺狹小的校園變得不太一樣。暑假剛結束時，整所學校看起來一片死寂。世之介走在空蕩蕩的校園，心想就像自己有一陣子不想來學校一樣，每個人都過著自己的暑假，應該還意猶未盡吧。彷彿一切都和他無關，這樣的念頭在世之介心中湧現。

來到上課的體育館，已換上運動服的倉持馬上快步跑來喊道：「世之介！世之介！」看來，倉持的暑假未令他意猶未盡。

「你在搞什麼啊。你很早就從鄉下老家回來了對吧？本想說今天這堂課再沒遇到你，今晚就要去你住處找你呢。」

世之介在體育館角落換體育服，倉持自顧自地說個不停。

「打電話給你，你也不接。你人在房裡對吧？」

世之介換好裝，將捲成一團的襯衫塞進背包。球場上已經有學生假裝有球在手，玩起了籃球。

「找我有什麼急事嗎？」

世之介一面綁鞋帶，一面問道。

「倒也稱不上急事啦……不過，也可以說是急事。」

「到底是不是？」

世之介綁完鞋帶，體育老師剛好來了。老師吹哨要眾人在球場集合。世之介站起身正準備衝向前，倉持一把抓住他肩頭。

「待會我有話跟你說，請你吃午飯。」

「我要B餐加烏龍麵。」

「你這麼能吃啊。」

「你要跟我說什麼？」

世之介一面跑向球場，一面問。

「就是那個……有點難以啟齒，還不就是她。」
「她？阿久津唯嗎？」
「沒錯，她……那個，怎麼說好呢，她懷孕了。」
「咦？」
世之介大叫一聲，雙腳打結。如果倉持能伸手扶他就好了，但世之介的驚呼聲害他嚇了一跳，就此停步，結果一時衝得太猛的世之介跌了一跤。
世之介和倉持拿體育館旁打掃用的自來水清洗滿是汗水的臉和頭髮，一直到脖子和胸口一帶。體育課結束後，有好多話想早點向倉持問清楚，又覺得在學生餐廳靜下來慢慢說比較好，所以兩人間保持了奇怪的距離。
懷孕風波。
電視劇上常看到，但世之介第一次被捲入其中。擦乾身體，換好衣服後，兩人不約而同朝學生餐廳走去。
「你要B餐和烏龍麵對吧？」倉持問。
「對。」世之介說。
接下來沒有對話。兩人不發一語地走進學生餐廳，排在長長的人龍裡等著買餐券。
「你要B餐和烏龍麵對吧？」
「對，我不是說過了嗎？」

「那我點C餐吧。」

「我說，是阿久津唯自己說的嗎？沒搞錯吧？」

最後是世之介先等不及。

「沒錯，她說得很篤定。我已確認過，也上醫院檢查了。」

倉持似乎也按捺不住。

「我實在不知道該如何是好……」

「你對阿久津唯怎麼說？」

「還沒。」

「還沒是什麼意思？」

「就什麼都還沒說啊。」

「那番話是阿久津唯在你面前說的吧，可你卻什麼也沒說，這什麼啊？一般總會說些什麼才對吧。」

世之介壓低聲音提問，倉持想了一會兒，以不安的聲音說：「不，我什麼也沒說。」

「她也一樣，就只是簡短說了一句『總之，我已經拿定主意』，說完就掉頭走人。」

「拿定主意是什麼意思？」

「應該是要把孩子生下來的意思吧？」

世之介大為傻眼，正要發出驚呼，正好輪到他們買票。倉持說他辦事時向來會戴套，不過也補了一句：「不，應該說我盡量都會戴套。」所以也不知道他這番話能相信幾成。

「老實說，這種情況我第一次碰上，連該從何煩惱起都不知道……」

也不知道他是不是真的在煩惱，倉持說完喝起味道清淡的味噌湯。

「感覺她和我一樣……該怎麼說好呢，像這種情況，如果我馬上叫她墮胎什麼的，好像很不人道。不過，她說『我已經拿定主意』，應該是在逞強吧。」

「阿久津唯真的那樣說？」

「不，她就是沒辦法直說，才會用變化球……」

「用變化球來生孩子？對了，你自己又是怎麼想？你有什麼想法？」

「我的想法？我……」

「你雖然重考過一年，但也才十九歲吧。」

「啊，如果是年紀的話，上禮拜我滿二十了。」

「不會吧？恭喜啊。」

「謝謝。」

對了，懷孕的事似乎就是在生日當天得知。

「滿二十歲就是成人了呢。」世之介說。

「是啊。」倉持說。

這時兩人發現彼此都在轉移話題。

「你自己到底怎麼想？」

世之介拉回話題，倉持應了聲「嗯」，低下頭先來了一段開場白：「我會認真回答，但你別笑我哦。」接著深有所感地說：「和她在一起，我覺得自己變得更有自信。並不是她對我說了些什麼，而是她讓我覺得，就連這樣的我也能辦到。」

「所以你想結婚，是嗎？」

「我不想和她分手。如果說這樣就是想婚，那也太誇張了，我可是上禮拜才剛成年呢……不過，如果就這樣生下孩子，不知道好不好？」

倉持想開玩笑，但世之介不知為何漸感煩躁。在海岸時抱在手裡的嬰兒重量，似乎又在他手臂上重現。

「小嬰兒可是很拚命的，他們拚命地想要活下去。」

「咦？」

「總之，你們好好溝通一下比較好，要開誠布公。」

「啊……好。」

吃完將餐具放到回收處，兩人離開學生餐廳。他們走在護城河旁的步道上，朝車站走去時，原本始終保持沉默的倉持突然開口。

「這麼年輕就得決定自己的人生，很傻對吧？」

世之介坦白地說：「我沒辦法回答你這個問題。」

「我撐得住嗎？」

「得看你的表現囉。不管怎樣，我都會替你加油。」

「世之介，本以為你是個不正經的傢伙。但老實說，找你商量之後，看你對這樣的情況一笑帶過，我的心情也跟著輕鬆不少。」

入學典禮回程兩人一起走過的路。五個月前，倉持就是在這個地方說過：「我打算大三參加早稻田的轉學考。」

世之介在飯店員工更衣室裡換上制服，來到員工休息室。睽違一個月，終於又回到職場。休息室中有幾位生面孔的新進員工，森巴舞社的學長石田則坐在牆邊的電視前，專注地看著賽馬報。

「早安。」

「哦，你還活著啊。」

「當然活著啊，暑假回了老家一趟。」

「嘉年華時你突然昏倒，之後就音訊全無，大家都很擔心你呢。」

「可是，明明沒人跟我聯絡啊……」

「應該是大家都生性害羞吧。」

「害羞的人沒辦法穿那種服裝吧。」

「先不談這個，時薪好像又調漲了。」

「真的嗎？又調漲啦？」

「聽說一律調高七十日圓。」

「這麼好？那我們薪水不就比一般上班族來得高？」

「說什麼傻話。一般上班族光是獎金就能領好幾百萬呢。打工終究就只是打工。你如果因為這樣的時薪就上鉤，而不找一般的正職，以後的下場就像那樣。」

石田朝那位似乎連呼吸都覺得不愉快的主任努了努下巴。這位主任個性很糟。聽說連一九八四年在洛杉磯奧運中儘管跑得步履蹣跚，還是堅持完賽的女子馬拉松選手安德森，也逃不過他的毒舌批評。

這天是週末，客房服務從一早就忙個不停。一瓶數萬日圓的紅酒，一連送了好幾瓶。比一般價格貴上十倍的料理，只要一做好，世之介便以推車送往客房。只要房客打電話來說用餐完畢，就馬上去收拾餐具。大部分的房客都會把盤子或餐具擺在走廊，有時客人似乎連吃都沒吃，就用刀叉把做好的料理攪爛似的，留下一大堆剩菜，他再度放上推車運回廚房。

廚房的垃圾桶裡，剛才還美味可口的料理轉眼成了殘羹剩飯，而且愈積愈多，塑膠桶裡的垃圾袋一換再換，還是很快又滿了。每次進行這項工作，世之介都不禁覺得這塞滿大量剩飯的垃圾袋就像這家飯店的胃。建在市中心的高樓將客人留下的剩飯一一吃光，然後不斷成長。世之介不時會在夜裡聽見這怪物的打嗝聲。

早上五點多結束打工，世之介揉著睏眼離開飯店。由於是週末早上，地鐵月台上一些不知在哪玩通宵的上班族和粉領族們，一臉酒醉的疲態卻還留有昨夜的餘歡，站在燈光明亮的月台上。男人們油光滿面，女人則是臉上的妝都花了。

從地鐵改搭私鐵回花小金井的這段時間，世之介在座位上熟睡。接著再從花小金井店騎腳踏車回公寓。平時這段路已經夠漫長了，此刻他全身疲憊，甚至覺得自己的住處在對自己說「別回來」。

儘管如此，只要放慢速度，他還是能使出僅剩的力氣踩踏板，順著小井金大路北上。明天是星期天，只要抵達家門就能睡上整整一天，直接睡到星期一。在平時經過的十字路口左轉，望見一樓的日式什錦麵店招牌，他覺得有哪裡不太一樣。眼前的光景和平時沒什麼兩樣，但日式什錦麵店前停了一輛黑色CENTURY。

祥子？

世之介朝踩踏板的雙腳使勁。果然不出所料，祥子就坐在車後座。不知為何，她正專注地打著毛線。

「祥子！」

世之介敲打車窗。這突來之舉似乎令祥子嚇了一跳，她以棒針擺出防禦架勢。

「是我啦。」

發現是世之介後，祥子沒開車窗，直接說起話來。

「咦？什麼？聽不到。」

世之介比手勢，要她打開車窗。車窗一打開，馬上傳來祥子的聲音：「就是這樣！」

「咦？什麼？」

「真是的！我剛才不是說了嗎！」

「祥子，妳在車內說話，我聽不見啊。」

「哎呀，對哦……對不起。」
「到底是怎麼了？妳這麼早來到這裡。」
「因為我們沒能拯救的那個嬰兒……」
「嬰兒？妳是指之前那個嬰兒嗎？」
「沒錯！聽說嬰兒撿回了一命。他們後來真的有送他去醫院，好像是嚴重脫水，順利恢復後已回到在大村收容中心的母親身邊！」
「真的？妳說的是真的？」
世之介以幾乎帶著哽咽的聲音向祥子確認。祥子在那之後肯定也過著夜不能眠，或是成天躺在床上睡覺的日子。她似乎馬上察覺世之介的心情，泫然欲泣地應道：「嗯，是真的。太好了……真是謝天謝地呢，世之介先生……」
「祥子……」
「世之介先生……」
世之介再也按捺不住，上半身探進車內。他勉強張開雙臂，祥子便撲向他懷裡緊緊抱住。雖然胸口卡在窗框上痛得難受，但心中的歡喜還是勝過疼痛。
「我從那之後一直擔心得要命……」
「我也是，我也一直很擔心……」
祥子的淚水溼透了世之介的襯衫。
「祥子小姐，您到車外去會比較好吧。現在這個姿勢，橫道先生會很難受哦。」

司機冷靜地說，這才令兩人鬆開彼此。

聽祥子說，她回東京後仍忘不了那天晚上的事。吃飯時總會想到那個嬰兒不知有沒有好好進食；泡澡時，總想到那個嬰兒不知道能不能好好洗澡。更重要的是，每次一想到那嬰兒不知道是否還活著，她便會放聲大哭，也不論是在自家餐廳，還是浴室。但和世之介不同的是祥子很有行動力。

每當感到坐立難安，就會努力想忘記那件事，世之介是這種類型的人。但祥子恰巧相反，她似乎透過有權勢的父親取得管道，蒐集到相關資訊。

據祥子的父親說，世之介他們偶然在鄉間海邊遇上的難民，來自越南。他們從越南的小港出航，幾乎不吃不喝，漂流了大約三個星期，順著海流漂到世之介家鄉的海邊，奄奄一息。聽說還有人在船上喪命。他們最後是留在日本生活，還是遣送往第三國，目前還不確定，只知道姑且會在收容中心接受隔離，衣食無缺，身體有狀況的人也會受到完善的治療。

聽完祥子的說明後，世之介又低語了一聲：「太好了……」

祥子在司機的建議下走出車外，由世之介帶往馬路對面的大型麥當勞。現在明明才早上七點，店內卻坐滿帶著孩子的母親們，好不熱鬧，許多孩子精力充沛地在戶外的溜滑梯玩耍。

「世之介先生，經過這次的事，我深切明白自己多麼沒用。」

祥子望著窗外的孩子們低語著。世之介也同樣望著身穿漂亮衣服的孩子們，回了一句「我也是」。

上完貿易概論，世之介在大教室裡心不在焉地望著窗外。雖然太陽還是很大，但窗外吹來的風已帶有幾分涼意。這機會難得，他大可多花點時間享受秋天接近的腳步，但肚子實在餓得難受，世之介只好離開教室。

他走下樓梯，朝學生餐廳走去，一個近乎慘叫的聲音喊道：「啊！找到了！世之介！」只見倉持飛快地衝下樓梯，幾乎都快滾了起來。

「你跑哪兒去了？」

明明沒有事先約好，倉持卻氣呼呼。

「你不是剛上完貿易概論嗎？手嶋說在教室看到你，所以我想你應該會去學生餐廳，在那裡你等你好久。」

「手嶋？」

倉持自顧自地說個沒完，世之介反問。

「還問呢，就是……啊，對哦。你不認識他……這個不重要。你接下來沒課對吧？陪我一下。」

「我晚點要打工，六點之前的話有點時間。」

倉持看手錶確認時間。

「兩個小時就夠了。」

「是要談阿久津唯的事對吧？後來情況怎樣，談出結論了嗎？」

「結論……該怎麼說好呢，我們沒有交集，一直往生下孩子的方向走。」

「沒有交集，一直往生下孩子的方向走……」

「總之，我們先找家咖啡廳吧。我請客。」

來到戶外，一片枯葉落向世之介頭上。

「不管怎樣，我決定先休學。」

最後倉持還是捨不得花錢買咖啡，所以他帶著世之介來到可以俯瞰護城河的步道，坐在長椅上。途中，他來到自動販賣機前，不斷問世之介：「你要喝什麼？不用客氣，想喝什麼儘管說。」世之介只好應道：「那就來罐芬達橘子汽水吧。」然後自己按下按鈕。

坐向長椅的倉持講出剛才那句話。

「休學後要怎麼做？」世之介問。

「還沒想那麼遠。不過現在景氣好，我原本想找份帥氣一點的工作，例如廣告文案，或是這類工作的助理，但現在這種情況，比起帥氣，務實的工作應該更合適吧……」

「阿久津唯真的說她想生下孩子嗎？」

「嗯……」

倉持一面點頭，一面以腳尖踢著石頭，從他的表情看不出他心境如何。

「如果你覺得沒辦法就別再逞強，坦白跟她說沒辦法，這樣比較好吧？」

一聽世之介這麼說，原本注視著石頭的倉持，馬上噘起嘴應道：「我才沒逞強呢。」

「只不過……該怎麼說好呢，我原本認為，像結婚或懷孕這種事，應該發生得更戲劇性一些才對。」

「你這樣已經夠戲劇性了吧。」

「是沒錯啦……不過，應該要再多一點什麼才對。」

「你到底想說什麼？」

「總結來說，我覺得這一切發生得太沒意思了。難道我就抱持著這種心態當爸爸嗎？一般來說，應該是以更神聖的心態當爸爸才對。」

「對了，你們跟彼此的父母談過了嗎？」

「還沒。」

倉持又以腳尖踢起了石頭。就算踢了，石頭也不會提示他任何解決辦法。而世之介也和石頭一樣，沒什麼話可以對倉持說。

「外婆狀況不佳　速回電　媽」

世之介收到電報是打完工回家的隔天早上。一回到住處，便看見房門上插著一個陌生的信封。一來也是因為世之介有生以來第一次收到電報，他大為慌亂，沒開鎖就想開門。急著從口袋裡拿出鑰匙，鑰匙卻不小心掉落，腳尖又踢到掉落的鑰匙。最後他撿起鑰匙，打開房門，衝進屋內馬上拿起話筒。但因為太過慌亂，原本不可能忘記的老家電話號碼，一時竟想不起來。

電報裡提到的外婆獨自住在市內的公寓。可能因為她年輕時就在飯店工作的緣故，雖然是明治時代的女人，但也不知道該說是作風洋派，還是喜歡新事物，世之介小學時，第一個帶他去當地麥當勞的人就是外婆，世之介生病住院時，點披薩外送，讓他生平第一次嘗到披薩的人也是外婆。暑假返鄉時，因為聽說她身子骨還是一樣硬朗，就沒有前去探望。

世之介好不容易想起老家的電話號碼，動手撥打。電話響了三聲後，聽見電話的另一頭傳來母親的一聲「喂」。母親人在家中，而不是在醫院，這是好徵兆。

「喂！是我啦！外婆她怎麼了？喂！」

「世之介嗎？你看過電報啦？」

電話另一頭的母親聲音聽起來有點緊張。

「看過了，就是看了才打電話啊。」

「哦，這樣啊。我跟你說，媽現在要去醫院，你今天能回來一趟嗎？」

「咦？今天？狀況那麼糟嗎？」

「呃，嗯。啊！孩子的爸，不是那個，要放進紅色袋子才對！」

話筒傳來現場的慌亂。

「喂，喂？媽？」

「總之，外婆突然出了點狀況。媽接下來要趕去醫院，你也盡快回來。有錢搭飛機吧？」

母親不等他回覆便掛斷電話。從母親那慌亂的態度，不難想像外婆現在的病況。世之介環視房內，不知道該從何著手才好。首先要訂機票，接著是去銀行領錢，還要換裝。他陸續在腦中擬定計畫，話筒卻仍握在手中沒放回去。

世之介到東京念書前曾去跟外婆辭行。當時外婆向他誇讚道：「告訴你一個祕密，在外婆的八個外孫當中，我最喜歡的就是世之介你了。你雖然一直都少根筋，但相對的，你這個人沒欲望，這點很好。」

世之介覺得難為情，所以他刻意挑釁地說了一句：「我也有欲望啊。我想討外婆喜歡，然後拿妳的遺產。」外婆聽了哈哈大笑：「如果你的欲望就只是貪圖我的遺產，這樣很可愛啊。」

等世之介回過神來，才發現自己手中緊握著話筒，蹲坐在地板上。他得訂機票，換衣服，有許多事等著他去做，但腦中卻不斷浮現他與外婆的回憶，無法動彈。

世之介做了個深呼吸，打查號台詢問全日空訂票櫃台的電話號碼。當他照著對方告知的號碼撥打時，突然淚水上湧，聲音哽咽。

「抱歉，我外婆快過世了，請問今天到長崎的機票還有空位嗎？」

就對方來看，肯定覺得這位訂票客人很嚇人。但那位客服人員卻以感同身受的態度與世之介接洽。

十月　十九歲

擺在祭壇的遺照中，外婆戴著一頂有花朵裝飾的帽子。淡紫色的帽子與墨鏡的顏色很搭配。淡色墨鏡底下的那對眼睛看起來就像兩隻游泳的小海豚。

外婆應該不是因為知道自己的喪禮會分配到這間「紫雲之間」，才拍攝這張紫色調的照片，不過外婆那臉上帶著一抹淺笑的照片，在鮮花的環繞下看起來相當開朗。

現在已是深夜一點多。空蕩蕩的告別式會場裡孤零零地坐著一人，正是世之介。截至剛才為止，在日式休息間裡，包含母親在內，外婆的女兒們一直爭論不休。

「為什麼選這麼大的會場？」

「那個也要我決定，這個也要我決定，問題一個接一個來，我腦袋都一片空白了！」

「姊，你總是這樣！」

「既然這樣，那由妳來作主啊！」

現在終於安靜多了，因為顧慮到在一旁小睡片刻的丈夫們，只聽得到她們在悄聲討論什麼時候歸還租借服裝。

事實上，可以容納一百五十人的「紫雲之間」，對世之介外婆的喪禮來說確實大了點。外婆出生於第一次世界大戰爆發的一九一四年，享壽七十二。她從女校畢業後，也不知道在想些什麼，直到二十九歲那年才和經營小貿易公司的外公結婚，在當時算是相當晚婚。之後外公受徵召入伍，入伍前生了兩個女兒，退伍後又生了兩個，所以在終戰前後，他們一共生了四個女兒，並將她們養育成人。

世之介剛才供上的香即將燒盡。他起身準備換香時，突然感覺背後有人，轉頭而望。清志站在他身後說：「原來是世之介啊……」

「啊，清志哥，你剛到嗎？」

「我最後還是沒能坐上飛機，改搭往福岡的飛機，結果那班飛機也延誤很久。」

「從福岡坐電車回來嗎？」

「不，搭計程車。」

「從福岡？這樣花了多少錢？」

「超過五萬日圓吧。」

清志走過排列整齊的折椅。

「外婆她……」

清志靜靜望著遺照，像在嘆息般地低語。

「世之介，你趕上了嗎？」

「嗯，勉強趕上。」

清志上香後雙手合十，膜拜良久。

「要看外婆的遺容嗎？」世之介問。

「嗯，好。倒是你，穿著這身西裝，我還以為是哪家的大叔呢。」

「參加喪禮，我好歹也會穿喪服的。不過，因為選了一間這麼大的會場，為了節省經費，我媽差點叫我穿以前的學生制服呢。」

「你現在穿學生制服也還行啊。」

雖然不是出於刻意，但在開棺前兩人聊了幾句，相視而笑。外婆的小臉無比安詳。清志緩緩伸手撫摸她臉頰，低語一聲：「外婆……謝謝妳。」接著他對世之介莞爾一笑。「外婆果然是個美女。」

「都這個時候了，告訴你也無妨，外婆曾經誇我說，在這些外孫裡頭就屬我最優秀。」

清志輕撫著外婆的臉說道。

「不會吧？」

「用不著那麼驚訝吧。」

「因為外婆也對我說過類似的話。她說，外孫當中就屬世之介最棒。」

「不會吧？」

「是真的。外婆說：『你雖然一直都少根筋，但相對的，你這個人沒欲望，這點很好。』」

「她對我則是說：『清志很會照顧人，將來一定出人頭地。』」

兩人望著棺材。感覺外婆似乎面帶微笑。

「外婆，真有妳的。」

清志去跟阿姨們問候，休息間內再度熱鬧起來。

「哎呀，你回來啦。」

「看過外婆的遺容了嗎？」

「還沒吃東西對吧？」

「喏，這裡有飯糰。」

不去找工作，說自己想當小說家的清志，一度讓親戚們很擔心，可一旦回來後，倒是先擔心他餓不餓。

世之介將棺蓋闔上，重新點了支香供上，然後回到椅子上。只剩自己一個人時，會場更顯寬敞。

幾個小時前舉辦守靈時，有好幾位外婆的朋友列席。但這處能容納一百五十人的會場仍到處有空位，看起來很顯眼，途中工作人員還將後方的椅子全部撤走。

接獲母親電報的一個小時後，世之介前往羽田機場。在機場拿到票，趕在時限前衝進登機門內。他原本擔心自己可能是最後一名乘客，但那時登機門才剛開，還排著長長的隊伍。走進機內坐上座位，他才鬆了口氣。

但飛機卻遲遲不起飛。機內多次廣播說還在等候未搭機的乘客。儘管出發時間已過，機身卻還是一動也不動，十分鐘過去、十五分鐘過去。等候來不及趕上的乘客是體貼的待客態度，世之介也明白。如果自己身處那樣的立場，一定會覺得感謝。但已在機上的乘客中，有人像他現在這樣分秒必爭，也有人祈禱著飛機快點起飛。

平時就算在餐廳裡遇上態度惡劣的店員，世之介都不會客訴。說起來，他會認為是自己運氣不好，誰教他要走進這種店裡。然而──

「遲到的傢伙就別管他了，我可是在趕時間啊！」

在遲遲不起飛的機內，世之介猛然回神，這才發現自己已解開安全帶站起身。瞬間，機內流入一股冷空氣。儘管大家都感到不耐煩，卻沒人應和，一位急忙趕來的空姐客氣地向他道歉，並請他繫好安全帶。

他一坐向座位，馬上冷汗直冒。周遭的乘客全朝他投以冰冷的視線。這時，他先前的志在必得全飛到九霄雲外。他大喊著要人別管遲到的傢伙，彷彿將外婆的死朝自己拉近了幾分，血氣從他臉上抽離。

最後外婆沒有恢復意識，等不到天明就在半夜兩點多與世長辭。外婆過世的那一刻，世之介不巧正好在離病房有段距離的一樓候診室自動販賣機前，幫大家買飲料。

父親推著他進入病房，圍繞在外婆身旁的母親以及她的姊妹們像幼兒般大聲哭喊著：「媽！媽！」

世之介從背後喚了聲「外婆」。他心裡本以為母親注意到他後，會體貼地讓出位置給他。但這時母親已不是他的母親，她就只是個女兒，根本無暇理會靠近她的兒子，只是不斷地撫摸外婆纖瘦的手，直喊著「媽、媽」。

在四姊妹的圍繞下，世之介向外婆做了最後的道別，接著來到姨丈和其他表兄弟們等候的走廊。見母親在外婆枕邊哭得像個幼兒，他不知該怎麼安慰。世之介感覺自己與外婆的關係竟然這麼淺。不，應該說他現在才驚訝地發現，母親與外婆的關係之深，遠超乎他的想像。

走廊上，姨丈們悄聲討論著今天晚上這波激情不知道幾點才會消退。

最後，世之介獨自一人更換著祭壇前的焚香，直到天亮。姨丈和阿姨們不時會從休息間走出來，對他說：「世之介，你也小睡一會兒吧。明天一整天會很忙碌。」但世之介始終沒有離開。一方面是因為自己專程回家，最後一刻卻沒能陪在外婆身旁，他想彌補這份罪惡感。

但是當朝陽從走廊的窗戶射進時，他本以為自己只是稍微闔眼，這才發現爐裡的香快要燒盡。殯儀館的工作人員陸續出現，世之介將點香的工作交給姨丈和阿姨，來到休息間躺向被窩，像昏死過去一樣沉沉睡去。

上午十點開始舉辦喪禮，在那之前他睡了三個小時左右。被母親叫起換上喪服後，他和清志負責櫃台接待工作。可能是沒睡飽的緣故，他忍不住打起盹來，清志偷踩了他好幾腳。

表兄弟們全員一起扛起的棺材，輕得讓人大感意外。世之介忍不住脫口說了一聲「好輕」，一旁的清志又踩了他一腳。

來到火葬場，姨丈們在休息間裡喝起了他們帶來的酒。因為得等上兩個小時，所以世之介和清志來到外頭。火葬場的煙囪冒出白煙，兩人朝白煙凝望了半晌，清志向他問道：「世之介，你看過『站在火葬場的少年』這張照片嗎？」

「『站在火葬場的少年』？」

「對。是投下原子彈後，一名從軍的美國攝影師拍的照片。」

聽清志說，照片裡是一名少年以立正之姿靜靜望著眼前一座大坑焚燒死者們的景象，少年還揹著睡癱了的嬰兒。但在拍完照片後，負責火葬的男人們走近那名少年，取下他背後的嬰兒，放進眼前的烈焰中。因為嬰兒早已經死了。少年凝望著火焰，久久不肯離去，他緊咬的嘴唇流下了鮮血。

外頭傳來賣菜車的廣播聲。外婆的喪禮後已過了幾天。喪禮結束後，世之介大可回東京去，但面容憔悴的母親什麼話也沒說，他也就乘此之便賴在老家沒走。

廣播音量又提高了，可以聽到出來採買的鄰居阿姨們的聲音。昨晚世之介在傷心的母親身旁幫忙整理外婆的照片，一直忙到很晚。過去相片都沒放進相本，而是裝在「小雞蛋糕」或「長崎蛋糕」之類的箱子裡，現在從中特別挑出外婆的照片，依年代整理出外婆專屬的相本。母親每拿起一張照片，似乎就想起了什麼，獨自靜靜流淚。

世之介因電話鈴響再度醒來時已是下午。家裡似乎沒人，一樓的電話一直響個不停。世之介不想接，但他還是離開被窩。他走向一樓廁所時，電話鈴聲也停了，但是他從電話前走過，電話又再度響起。雖然剛起床尿意很急，他還是接起了電話。

「喂，我是大崎櫻……」

「小櫻？怎麼了？」

「世之介，你還在家啊？我聽說你外婆的事，不知道你們現在情況怎樣？」

「所以妳特地打電話來啊？」

「嗯……很辛苦吧。」

小櫻沒說「很難過對吧」、「請節哀」，或是「真是遺憾」這類的話，就只是說了一句「很辛苦吧」。不知為何，這句話重重落向世之介心裡。

「我今天早上才聽說，所以沒能去參加喪禮。」

「沒關係啦。」

「我很喜歡你外婆呢。」

當初和小櫻交往時，世之介多次帶她到外婆位於市內的家中。外婆一定會請他們吃飯，並對他說：「世之介，你沒錢帶她去看電影對吧。」然後塞給他一些零用錢。小櫻和外婆似乎很投緣，曾在沒世之介陪同的情況下，自己跑去跟外婆學打毛線。

「因為沒能去參加喪禮，我想去墳前上個香。」

「要去墳前上香？現在還沒安放骨灰呢。」

「哦，這樣啊。」

「在我阿姨家，如果妳不嫌棄的話，我可以帶妳去。」

「你阿姨家？」

「就是清志哥啊，我表哥，還記得嗎？」

「那位樂天派的表哥嗎？」

「對。那位樂天派，現在說要當一名小說家呢。」

「小說家？」

「還說他今後要絕望。」

說到這裡，世之介開始原地踏步起來，因為他原本趕著要上廁所。

「抱歉，我去上個小號。」

「咦？」

「待會兒再打給妳！」

世之介緊按著胯下，直奔廁所。

在附近超市前的公車站牌等小櫻的這段時間，有六位世之介見過的大嬸向他打招呼。「咦，世之介，你不是在東京嗎？」有稍微知道他近況的大嬸這麼說。「你長大了呢，現在念哪所高中啊？」也有宛如時間完全停滯的大嬸。

世之介來到公車站牌後，小櫻沒搭第一班巴士，而是搭第二班。市內發車的巴士一個小時只有兩班，所以他等了三十分鐘左右。

「我不是說過了嗎？我到了會打電話告訴你。」

「清志哥他家離這裡不遠，所以我先來這裡比較快。」

世之介伸手指向馬路對面的坡道。幾年前原本還是養牛場，現在開了一家漢堡店。

「世之介，你要在這待多久啊？」

世之介本想馬上回答，但他這才發現，最重要的「回程日期」還沒決定。

「學校方面沒問題嗎？」

「沒問題啦，打工的地方我也都打電話說清楚了。」

坡道盡頭處就是清志的老家。他出門前事先打過電話，所以自行走進屋內。

「阿姨！」

世之介喚了一聲，從二樓的曬衣台傳來阿姨的聲音。「哎呀，是世之介嗎？阿姨現在正在收晾好的衣服，你自己進來吧。」

「清志哥呢？」

「清志喪禮結束後就回去了。」

「他絕望嗎？」

「咦？什麼啊？」

外婆的佛龕就安放在走進玄關的第一個房間裡。房內沒開燈，遺照中的外婆在昏暗的房內露出微笑。佛龕用的坐墊被折成L形，可能是姨丈都折起來當枕頭用吧，世之介用腳將它攤平，說了聲「請用」，將它推向小櫻腳下。房裡摻雜著燉魚和焚香的氣味。

小櫻端坐在佛龕前，緩緩取出奠儀，世之介急忙出聲阻止：「不用啦。」

「為什麼？」

「還問呢……」

世之介差點就脫口說：「還問呢，我們還只是孩子啊。」但仔細一想，以他現在的年紀，已不能再理直氣壯的說一句：「我還是孩子！」小櫻沒理會世之介，將奠儀放在漆器造型的托盤上。

「妳常這麼做嗎？」

小櫻朝蠟燭點火時，世之介向她問道。

「你是指包奠儀嗎？」

「對。」

「很奇怪嗎？」

「不，也不奇怪。」

世之介從未獨自參加別人的喪禮。甚至應該說除了親戚以外，他沒遇過身邊有人過世的情形。如果是親戚過世，父母會一起同行，所以他從來沒想過奠儀的事。小櫻閉著眼睛，朝外婆的遺照雙手合十，靜默良久。由於實在太久，連世之介都忍不住想開口說：「應該可以了吧。」這時阿姨抱著一大堆衣服，以幾欲撼動整個屋子的腳步聲走下樓來。

「哎呀，真是抱歉，世之介說要帶朋友來，我一直以為是男生，我這就去泡茶哦。」

阿姨將衣服往腳下一放，急急忙忙準備往廚房走。

「不用了，我很快就回去了。」

聽小櫻這麼說，世之介也接著說：「真的不用了，我們這就走了。」

「啊，是嗎？」

「不過，如果是男生就不用泡茶招待，是女生就要嗎？」

世之介也真是的，特別在意這種小事。

「我開車送妳吧？」

世之介順著坡道走向公車站牌，問向小櫻。

「真的？那就麻煩你囉。以前坐巴士到這都不覺得有什麼，但最近坐慣了轎車，一坐巴士就累。」

「之前我說要開車去接妳，妳還說『不用』呢。我還以為妳是要請次郎開車載妳。」

「次郎這禮拜不在，聽說是去參加研討會集訓。」

「他已經參加研討會啦？我們是從大三才開始。」

「因為他念的是理科吧。聽說是要用他們自己做的機械，與人工衛星展開通訊。」

「哇。」

除了哇之外，世之介無話可說。

他帶小櫻回老家，從空無一人的家中取出車鑰匙。接下來應該沒人要用車，不過他還是留下一張紙條，寫著「借車一用　馬上回來」。

他坐進車內，確認排檔檔位，以生硬的動作調整座椅位置、後視鏡、後照鏡，小櫻在一旁擔心地問：「你在東京也會開車嗎？」

「完全沒有。雖然我很想有輛車，但車庫費用太高。像我們這種鄉下地方，只要三萬圓左右。但如果是市中心，好像要十萬圓。」

「這我也聽說過。要是能生在東京就好了，你有沒有這樣想過？如果在東京有房子的話，馬上就是億萬富翁呢。」

「話是這樣說沒錯，但房子賣了之後，就沒地方可住了。想買別的房子也一樣貴。」

「說的也是。」

世之介終於準備妥當，將車子駛離車庫。雖然沒另外支付車庫費，但這裡佔地廣，進出容易。

「你和祥子都是租車去兜風嗎？」

「才沒呢，祥子是那種會坐著黑頭車到租車行去的人。」

來到縣道後，車子行駛在沿海道路，往市中心而去。平日午後縣道沒什麼車，窗外景色快速飛逝，煞是暢快。防波堤和水平線，這些以前看慣而覺得無趣的風景，現在重新細看，只覺得景致極盡奢華。在東京要看這種風景，得開著車忍受數十公里的塞車。當然了，從他打工的飯店高樓窗戶往外望，東京的夜景也稱得上頂級美景，但如果問他哪個漂亮，世之介覺得這裡更勝一籌。

他突然想到，在東京出生的倉持不知道是否見過這樣的景色。不，他就算看過，可能也會覺得這種景色很無趣吧。不知道哪一種才稱得上奢侈。

「世之介，你待會有什麼預定行程嗎？」

小櫻沉默一會後，突然開口說道。

「預定行程？我才沒什麼預定行程呢。」

「那麼我們直接開車去兜風一下如何？」

「是可以啦，不過……」

「不過什麼？」

「感覺妳好像常跟次郎這樣開車兜風呢。」

「應該說，我們就只有開車兜風。」

「什麼意思？」

「因為這裡又不像東京，有那麼多約會景點。」

經她這麼一說，好像也是。拿剛才縣道望去的水平線與東京的夜景相比，水平線上沒辦法玩樂，但東京的夜景有多少燈光，就有多少玩樂場所。

一路上幾乎都沒遇上紅燈，世之介手握方向盤，快意無比。因為是父親的車，所以裡頭沒放他喜歡的錄音帶，但好歹有ＦＭ廣播可聽。不過隨著離市街愈來愈遠，收訊逐漸變得不良。只剩下播放超市特賣消息的ＡＭ廣播可聽。

邀他開車兜風的明明是小櫻，她卻不太說話。

「沒上廁所還行吧？」

見對方一直沒說話，就覺得是因為憋尿，這種想法實在可鄙，但世之介認為小櫻或許是難以啟齒，所以開口問她。

「還行。」

「妳該不會是肚子餓了吧？」

「那你呢？」

「我中午吃得很飽，所以還不餓。妳要是餓了，我們找家有停車場的餐廳吧？如果是蛋包飯的話，我還吃得下一份。」

小櫻並未回答世之介的提問。見她沒回答，世之介心想她可能肚子不餓，於是繼續專心開車。

「世之介，東京快樂嗎？」

「東京？快樂？」

世之介側著頭尋思。他試著想像快樂的生活，但一時想像不出來。

「與其說快樂，不如說很忙碌。」世之介笑著說。

「那不就是快樂嗎？」

「是嗎？」

「就是啊，像我就無聊得要命。」

世之介本想看小櫻的表情，但這時剛好插進一輛車，他無法把臉轉開。

「之前和次郎一起開車兜風時，我突然暗自想像次郎開車，我坐前座，我們的孩子們在後座吵架。」

小櫻望向空無一人的後座，世之介透過後視鏡也看得出來。

途中，他們在當地有名的甜點店享用寒湯圓。順帶一提，寒湯圓是以冰冷的湧泉做成白湯圓，搭配糖蜜一起食用的甜點。世之介小時候父母曾帶他來吃過。小時候來過的地方，現在自己駕車前來，令他感慨很深。

他們再度開向國道南下。從海岸線旁的馬路，可以望見無邊無際的水平線，不管開再遠，景色始終不變。之前還拿水平線和東京的夜景做比較，認為望著水平線也別有一番情趣，但繞過彎道後，映入眼中的仍是一樣的景色，很快就令世之介乏味。

「要不要搭渡輪到對岸去？」

當立在路旁的渡輪碼頭看板從車窗外飛逝而過時，小櫻突然提議。

「……好啊，不過到對岸後，今天趕得回來嗎？」

「這個嘛，今天應該是趕不回來了。」

「如果趕不回來，妳打算怎麼辦？」

「什麼怎麼辦？」

「過夜的地方啊。」

「哦。」

「就只是一聲『哦』嗎……？」

小櫻似乎也沒那麼當真。只是剛好看到渡輪的看板，就脫口而出。

「我不太想就這樣回去……啊，我這麼說沒什麼特別含意。並不是因為跟你在一起才這麼說，換做是真紀還是我爸，我也會這麼說。」

「我明白。」

「抱歉。」

「用不著道歉啦。要去嗎？坐渡輪？」

「咦？真的？」

「不是妳自己講的嗎？」

「可是，晚上要住哪兒呢？」

「賓館。我還沒住過呢。」

「真好意思說。」

遠方可以看見渡輪碼頭。

「怎麼辦？要坐還是不坐？」

渡輪碼頭愈來愈近。

「既然都來到這兒了，就去吧。但我不住賓館哦。」

「為什麼？」

「還問呢……這樣我要怎麼跟次郎說。」

「別說不就好了。」

「哦，世之介，你對我還有意思啊？」

「才沒呢。」

「我實在沒辦法。萬一跟你去賓館睡在一起，我大概會忍不住笑出來。」

「笑出來？什麼嘛。」

「啊，那裡左轉！不是往停車場，是往碼頭的方向！」

在小櫻的指示下，世之介急忙轉彎。

渡輪碼頭前已停了幾輛車。聽停車場的工作人員說，前一班渡輪才剛開走，下一班要等一個多小時。兩人只能在車上等。

「世之介，你打算一直待在東京嗎？」

「這種事我還沒決定。」

「那你什麼時候要決定。」

「什麼時候？不就是找工作的時候嗎？」

「那你想到哪種公司上班？」

「這我還沒決定。」

「那你什麼時候會決定。」

「就說是找工作的時候啊。」

大海在陽光下波光瀲灩。

這段搭船的旅程很短暫，到對岸的島嶼只花了三十分鐘。世之介拉著覺得冷的小櫻來到甲板上。海風確實冷冽，被淡淡的夕陽染紅的遠景，以及被船身打起的白浪，都教人百看不厭。

「當初我們交往時，要是有多點閒錢，就能像這樣去很多地方了。」

因為風吹，世之介這番話說得斷斷續續。

「真好意思說。以前你只要一有時間，就會把我撲倒在床上……也是因為沒錢，才會有那段快樂的時期啊。」

渡輪抵達對岸島嶼時太陽已經下山。

這座島相當大。但民宅疏疏落落，他們走錯路，誤入山徑，沿途一盞路燈也沒有。偶爾會出現燈光的，就只有賓館。不奢望有餐廳，好歹有家食堂也好，但始終遍尋不著。

「你不用打電話回家嗎？」

他們行駛在黑漆漆的山路時，小櫻問。

「不用，又不是小孩子。」

「我指的不是這個，你不是擅自開走家裡的車嗎？」

「啊，對哦……不過沒關係，我留了字條。」

「你在字條上寫『借車一用 馬上回來』對吧？」

「啊，沒錯……倒是小櫻妳真的沒關係嗎？今天真的會回不去哦。」

「剛才我在渡輪碼頭打過電話。說我和世之介一起，結果你猜我媽怎麼說？」

「要妳向我問聲好？」

「類似。我媽說，世之介比次郎開朗，他比較喜歡你。」

「看吧，妳媽真有眼光。」

「還說呢，重要的是我覺得次郎比較好。」

和小櫻聊天，世之介覺得很開心。真要說的話，就算相對無語也一樣開心。

前女友。他只和小櫻交往過，所以也是理所當然，不過世之介這才發現，他有生以來第一次有了「前女友」。

「前面好像有什麼呢。」

小櫻手指的方向亮著燈光，好像是一家漢堡排店。

「得救了。我們去那裡吃點東西吧，我快餓死了。」

好不容易找到一家漢堡排專賣店，世之介一個人就嗑掉一份巨無霸起士漢堡排加三碗白飯。吃到第三碗飯時，配菜已經吃光，他只好拿起桌上的鹽罐撒鹽，解決一整碗飯。

「你還是一樣能吃。」

小櫻似乎看傻了眼，她很誇張地說，以前和世之介一起用餐時，就覺得自己恐怕也會被他吃掉。話雖如此，小櫻也吃完一整份特大號漢堡排。

兩人享用過飯後咖啡和蛋糕，步出餐廳已是晚上十一點多。島內萬籟俱寂，只聽見狗的遠吠聲。

餐廳附近有一座古老的教堂。難得來到這裡，他們想去逛逛，於是走上昏暗的階梯。那是一座磚造的小教堂，大門深鎖，不過花窗玻璃沐浴在月光下格外好看。從這座位於高台的教堂，可以俯瞰燈光點點的港口。

他們離開教堂，再次坐上車，世之介開始擔心起來。「妳到底打算怎樣？」雖說是早知道的事，但吃完漢堡排後，到隔天早上六點第一班渡輪出航之前，根本無事可做。

「其實妳是想到賓館過夜吧？」世之介問。

「沒關係的。我們就把車停在港口的岸壁打發時間，就這樣待到早上吧。看太陽從水平線上升起，一定很漂亮。」

「妳是說真的嗎？」

世之介一再追問，但小櫻似乎心意已決，於是世之介姑且把車開向岸壁。月光照耀下的大海無比遼闊。車子熄火後，廣播的聲音也停了，只聽見打向岸壁的浪潮聲。

「咦，今天是二十三日對吧？」

當世之介把手伸向後座，想拿座墊當枕頭時，小櫻突然如此低語。

「是嗎……啊。」

「對吧？明天是你的生日，不是嗎？」

世之介這幾天忙得昏天暗地，都搞不清日期了。

「沒錯，明天是我生日。」

「拜託，你自己都忘了嗎？」

世之介低頭看錶，已經深夜十二點多。

「啊，生日快樂。」

一同望向手錶的小櫻，急忙如此說道。

「謝謝。」

「滿十九歲呢。」

「是啊。」

雖然從沒有過不想滿十九歲的念頭，但因為太過唐突，世之介愣了一下。當然，之前也都依序年滿十五歲、十六歲、十七歲、十八歲。只是過去感覺每次都是和大家（例如和同學們）一起長一歲，但不知為何，唯有十九歲這一次不一樣，可能是因為面對深夜的大海，置身這處陌生土地的岸壁上的緣故吧，感覺只有他一個人滿十九歲。

「小櫻，妳的生日還沒到吧？」

「嗯，因為我是二月生的……你怎麼了？」

難得生日，但世之介卻悶悶不樂，一旁的小櫻已經察覺。

「我沒怎樣啊。」

世之介望向眼前的大海，浪頭在月光的照射下就像有生命。

「啊，對了。」

小櫻似乎突然想到了什麼，手伸向後座。朝紙袋裡一陣掏找後，取出一樣東西。

「在找什麼？」

「啊……有了。」

小櫻取出她在渡輪碼頭內的店鋪買的瑞士卷。

「咦？還要吃啊？剛才明明才吃了好大一份起司蛋糕呢。」

「是用它來代替生日蛋糕，不過沒蠟燭就是了。」

小櫻將瑞士卷擺在儀表板上。「要唱生日快樂歌嗎？」小櫻問，世之介回說「不用啦」。

說來也真不可思議，只要說是生日蛋糕，就算是店鋪賣的瑞士卷，看起來也有幾分像。

「覺得已經不再是高中生了。」

不知為何，小櫻望著瑞士卷深有所感的低語。

「是嗎？」

「和你在一起就很快樂，但又深深覺得有某個東西就這樣結束了。」

「我明天回東京好了……」

世之介回過神來時，發現自己正如此低語。他不是說「去」東京，而是「回」東京，連自己也很驚訝。

下午的學生餐廳坐滿了蹺課的學生，或是從午休就聊個沒完的學生。世之介同樣蹺了無聊的課，在這裡打發時間等下一堂課，但他連打發時間都覺得無聊，偏偏又沒其他事可做。

好久沒去森巴舞社了，去看看吧。

於是世之介離開那許多浪擲的時間形成漩渦的學生餐廳。

前往學生會館交誼廳後，發現這裡也聚集了許多社團成員，他們的臉上都寫著無聊。石田也在裡頭，他一看到世之介，馬上向他喚道：「咦，你什麼時候回來的？」

「上禮拜回來的。」

世之介幾乎可說是幽靈社員，成員們迎接他的眼神無比冰冷。但世之介不以為意，來到眾人跟前。

「主任很生氣地說：『橫道那小子，到底什麼時候才能輪班啊？』」

「下禮拜就可以了，昨天晚上我也打電話給主任了。」

「不過，你竟然會到這裡露臉，真是難得啊。難道你意識到自己是森巴舞社唯一的大一新生，開始有責任感啦？要是有空的話，就去邀人入社吧，你有沒有朋友感興趣？」

在石田連珠砲的責備下，世之介一時間想到加藤。夏天時，為了吹免費冷氣，他幾乎每天都在加藤的住處過夜，但個性現實的他自從天氣轉涼，便完全沒和加藤聯絡。
「我說，有沒有人可以加入啊？再這樣下去，森巴舞社真的會廢社呢。」
石田不安的心情可以理解，但對任何事物都很冷淡的加藤不可能對森巴舞感興趣。
「不……我拉不到人。」
世之介把頭偏向一旁，這才發現石田的話中有一部分令人在意。
「石田學長，你剛才說我是唯一的大一新生是嗎？」
「是啊。」
「那麼，阿久津唯和倉持呢？」
「你不知道嗎？別說森巴舞了，他們好像連大學都辦休學了。」
「咦？」
「是這樣沒錯吧？」
石田向背後的社員們喚道，眾人意興闌珊地點了點頭。
最後，世之介沒上第七、八節課，直接前往倉持家。他從高田馬場改搭地鐵，坐了一站。不同於世之介所住的西武新宿線車站，這一帶的地鐵車站感覺就像在住宅區的地底下突然造了一座車站。穿過驗票口上樓梯，沒有超市、商店街、腳踏車停放場，眼前出現的是一整排平凡無奇的民宅。
世之介望著立在人行道上的地圖，重新打開通訊錄。通訊錄附有英文字母索引，只要打開

K那一頁即可，但因為他個性懶散，「倉持」的住址直接以潦草的字跡記在第一頁的A欄底下。

地址離車站不遠，不過附近沒有可當路標參考的建築物，而且走在狹窄的巷弄裡，得一再左轉右繞。

「第二個路口右轉。然後馬上左轉，第三個路口右轉，走到盡頭後左轉。」

看過地圖後，世之介一面走一面喃喃唸著行進步驟。這一帶都是老舊民宅。雖然不算豪宅，但屋外圍著樹籬或石牆的人家都設有小門或庭園，不少人家雖然已改成鋁門窗，還保有日式外廊。

來到倉持家一看，果然也和其他人家一樣設有低矮的山茶樹籬，外觀典雅。

穿過不太牢靠的大門，來到玄關拉門前，世之介往小小的庭園探頭，喚了一聲：「請問有人在家嗎？」

「來了！」玄關旁的小窗隨即傳來女性的應答聲，似乎是倉持的母親。

「您好，敝姓橫道，請問一平同學在家嗎？」話還沒說完，玄關拉門馬上打開。

「您是一平的朋友？」

面對倉持母親的詢問，世之介點頭應了聲「是的」。

倉持的母親個頭嬌小，身材清瘦，眼尾紋深邃，看起來很和善。可能是正在插花，一手還拿著一朵濡溼的菊花。

「他應該在房裡吧……一平，你朋友來找你哦！」

母親朝走廊深處叫喚。昏暗的走廊擦拭得一塵不染，泛著黑光。

「要進來坐嗎？」

在母親的邀請下，世之介一腳踏進玄關，倉持從泛著黑光的走廊深處走出說道：「世之介？怎麼突然來了？」倉持可能正在午睡，看起來一頭亂髮，手插在棉褲裡，搔抓著屁股，一點都不顧忌。

「找你有點事，因為最近都沒見到你。」

其實他想開門見山地問一句「聽說你休學了」？但倉持那氣質優雅的母親笑咪咪地站在一旁，實在說不出口。

「總之，先進來再說吧。」

「打擾了。」

那泛著黑光的走廊確實擦拭得晶亮光滑。走在走廊上，母親喚道：「一平，這裡有蛋糕，記得來拿哦。」

倉持的房門上貼著一張「謝絕會客」的板子。「你腦袋有問題啊？」世之介朝板子一彈，而這位當事人似乎早已忘了這件事，就只是意興闌珊地應了一聲「哦」。

倉持的房間是一間西曬的歐式房間，約六張榻榻米大。與其說是歐式房間，不如說是採歐式裝潢，造型相當老式，窗框還做成拱門狀。

倉持再度朝剛才躺的床鋪躺下，世之介只好在書桌前的椅子坐下。桌上的書架擺的不是教科書，而是一排唱片。

「你都在忙什麼啊？」

世之介想先打開話匣子，如此問道，朝床鋪踢了一腳。倉持抱著以花朵圖案的毛巾捲成的枕頭，苦笑道：「單身漢的最後一次返鄉。」

「你真的休學了？」

「是啊。」

「阿久津唯也是嗎？」

「對。」

「這麼說來，你們真的……」

「沒錯。先辦結婚登記，再找工作和住處。」

「你爸媽怎麼說？他們贊成嗎？」

「我爸不跟我說話，我媽昏倒兩次。慶幸的是，唯的媽媽還算站在支持我們的立場。她們家原本就是單親家庭，所以她問我要不要住她們家。」

躺在床上的倉持怎麼看都不像是個快被斷絕父子關係的兒子。

「這麼說來，你要到阿久津唯家住囉？」世之介問。

「初期應該是這樣吧。因為就算要租房子也沒錢，在那之前還得先找工作呢。」

「可我看你一點也不著急呢。」

「當然急啊！我是因為著急過了頭，不知從何著手才好。」

倉持如此說道，重新抱住枕頭。

聽倉持說，他姑且先讓阿久津唯和他父母見過面。阿久津唯的肚子還不明顯，所以兩人似乎都還能保持冷靜，但之後幾乎沒談到這件事。依倉持個人的看法，他父親似乎認為只要冷處理，總有一天這件事就會大事化無，而他母親也認為，只要繼續插她的花，見兒子的朋友像世之介這樣到家裡玩，就端出蛋糕招待，這場風暴就會過去。

「你父母的態度我明白了，那你自己又是如何呢？」

見倉持可能會對他父母一直抱怨下去，世之介急忙打斷他的話。

「我自己？這不是早決定好的事嗎。就是找個工作，好養她和孩子啊。」

雖然懷裡仍抱著枕頭，但倉持的口吻顯得很堅決。一時間，世之介搞不懂自己為何而來。

在學生會館的交誼廳從石田口中得知兩人休學的消息時，他確實抱持某個想法而專程來這找他，可是來到這裡，卻又完全想不到這重要的「想法」是什麼。是想阻止他們嗎？或者只是因為覺得自己突然被他們拋下而感到焦急？倉持下週就要搬到阿久津唯家。

「有什麼我能幫忙的嗎？」世之介問。

「借我錢啊。」倉持馬上半開玩笑地應道。

「雖然我沒什麼錢，但打工存了一些，可以借你。」

「真的假的？肯挺我的就只有你了。我一輩子都會記住你的恩情。」

這句話聽起來很像在開玩笑。

到頭來，世之介搞不清楚自己究竟為何而來，在吃完他母親親手做的蛋糕後離去。雖然打算就這樣回去，但那種燃燒不完全的感覺始終揮之不去，他決定在新宿看場電影轉換心情。

來到新宿車站，在通往歌舞伎町的地下街找了一家蕎麥麵店吃豬排丼和蕎麥麵。雖是蕎麥麵店，但店內以黑白兩色為基調，裝潢別緻，整面牆都是玻璃。櫃台式的桌位坐了一排客人，可能是入夜後才上班的人們，不知為何彼此間自動空出一個座位，默默吃著碗裡的麵。這一整排客人的臉就映照在前方的鏡子上。從入口望去，彷彿店內所有客人都和他一起吸著麵條。

吃完豬排丼搭蕎麥麵的套餐後，世之介前往歌舞伎町的電影街。途中繞往書店，站著翻閱《IA》雜誌，但覺得每部電影都不有趣。

像《八公犬物語》這種電影，就算看了也沒什麼意思吧。

雖然心裡這麼想，但既然都來了，還是到電影街看看吧。這時，他發現有位看起來像是鄉下來的大嬸站在公廁前。她當然不是一身務農打扮，但那頭梳整得很不自然的髮型以及拿在手上的包袱，在這處流行的店家林立的地下街通道顯得特別突兀。

他不經意地望著那位大嬸，在通道上看見一名女子從女廁走出，踩著高跟鞋，在地板上發出叩叩的清響。雖然在長髮的遮掩下，沒能看清楚女子的側臉，但世之介不由自主地停下腳步。

千春小姐？

世之介陡然停步，一位從背後走來的大叔撞向了他，世之介連忙道歉：「啊，真是對不起。」女子聽到他的聲音轉過頭來，果然是片瀨千春。千春發現世之介後，就像發出「咦」的一聲驚呼般，頭偏向一旁。

「妳、妳好。我是橫道，橫道世之介。」

他不由自主地跑向千春，千春也朝她嫣然一笑地說道：「哦，是你啊。好久不見。自從那次在千葉的遊艇碼頭見面後，就一直沒遇過吧？」

「你怎麼了？自己一個人嗎？」

在千春的詢問下，慌亂的世之介莫名其妙地回了一句：「不，我來看八公犬。」一旁的鄉下大嬸不知為何來到千春身旁。

「這是我媽，今天到東京來。」

千春注意到世之介的視線，有點不耐煩地說道。

「您好，初次見面。」世之介向千春的母親行了一禮。

「您是小千的朋友嗎？」

面對母親的詢問，千春不耐煩地應道：「是學弟。」怎麼看都不覺得千春和旁邊這位大嬸是母女。就像千春站在田邊一樣，大嬸站在這處地下街也顯得格格不入。

可能是因為世之介一直盯著她瞧，千春改變話題：「世之介，你有沒有空？」

「有沒有空？有啊。」

「接下來我要送我媽去車站，之後我們一起吃個飯吧。」

「真的嗎？好。」

雖然剛剛才吃過豬排丼和蕎麥麵，但世之介還是馬上說好。

「那你去那家咖啡廳等我吧。送完我媽，我就去找你。」

「好。」

千春自顧自地說道，推著母親的背往前走。

「我家千春受您關照了，日後還請多多指教。」

她母親突然深深一鞠躬，世之介慌張地應道：「不，我們沒那麼熟。」母親聽了一愣，千春再度推著母親的背說道：「好了啦，走吧。」

「沒想到最後還能遇見妳在東京的朋友，真是太好了。」

母親仍說個沒完，千春半強迫地推著她走。

「你到那裡等我哦，我很快就回來。」

「好。」

「那我告辭了。」

母親又行了一禮，世之介也向她深深一鞠躬。兩人在擁擠的地下街通道上逐漸遠去。不同於走路時長髮隨風飄揚的千春，她母親的步伐不穩，多次差點撞向從車站方向走來的人們。每次千春都會抓住母親的手臂，那側臉與她在世之介面前的模樣截然不同，完全沒半點催促，無比溫柔。

世之介一直目送她們離去，直到看不見她們的身影，才走進千春指定的那家咖啡廳。但不巧店內客滿。收銀台前的椅子上已有三名客人在候位。世之介就此放棄，決定在店門外等千春。

十一月　校慶

教室窗外是秋高氣爽的藍天。生長茂盛、幾乎快碰到玻璃窗的銀杏樹，葉子已經變色，彷彿隨時會隨風飄落。世之介惦記著下課時間，坐在靠窗的座位，一面聽著教授語速飛快的講課，一面隨著擺動的葉子搖頭晃腦，一臉幸福洋溢。

「別再搖頭了，這樣我看不到黑板。」

突然有人用筆尖戳著他的背，世之介轉頭看。那名戳他的男子以為他會出言反擊，露出提防之色，但世之介只是開心地搖著頭，面帶微笑地說了聲「抱歉」。

「你、你幹嘛啊，怪可怕的……」

就算男子這麼說，世之介也不以為意。他有節奏地搖晃著腦袋，恢復原本的姿勢。任誰看了都覺得詭異。這時下課鐘聲響起。鐘聲一響，教授馬上闔上書本，學生們也陸續離席。

「松井，週末的聯誼，到底怎樣了？」

拿筆戳世之介背後的男子，向隔壁的男子問道。

「對方是哪所學校的女生啊？」

「不是說過了嗎，是大妻女子大學。」

「我去！當然去囉！雙方的學校離這麼近，和大妻的女生交往是第一首選呢。」

世之介聽到他們在背後的對話，轉過身來。

「不好意思啊，這個週末我要和人約會。」

「啥？」

「你誰啊？」

兩人同時瞪向世之介。

「我是這個週末說好要和千春小姐約會的橫道世之介。」

世之介留下傻眼的兩人起身離席。他再度充滿律動感地搖頭晃腦起來，頭都快掉了，就像銀杏葉一樣。

當他愉悅地走出教室時，背後突然有人叫喚道：「喂，世之介！」只見石田肩上披著一件外表粗糙的毛衣，兇巴巴地朝他逼近。

「石田學長，午安！」

「午安個頭啦，昨天開始練習了。」

「練習？什麼練習？」

「森巴舞啊，不然我還會和你一起練習什麼？」

「哦，森巴舞啊。」

「不是告訴過你嗎，要在校慶時跳舞，順便召募新社員。」

「啊，確實有這麼回事……」

「今晚同樣在學生會館的交誼廳練習，要來哦。」

「咦？在那種地方練習？」

世之介跟著石田走下樓梯。

「對了，石田學長。」

「嗯？」

「你那件毛衣，看起來好像揹著一頭羊呢。」

「胡說什麼呢，這是現在的流行。」

「是嗎？」

雖然這毛衣誇張地鼓起，但既然重視打扮的石田說是流行，那肯定就是流行沒錯。

「你這衣服要多少錢？」世之介問。

「你要買嗎？」

「那得看價錢而定。」

「勸你免了吧，和你穿一樣的衣服多遜啊。」

石田躍下最後的幾階樓梯。

「那麼，請以一天一千日圓的價格租我！」

世之介也學石田一躍而下。但可能是平時運動量不夠，才一著地，膝蓋便顫抖起來。

「你要穿去哪兒啊？如果是不會流汗的地方倒是無所謂。」

經石田這麼一說，世之介偏著頭問道：「流汗？」他苦思了一會兒，接著是嘴角輕揚，又說了一聲「流汗……」

「搞什麼，怪可怕的。還是別借你比較好。」

石田快步走出戶外，世之介追上前。從沐浴在秋陽下的校園走進昏暗的學生會館，離入口不遠一處顯眼的地方，森巴舞社的社員們正圍成一個圓圈。

副代表清寺由紀江奔向他們兩人，突然將一張像是進度表的紙抵向石田說：「喂，石田，照這進度，正式表演根本來不及啊。」她似乎也發現站在石田背後的世之介，說了一句：「哎呀，你真是稀客啊。」表情變得更加嚴峻。

「清寺學姊，妳換眼鏡了嗎？」

世之介討好地問道，但清寺只是冰冷地回了一句：「半年前就換了。」

「世之介，你那馬虎的態度和石田愈來愈像了呢！」

聽清寺這麼說，石田急忙否認：「妳別亂說。」

「算了，這不重要。總之，你這樣的進度安排是不行的。」

石田接下清寺遞出的那張紙，覺得很煩，嘀咕道：「又不是要在舞台上表演。」

「不是在舞台上表演，會是在哪兒表演？」世之介問。

「要在校園裡遊行。」

石田回答得理所當然。

「遊行？」

世之介雖然喊得很大聲，但沒人理會他的驚訝。石田和清寺開始討論起進度安排。世之介環視其他社員，想看有沒有人站在他這邊，但沒人肯和他目光交會。

他不得已只好離開，發現一群死氣沉沉的男生們圍在靠窗的桌位旁，便朝他們走近。裡頭有個男生和他一起上過體育課，世之介問他：「這裡是什麼社團？」對方回答「電影研究社」。

「哦，我要是也加入你們就好了，聞得到一股文化的氣息。」

「原來你喜歡電影啊。你最近看了什麼電影？」

「不久前我原本打算看《八公犬物語》。」

「八公？那麼，你最喜歡的電影是哪一部？」

「《捍衛戰士》。」

聊到這兒，連電影研究社的人也紛紛從他身上移開視線。

沒關係，我無所謂。

世之介在心中如此低語，朝一張灑滿陽光的沙發一屁股坐下。

那是上禮拜的事。世之介站在因客滿而無法入座的咖啡廳前，等送母親坐車的千春回來。但五分鐘過去，十分鐘過去，千春一直沒回來。有客人走出店門，門口旁的椅子上候座的客人依序被叫進店內。早知如此，剛才要是乖乖排隊就好了。世之介開始後悔，想重新排隊，不過有客人走進店裡，表示之後又有新的客人，就算他現在去排隊，一樣是排在五、六組客人後面。

當千春出現時，在隊伍中排隊，和站在店門外等候，哪個才是明智的決定呢，世之介以他自己的方式思考著，最後決定在店門外等候。

千春回來時，世之介已在咖啡廳門前站了三十多分鐘。他差點以為和千春約在這裡碰面只是他的幻覺。

千春不慌不忙地從地下街通道走來，對他說：「不能進去嗎？什麼嘛，原本想說難得有機會，想和你喝杯咖啡呢。」

聽她的口吻，彷彿已經放棄和他一起喝咖啡似的，世之介急忙說：「還有其他咖啡店啊！」說到都破音了。

「說的也是……」

世之介這番話的氣勢令千春讓步。

「我對新宿不熟，世之介呢？」

「不，我也不太熟……」

「你平時都在哪一帶玩？」

「哪一帶是吧……」

此時世之介腦中浮現的是在學校操場玩踢罐子的幼稚身影。千春一臉無奈地邁步離去，世之介跟在後頭。

「走出這個樓梯，不是有一家王子飯店嗎？它和西武線車站相通。我們就去飯店的交誼廳坐吧，可以嗎？」

「有有有，有那麼一家飯店。有一家與西武線車站相通的飯店！」

「為什麼要重複講兩遍？」

千春偏著頭說道，她身後的世之介表情刻意轉為嚴肅，一本正經地應道：「沒什麼特別的含意。」

飯店交誼廳有不少空位。他們被帶往一張靠牆的L形沙發座，牆上掛著一大幅畫。世之介就座後，不安地環視四周，千春向點單的服務生點了一杯洋甘菊茶。世之介滿心以為那是某種雞尾酒，於是跟服務生說：「那我來一杯琴通寧。」

服務生面無表情，千春則表情誇張地問：「你大白天的就這樣喝？」

世之介騎虎難下，回了一句：「沒錯，妳不用那麼緊張。」搞得情況愈來愈糟。

「是我邀你的卻還這麼說，真不好意思，不過我今天時間有限。喝完茶還得趕去另一個地方……和你一起喝酒，應該會很快樂。」

「啊。不，沒關係。因為我向來一個人喝。」

「是嗎？那麼改天一起喝吧。」

「真的嗎？」

真是轉禍為福。世之介窮追不捨一再確認，千春不由自主地點頭同意。

「什麼時候？什麼時候？」世之介問。

「什麼時候……現在就要決定嗎？」

「不然什麼時候決定？」

「要現在決定也行。」

「那麼這週末如何？」

「這週末……也、也可以啦。」

「那就約星期六。」

「星、星期六啊。」

談妥，世之介就像耗盡所有力氣般全身癱軟。在咖啡廳前等千春來之前，他一直在想，等她來一定要做點什麼，偏偏又不知該做什麼好，現在像這樣約好週末見面後，就頓時有種搞定一切的成就感。

「對了，你和祥子交往得可順利？」

世之介小口喝著服務生送來的琴通寧時，千春如此問道。

「最近都沒見面。」

「是嗎？」

「千春小姐，妳和祥子的哥哥……」

「勝彥先生嗎？我們最近也都沒見面。」

千春點了根菸。

「我到底想幹嘛？這問題，現在連自己都搞不清楚了，但那是我交朋友的方式。就算對你說謊也沒用，所以我就實話跟你說吧……」

千春望著口中呼出的煙，世之介望著她。千春說到這裡，陷入短暫的沉默。

在燈光的照耀下，交誼廳四處都是香菸升起的紫煙。不遠處的桌位坐著一位在電視上看過幾次的大學教授，身旁圍繞著幾名年輕女孩，也不知道是不是她的學生，教授的臉上滿是笑容，就像置身龍宮般的歡愉。

「我是在東北的鄉下地方長大的。雖然稱不上是鄉村，但車站前的保齡球館是當地唯一五層樓的高樓，就是這樣的一個地方。我在當地高中畢業……」

「妳應該很受歡迎吧？」

世之介忍不住插嘴。想到此時撥著柔順長髮、慵懶地抽著菸的千春，幾年前還綁著辮子騎自行車上下學，他便忍不住問道。

「該怎麼說呢……應該是很受歡迎吧。不論國中還是高中，每次一入學，馬上就有學長跑來看我。」

一般女生說這種話，只會是教人聽不下去的炫耀，但不可思議的是，這話從千春口中說出就讓人覺得她一定不堪其擾。

「不過，我就是覺得哪裡不對。該怎麼說好呢，在那樣的小鄉鎮裡找到自己喜歡的人，和他結婚，然後得到幸福……不該是這樣，我原本就是個競爭意識強烈的人。我不是想得到什麼，而是想捨棄什麼。」

說到這裡，千春再度陷入沉默。不過，世之介沒有足夠的能力打破她的沉默。千春在菸灰缸裡擰熄抽到一半的香菸，望向她纖細的手腕上的錶。

「我差不多該走了，反正週末又能再見面。」

這是剛才兩人約好的事，所以她這麼說很平常，但世之介卻從中感受到無比的幸福，全身軟綿綿，連站起身的力氣都沒有。千春準備拿帳單時，世之介急忙制止：「不，我來。」但千春很堅持：「沒關係，是我主動邀你的。」

「可是……」

「那你下次請我吧。」

千春拿著帳單匆匆離去。獨自留在原地的世之介腦中浮現「你請我吧＝完美的餐廳和酒吧＝購買《POPEYE》雜誌」這樣的方程式。

週末轉眼到來。說世之介這一個禮拜的生活都是為了和千春約會，也一點都不誇張。

約會當天，世之介早上八點多就從打工地點回家。為了替晚上做準備，他心想最好睡久一點，便馬上鑽進被窩，但接著又改變主意，認為睡前還是再確認一下行程比較好，於是打開貼著便利貼的《POPEYE》和《BRUTUS》。

他預約的是可以看見東京鐵塔的義大利餐廳。很不巧訂不到靠窗的桌位，但他在電話中已確認過，只要從預約的桌位伸長脖子，就能看見東京鐵塔亮燈的塔頂。到時要點的紅酒，也已經寫在便條紙上，放進錢包裡。那一長串名稱，只要在前往六本本的電車上默背就行了。

順帶一提，他們約星期六晚上七點在六本木的「ALMOND」餐廳前面。世之介打電話告知見面地點時，換來千春幾聲輕笑，但世之介實在想不出其他比較醒目的地點，所以也沒辦法。

他預計離開餐廳後，再去六本木小巷弄裡一家打造得像洞窟一樣的酒吧。再接下來該怎麼做，他當然也不是沒想過，但覺得要是太過猴急，這難得的機會就會從手中溜走，因此他決定順其自然。雖說順其自然，但他只知道ALMOND和WAVE這兩家店，根本不可能有進一步的發展，於是他另外買了東京賓館地圖。離酒吧不遠的兩三家賓館，他當然都調查過了。

這是幸福洋溢的一週。對世之介來說，感覺就像已經和千春談了一場轟轟烈烈的戀愛。

世之介提早一個小時來到見面地點。他逛 WAVE 打發時間，試聽史汀的新曲。這是為了讓心情平靜下來。附帶一提，這也在他的計畫之內。

他比約定的時間早十分鐘來到 ALMOND 前，這也是事先盤算好的。傍晚七點不到，ALMOND 前站了一大批人。很多人見等候的對象到來，便馬上消失在六本木的夜街中，每次世之介看了，總在心裡暗笑。因為這些前來赴約的女性，與千春相比，都只有相形失色的份。

從十字路口駛過的法拉利和保時捷等名車，感覺也變得平凡無奇。

頭頂上的時鐘已指向七點，世之介重新整理一下儀容。

五分鐘過去，十分鐘過去。

因為有過新宿地鐵的等候經驗，所以世之介依舊從容。他現在還能輕鬆地想像千春不慌不忙地走來，對他說一聲「抱歉」的模樣。

不過，過了二十分鐘，千春朝他走來的模樣已開始變得模糊。他甚至開始懷疑，六本木會不會還有其他 ALMOND。

時間無情，轉眼三十分鐘已過。

世之介來的時候已在這裡等候的人，現在一個都不剩了。當然，他不可能記住每個人的長相，但看到那些和他年紀相仿的男性，他原本滿懷期待，心想說見到千春不知他們會露出何種表情，結果這些人已各自和他們的對象消失在夜街中。

還是打電話和千春確認一下吧。世之介走向附近的公共電話，但每個公共電話亭都有人，甚至有的外面還大排長龍。

他大可走到遠一點的電話亭，但要是這時千春到來可就麻煩了。他不敢離開這處十字路口。他進退兩難，呆立原地，時間繼續一分一秒地流逝。

他開始擔心起事先訂位的餐廳。原本就只能看到東京鐵塔的塔頂，這下再遲到的話，恐怕連看都看不到。這時馬路對面的電話亭空出來了。斑馬線的綠燈閃爍，世之介馬上撥開人群，走過斑馬線。因為擔心千春恰巧這時到來，他走斑馬線時，還一再轉頭看向ALMOND。

就在千鈞一髮之際，世之介比一名拿著電話卡的男子搶先一步衝進電話亭。他取出通訊錄，按下電話號碼。原以為千春可能正在路上，電話會轉成答錄機，但突然啪的一聲，「喂。」話筒那頭傳來千春的聲音。

「喂？呃，我是橫道。」

「啊，世之介？太好了，我剛才打電話到你家，但你好像已經出門了……」

世之介吞了口口水。那只看得到塔頂的東京鐵塔，就這樣逐漸萎縮。

「我好像感冒了，看來今天去不成了。對不起，真的很抱歉。」

如果是感冒，那也沒辦法。從話筒的另一頭傳來咳嗽聲。但那咳嗽聲聽起來卻像是在演戲。

「我沒關係，請妳不要太勉強……」

說出這句話已是竭盡所能。

放下話筒，世之介一臉茫然地走出電話亭。腳下一陣虛浮。《OEYE》和《BRUTUS》裡頭都沒提到，對方爽約時該如何處理。

●

她在星巴克買了杯咖啡，走向電扶梯時，導播前原出聲叫她「小千」。現在已經三點多，但前原就像剛吃過午飯似的，摩娑著最近微微挺出的肚子，朝她快步走來。

「最近成了啤酒肚。」

前原語帶自嘲地摸著肚皮，所以她回了一句：「穿 POLO 衫會更凸顯你的圓肚。而且現在都十一月了，你不冷嗎？」然後走上電扶梯。

「錄音室裡暖氣很強，熱死人了。」

電扶梯安靜無聲地載著他們兩人往上。這裡是六本木之丘，很難看得出哪裡是一樓。本以為是在地下，前方卻有沐浴在陽光下的車廊。以為樓上是二樓，結果卻有一座正門玄關。她在這棟大樓的廣播電台上班已有五年之久，每次出來接來賓，都不知道對方會在哪一處玄關。

「那個雷曼兄弟的招牌不撤走嗎？」

電扶梯來到一樓時，前原指向入口外面說道。自從雷曼兄弟倒閉的消息傳出，常常有許多人在新聞播出的這塊印有公司名稱的招牌前拍紀念照。

她在這家廣播電台當主持人快滿五年，負責的是星期天下午播放的十五分鐘節目。基本上會以十分鐘回應聽眾的來電，播放與來電內容相關的歌曲，有時還會插播臨時新聞。原本是由知名女ＤＪ主持，後來因為請產假而由她代班。但原本可能就競爭意識強烈，她以嚴厲的批判口吻回應來電聽眾，似乎很合大眾胃口，最後另外為她新闢了一個節目。節目特別受年輕的女性聽眾喜愛，她節目的口號「貪心但不膚淺的生存之道」，似乎頗受好評。

來到錄音室所在樓層，從接待室的窗戶可以望見彷彿伸手可及的東京鐵塔。東京鐵塔亮燈的方式是什麼時候開始改的呢？她高中畢業剛上東京時，不是像現在這樣讓整體清楚浮現的打燈方式，而是以橘色小燈泡鑲出鐵塔的輪廓。

她端著咖啡走進混音室，助理導播岡本拿來簡單的腳本。雖說是腳本，但這是已經做了五年的節目，所以內容只是放完曲子後加進的郵購商品廣告詞。這個月都在介紹洗面乳。

「我也是用這個產品呢。」她對臉上有痘痘的岡本如此說道。「片瀨姊，妳皮膚真好。」岡本直率地向她誇讚。

「小岡，你將來有出息哦。」

「是嗎？」

「你是在哪兒學會這套話術的？」

「話術？」

「這套誇獎女人的方法。」

「妳又這樣挖苦我了，片瀨姊的皮膚真的很好啊。」

她以腳本往岡本的頭輕輕一敲，走進錄音室。從三十三樓的窗戶望出去，東京的市容盡收眼底。

導播前原走進混音室後，隨即到了廣播時間。他們已經合作了五年，所以只要一個眼神，許多事就能順利進行。有一段時間，她差點和前原有更進一步的交往。當時她剛從倫敦的藝術學校短期留學回國，前原還只是助理導播，但已經娶妻生子。

「小千，可以了嗎？」

耳機傳來前原的聲音。她微微頷首，接著馬上傳出節目的主題曲。窗外的紅豔夕陽朝大樓間傾沉。

「大家好，我是片瀨千春。各位度過了一個怎樣的星期天下午呢？誠如大家所知，我們的錄音室位在六本木之丘，沒錯，就是現在鬧得沸沸揚揚的雷曼兄弟所在大樓，剛才我在大樓入口處買咖啡，看到來這裡的遊客在印有雷曼兄弟公司名稱的招牌前拍紀念照。」

說到這裡，她望向混音室，只見前原面露苦笑。

結束一分鐘左右的開頭問候，馬上便有聽眾來電。由於是現場直播，播出時她也是第一次和來電的聽眾對話，聽到第一個聲音前還是不免緊張。

「接下來是聽眾來電時間。在這一段節目中各位所提出的煩惱，我片瀨千春會深入探究。讓我們來聽聽今天第一位聽眾的煩惱。來，您好。」

「喂。」

耳機裡傳來的，是個還保有幾分稚嫩的男性聲音。

「請問貴姓大名。」

「呃，我叫悠太。」

「悠太您好。可以請教您的年齡和職業嗎？」
「呃，我今年十九，還是學生。」
「十九歲的學生……光聽這個頭銜，感覺就有不少煩惱。」
「是嗎？」
「開玩笑的，別見怪哦。那麼，您今天打電話來，是有什麼煩惱呢？」
「我有喜歡的人。」
「我想也是。」
「是嗎？」
「抱歉、抱歉……請繼續。」
「她年紀比我大。和她見面總覺得開心，但見不到她又會感到不安。雖然說這種話感覺很遜，但我想和她一起看各種事物，到不同的地方去，只不過好像沒那麼順利……」
「她不肯接受你的邀約嗎？」
「倒也不是，我覺得很快樂，但我不確定她是否一樣快樂。」
「你沒自信嗎？」
「也不知道是不是沒自信。舉例來說吧，我和她不管做什麼事都覺得新鮮，但她卻像是已經和某人做過了。當然了，她沒這樣說，但有時看起來就是這樣。」
「悠太，可以先聽我說句話嗎？」
「請說。」

「假設有樣食物是你第一次吃，她已經吃過了，但對她而言這同樣也是第一次。第一次和悠太你一起吃。」

她對著麥克風如此說道，目光移向窗外。戴著耳機的臉映照在窗上，與眼前的東京鐵塔剛好重疊。

廣告時插進一則新聞。助理導播岡本拿來新聞稿。廣告結束後，她馬上朗讀新聞稿。

「下午五點十三分左右，代代木車站發生一起交通傷亡事故，造成列車班次大亂。山手線內環線因而停駛，外環線也有部分列車嚴重誤點。正值上下班時間，請各位繼續留意後續消息。」

收到前原比的暗號後，她介紹起史汀的一首懷念老歌。

「辛苦了。」

走出錄音室，進入混音室後，前原和岡本對她投以擔憂之色。「小千，妳怎麼了？」聽前原如此詢問，她反問道：「為什麼這樣問？」前原說：「接完來電諮詢後，感覺妳的聲音聽起來沒什麼精神。」

「會嗎？抱歉，我待會和人有約，先走一步了。」

她隨口應付過去，步出混音室。雖然在兩人面前裝得若無其事，但其實她有事懸心。在那通來電中，那位大學生說他喜歡一名年紀較長的女性，在和大學生談話的過程中，她差點想起某件事。但最後還是沒想起來。

那名大學生的聲音好像和某人相似，是不是之前也接過類似的問題呢？

與新進畫家海野約見面的地點，是在飯倉十字路口附近的一家日式料理店，所以她決定從六本木之丘悠哉地散步前往。第一次看到海野的畫，是在某美術大學校友們舉辦的展覽中。海野的畫不是擺在主會場，而是掛在裡頭最小的一間展示間。一家老字號畫廊老闆鎌田從前就很照顧她，那次也是受他邀約而前往看展，雖然誠如鎌田所言，擺在主會場裡的每一幅畫完成度都很高，但反而感覺出作畫者的能力極限。鎌田與熟人交談時，她獨自走進裡頭的展示間。海野那掛在白牆上的畫，雖稱不上是令人激賞的作品，但在超越自我極限這方面，可以感受到他極力想表現些什麼的氣勢。她朝稍後走進的鎌田使了個眼色，莞爾說道：「這趟果真沒白來。」

年輕時漫無目的四處晃盪，累積不少人脈。她來往的對象都是資產家小開、醫生、律師、藝人，就像在玩卡片遊戲一樣，過著不斷蒐集對方頭銜的生活。如今回想，那是一段不堪回首的過往，但當時卻樂在其中，連她自己都覺得不可思議。猛然回神，才發現自己被人當娼妓看待。要把這一切都歸咎到時代頭上很簡單，事實上，她也有不少朋友真的嫁給了當初的玩樂對象，過著所謂「幸福」的婚姻生活。

當時真是年少輕狂。現在只想得到這樣的形容詞。當她開始對這樣的生活感到厭倦時，認識了本間禮這位畫家。一個沒錢沒頭銜的男人，也沒有經濟能力，只會畫畫。

前面說過，她因為到處遊晃而打開了人脈。要找到肯買他畫的人，根本就小事一樁。當然了，他也確實有才能。但愈有才能的人，愈沒有經商頭腦。

她運用各種關係，將本間禮介紹給各種人認識。正逢時機，那時日本經濟開始走下坡，他畫的那些像祭典過後的風景畫，轉眼便大獲好評。

男子請她當經紀人，她也很自然地答應了。雖然對此一竅不通，但當初就是她讓世人認識本間禮這位畫家，憑藉著這個頭銜，她獨自踏上這條路。畫廊老闆鎌田是她年輕時就認識的酒友，在他的援助下，終於成功在代代木開設小小的畫廊。想成為第二個本間禮的年輕畫家們，幾乎每天都帶作品前來毛遂自薦。閒晃時期，她把所有時間都投注在美術學習上。雖然已過了二十五歲，但她卯足了勁，最後考上一家美術大學的夜間部，一面當本間的經紀人，一面取得學藝員資格。也因為她的特殊資歷，與她認識多年的前原邀她上廣播節目，那個節目專門介紹東京舉辦的各種展覽。

人生真是處處都是驚奇。正因為有這樣的實際感受，她才深切地認為自己能在廣播中接聽人生諮詢。就算找不出答案，她也可以很有自信地告訴對方，根本就沒有所謂的正確答案。

來到約見面的日式料理店，海野已坐在吧台上喝起啤酒。連一件作品都還沒賣出去的海野，以他現在的生活來看，待在這家店應該會很不自在，但可能是他天生膽大，竟然和這位開店四十年的老闆有說有笑，不顯一絲怯縮。

「抱歉，等很久了嗎？」

「我想反正一定會迷路，所以特別提早出門，結果這次竟難得沒迷路。」

海野的唇邊沾著啤酒泡沫，笑著說道。

她坐向海野身旁，朝認識多年的老闆使了個眼色，老闆有點傻眼，以半認真的口吻笑著說：「這孩子以後會是個大人物。」

「感覺話中帶刺哦。」

聽店主這麼說，海野誇張地應道，差點連人帶椅往後翻。

「小心一點，你喝醉了嗎？」

「才沒醉呢，啤酒我只喝了兩公分深。」

她向老闆點了杯生啤酒，接著點了根菸。

「片瀨小姐，瞧妳抽菸，好像很享受呢。」

「真的很享受啊。」

老闆送來啤酒，擺在原木做成的吧台上，對他們說：「讓客人在吧台抽菸的料理店就只有我們這家了，要好好珍惜啊。」

「我今天錄廣播，錄音室全面禁菸，而且剛才走過的六本木通也不能抽菸，所以現在很想一次抽它個兩、三根。」

老闆動作俐落地將海老芋醬煮鱈魚裝進小碟裡，她和海野乾杯。「現在乾杯略嫌早了點。」她出言提醒，海野則是耍嘴皮道：「我這個人啊，乾愈多杯，愈能畫出好作品。」

「情況怎樣？開派對固然不錯，但如果少了重要的作品，一切就白搭了。」

「這次沒問題。」

「你完成了嗎？」

她忍不住把臉湊向前，就像要一口咬下似的。海野自信滿滿地點著頭。

「太好了！我原本很猶豫該不該寄邀請函給你呢。」

「妳這麼信不過我啊？」

「等等，這不就表示我們真的應該為此乾一杯？」

「沒錯，真的需要乾一杯。」

「老闆！抱歉，現在不要啤酒，有香檳嗎？」

她是真心想早點見識海野完成的畫作。一名青年花了半年時間創作的畫，自己能比任何人都早一步欣賞到，令她覺得這項工作無比奢華。從年輕時起，她就一直憧憬奢華的事物，如果這就是她最後得到的奢華，那麼她的人生也還不壞。

飽嘗老闆的料理和辛口日本酒後，帶著些許醉意，舒暢地步出店外。店裡用餐時，她就想早點看到海野的新作，所以一走出店外，馬上便攔了一輛計程車。

為了完成這幅畫，以公司的名義在清澄白河的倉庫街租了一間畫室，海野在這裡待了一個月之久。

「妳真的現在就要過去？白天陽光會照進屋內倒是還好，但晚上那裡很冷呢。」

坐上計程車後，海野顯得很驚訝。

「你是在抱怨畫廊嗎？沒在所屬的畫室裝設暖氣設備。」

「啊，對哦。這麼一來，我也正式成為妳旗下的藝術家了，所以能像本間禮那樣提出任性的要求囉？」

「本間才沒提出任性的要求呢。」

「他現在不是人在冰島嗎？」

「他是自費去的。」

「搞什麼，原來是這樣啊。」

本間禮這位藝術家，專畫不可思議的白。他本人說，為了發掘另外十種白，他要出國造訪的第一站便是冰島。

「而且本間現在已經不隸屬我們畫廊，他與各國畫廊都簽了約。今後我們得靠海野你來賺錢了。」

「啊，對藝術家不該用這種說話方式吧。」

「說這什麼話。只要能賺錢，不管是藝術家還是模仿藝人，我都能當他的經紀人。」

海野似乎很傻眼，就這樣望著車外。沉默中傳來收音機的廣播。

「……剛才為各位聽眾播報，今日傍晚時分在代代木車站發生的交通死亡事件，後續消息已經傳來。今天下午五點，一名女性從代代木車站的山手線內環線月台跌落鐵軌，附近的兩名男性跳下鐵軌想救該名女性，卻因躲避不及，慘遭駛進月台的電車撞上，釀成這起悲慘事故。跌落鐵軌的女性目前身分未明。根據事後調查得知，為了救人而跳下鐵軌的男性，一位是韓國留學生朴承俊，今年二十六歲，另一位是日本攝影師橫道世之介，今年四十歲。」

「片瀨小姐，到囉。」

「咦？」

她因海野的叫喚而猛然回神，計程車已停在畫室倉庫前，她急忙付車資走下車。畫室位於老舊倉庫的三樓。他們搭舊式電梯來到三樓。

「片瀨小姐，妳怎麼了？」

「咦？」

「妳樣子怪怪的。」

「會嗎……我好像要想起什麼，偏偏又想不起來。」

「啊，上了年紀。」

「真沒禮貌。」

走出電梯，海野推開那扇沉重的門，替黑漆漆的畫室開燈。燈光照亮的畫室正中央擺著海野的新作品。那是一幅寬逾兩公尺的大作，中央畫著一個淡得幾乎快要消失的人影。

她一句話也說不出來，在那幅畫前佇立良久。海野再也按捺不住，惴惴不安地問道：「如何？」

無可挑剔的作品。看著那幾欲消失的人影，彷彿連她也被吸進去似的。

「很想抓住這個人的手。」

「對吧？如果抓住的話，這個人或許就會留下，不會消失。」

「這不就是你畫的嗎？」

「連畫它的人自己都不知道呢。」

海野的聲音在寬敞的畫室裡傳開。

此刻，自己見證了一位畫家的誕生。站在作品面前，她感到胸中一熱。

●

花小金井站前有一家澡堂經營的自助洗衣店，有五台洗衣機、八台烘衣機。裡頭的空間不小也不大，正好可以用來練習剛學會的森巴舞步。以烘衣機卡啦卡啦的轉動聲來抓節奏跳舞的人，正是世之介。這裡位於光線昏暗的馬路旁，玻璃正好形成鏡子的效果。像這樣試著在鏡子前跳舞，才發現確實像石田所訓斥的，世之介跳舞時臀部總是往後，無法抬頭挺胸。

他加入森巴舞社已經八個月，雖然自認已將羞恥和靦腆全拋諸腦後，但最後殘留的些許躊躇，也許就顯現在腰間的動作上吧。

烘衣機的蜂鳴器響起，世之介左搖右擺地走近烘衣機，查看裡頭的衣物。光烘十分鐘果然乾不了。半溼不乾的運動衣拿在手上沉甸甸的。他再度扭腰擺臀地從口袋裡取出百圓硬幣。搖搖擺擺地投下硬幣，滾筒再度卡啦卡啦地轉動起來。他左搖右擺地轉身，本以為映在玻璃上的是自己的身影，卻沒想到眼前站著一名年輕女子。她捧著大塑膠袋，應該是來這裡洗衣服的，但她此刻的表情無比僵硬。

「啊，不……」世之介急忙停止，不敢再跳。

正準備走進來的女子看起來有些退縮。

「啊，不好意思。我不是什麼怪人。請進。」世之介出聲喚道。

專程抱著待洗的衣物前來，又這樣抱回去實在麻煩。但這名在自助洗衣店裡跳舞的男人也怪可怕的。女子的表情一再改變，就連世之介也看得出來。

「我在大學的社團跳森巴舞。這次要在校慶裡跳舞，所以在這裡練習一下。」

實在沒必要對陌生人解釋得這麼清楚，但如果不說明，對方恐怕無法理解眼前的情況。

「因為太突然，我嚇了一跳……」

女子似乎這才重拾臉部肌肉應有的樣子，露出苦笑。

「說、說的也是，確實會嚇一跳。」

見女子苦笑，世之介也跟著陪笑。

「之前有個女孩在這裡哭，我也嚇了一跳……可能這裡就是這樣的場所吧？」

女子一面說，一面從擱在地上的塑膠袋裡取出混著男用四角內褲的衣物，塞進洗衣機。

「這樣的場所？」

「像是能完全展露情感的場所。」

「不，我剛才解釋過，我在大學社團裡跳森巴舞，這是練習……不是太嗨而跳起舞……而且我其實沒心情在這種地方跳森巴舞。」

女子心不在焉地聽世之介解釋。

「最近我和某人說好要約會，但她放我鴿子。雖然她是因為感冒無法來赴約，但我告訴學長和朋友們這件事，問了八個人，七個人都說我被她放鴿子了。唯一說那不算放鴿子的人，那天也因為感冒想請假不去參加社團練習。」

那名女子一直靜靜望著世之介，聽到這裡，她開口說了一句：「啊，可以了，這和我沒關係。」想就此離開。

「不，我也不是因為自己想說，才告訴妳這件事。」

「可以了，你不必再說了。」

女子面有怯色地離去。世之介朝她的背影喊道：「我是真的參加了森巴舞社！」

從社團準備的便當裡夾起雞塊塞滿嘴巴的世之介，以興奮的口吻拍著石田的肩膀說道。這裡是充當校慶準備區的學生會館交誼廳內的一角。這裡當社團成員們吃便當的地方是小了點，所以坐在一旁的石田衣服上的羽毛搔得世之介脖子直發癢。

「跳得真快樂！」

「所以我不是說了嗎，只要你開始跳起舞來，就不會在乎人們的眼光了。」

「哎呀，連我自己也沒想到，竟然會這麼快樂。既然跳舞這麼快樂，那就不該是在小小的校園內遊行，處處受限，真想在淺草嘉年華時，在大庭廣眾下跳個痛快。」

「你那時候是貧血昏倒吧。」

「坦白說，當時我還暗自慶幸呢。」

上午時，他們從正門出發，從炒麵攤位等一字排開的校園出發，一路跳到有各種展示場的校舍，雖然路人有時嫌棄，但世之介還是盡情熱舞，那股興奮至今仍未消散。

「下午是什麼行程？」

社員們以猜拳的方式爭搶著多出來的便當，參與其中的世之介向石田問道。

「體育館不是有現場演唱會嗎？我們原本要搶前排座位，但被和太鼓同好會搶先了。」

「咦，是這樣啊。」

「所以我們先休息一會兒，然後採取和上午相反的路線遊行，回到正門後結束，就像這樣。」

世之介最後在那場便當猜拳爭奪戰中落敗，蹲在地上無法起身。要是站起身，背後的羽毛會很礙事，但要是坐下，戴在頭上的太陽頭套又會刺到身旁石田的臉。

「我跳得超乎預期對吧？」

「是啊，腰部扭得很到位。重要的是你要去拉人入社。要是再這樣下去，我們引退後肯定會廢社。」

這是校慶的第一天。學生會館的交誼廳裡，學生們的笑聲和吼叫聲此起彼落。在炒麵攤位工作的學生、為現場演唱做準備的學生，個個都興奮無比，彷彿面對一個不同於平時的自我，一時間管不住自己。

「啊，找到了！世之介先生！」

突然傳來一個熟悉的聲音，世之介轉頭望向入口處。一時轉頭力道過猛，他的太陽頭套前端啪的一聲打中石田的眼睛。

「好痛。」

石田按住眼睛，世之介連忙向他道歉，接著望向入口處。祥子正跨過戲劇社散落一地的道具朝他走近。

「祥子！」

祥子見眼前有個用保麗龍做成的佛頭，一時間猶豫該不該跨越，最後還是一腳跨過，同時揮手喊道：「好久不見了！您最近好嗎？」

「我很好啊。妳呢？」

世之介跑到祥子身邊。自從在長崎遇見難民後，除了那次祥子跑來告訴他那名母親和嬰兒的下落外，兩人完全沒碰面。祥子意志消沉，而世之介也為自己的沒用感到羞愧，一直不敢打電話給她。

「今天怎麼突然跑來？」世之介問。

「我從加藤先生那裡聽說，您要在校慶跳森巴舞。」

「加藤？哦，最近都沒見到他。妳在哪兒遇到他的？」

「在我現在上的英語補習班，他和我同班。」

「他偶爾也應該和我聯絡一下吧。」

「加藤先生說：『世之介只有在需要冷氣的夏天才會和我聯絡。』啊，而且加藤先生最近好像有對象了，所以沒空陪您。」

「加藤那傢伙有對象了？」

「我請他下次介紹給我認識，結果他說：『要紹介給妳認識也行，但妳會嚇一大跳哦。』不知道是怎樣的人呢？」

加藤的對象應該是男性，但世之介覺得如果是祥子，想必不會太過吃驚。

「對了，現在才問您這個問題，世之介先生，您頭上戴的是什麼東西？向日葵嗎？」
「不，是太陽。」
「哦，太陽。因為是森巴舞嘛。」
「啊，對哦。因為森巴舞，所以搭配太陽……我現在才發現。」
森巴舞社的成員全都緊盯著世之介他們。置身其中渾然不覺，現在保持距離細看後才發現，森巴舞社的攤位遠比想像中來得顯眼。
和祥子簡單地報告彼此近況後，開始為下午的社團表演集合。吃完便當，穿戴一身誇張的服裝休息的社員們動了起來。
「祥子，抱歉，我待會兒還得再跳一場舞。」
「我會在旁邊看。」
「不過，不是在舞台上跳。」
「那會在哪裡？」
「在哪裡是吧……就在校園裡遊行。」
「在哪兒看最清楚呢？屋頂嗎？」
「如果是屋頂，我們在外面跳的時候看得到，可是一旦走進校舍……」
「那我跟在隊伍後面走好了。」
「也對，這樣的話就能全程觀看了。」
由扛著一台大錄音機的石田帶頭，森巴舞社的成員排好隊伍。世之介考量到祥子在場，刻意排到隊伍最後面。音樂開始播放，團員出聲吆喝後，眾人開始扭腰擺臀。

在交誼廳休息的學生們以帶點厭煩又有些逆來順受的眼神，目送這支花枝招展的隊伍離去。

「世之介先生！」

「什麼事？」

世之介跳著舞回頭。

「待會兒您有空嗎？好久沒見面了，我想和您一起吃頓晚飯，不知道方不方便？」

祥子那中規中矩的說話口吻，與森巴舞的節奏很不搭調。

「跳完舞後，我還有事要忙。」

「是慶功宴嗎？」

「不是，我有位姓倉持的朋友要搬家，我要去幫忙。」

開口說話便亂了節奏。但一配合節奏跳舞，又沒辦法說話。

「如果是替朋友搬家，那就沒辦法了。那下次再約囉。」

「不好意思。」

世之介拒絕了共進晚餐的邀約，扭動著腰部往校園前進。他每次扭腰羽毛都會掉落，祥子跟在後頭一面撿著。

「你和那位叫祥子的女生在交往嗎？」

坐前座的倉持輕撫著裂開的指甲問道。世之介重新握好方向盤應道：「應該不算是交往吧。」

裝著倉持行李的小卡車正順利行駛在山手通上，往新居而去。校慶跳完森巴舞後，傍晚原本要在神樂坂的居酒屋舉辦慶功宴，但世之介婉謝前往。來替倉持搬家是好事一件，但和他原本想像的有落差，世之介備感失落。

首先令他感到驚訝的是，倉持要搬運的行李少得離譜。原本一聽到搬家，他想到的是搬運書桌或書架這類家具，但來這裡一看，倉持整理出的行李只有十個左右的紙箱，裡頭塞的主要都是衣物，搬起來很輕，不到十分鐘就全部搬上小卡車的貨架。

順帶一提，令他驚訝的不光是倉持行李的數量。還有他那明明在家，卻完全沒露面的父親，以及一臉擔心地望著行李，卻沒出來為即將獨立的兒子送行的母親，那種冷漠令人不寒而慄。

剛滿二十歲的獨生子，重考一年好不容易考上大學，卻又臨時中輟，要和被他搞大肚子的女生一起展開新生活。世之介也不敢要求他們在一旁高喊三聲萬歲，開心地送倉持離去，可是既然都走到收拾行李搬離老家這一步，應該算是大事一樁吧。想當初他上東京時，母親像新劇女演員般哭得一把鼻涕一把眼淚，父親則是像青春連續劇裡的老師般拍著他的肩膀，這一切至今記憶猶新。他不禁對倉持興起一股憐憫之情。

「啊，那裡。那個紅綠燈左轉，然後在第二條巷弄右轉。」

倉持沉默了一會兒後，無精打采地指向前方的紅綠燈。

「瞧你沒什麼精神呢。」

「因為熬夜收拾行李，快累趴了。還有，謝謝你借我錢。託你的福，我才出得起一半的搬家費用，這樣我在唯的母親面前也才抬得起頭。」

「阿久津唯住的公寓限制不能有小孩，所以你們沒辦法合住。但為什麼不直接住阿久津唯她娘家呢？」

聽到世之介的提問，倉持嘆了口氣。

「雖說她們家只有母女倆住，但畢竟是兩房一廳的國宅。隔門一打開，就看到我丈母娘睡在裡面。」

世之介一面聽倉持說，一面轉動方向盤。

「不過，這次我們租的公寓，走路不到一分鐘就能到我岳母家。所以日後孩子生下來，有事就能請她幫忙了。」

「不過話說回來，一旦懷了孕，只要過一段時間，孩子就真的出生了呢。」世之介如此低語。他自以為這是切中真理，頗富哲學義涵的妙語，但是向來很面對現實的倉持聽了完全沒半點感想。

「對了，你找到工作了嗎？」世之介問。「就是那裡，就是那棟公寓，在電線桿前先停一下。」倉持先說了這麼一句，接著回答：「算是找到了。雖然對方雇用了我，但第一個月的試用期只有一半的薪水」。

「只有一半的薪水也沒關係啊，什麼樣的工作？」

「是一家不動產公司。」

「你說的不動產公司，是在玻璃窗上貼售屋傳單的那個嗎？」

「不，是房屋仲介。」

「房屋仲介聽起來不是什麼正經生意呢。」

「那是一家正派的公司。雖然員工只有六個人，規模比較小，不過現在景氣正好。」

由於車停得太靠牆，駕駛座的車門打不開。世之介不得已，只好從倉持那頭的前座車門下車，倉持對他說：「我先去開門，在202號房。」說完便衝上外部樓梯。和世之介料想的一樣，是一棟老公寓，沒有公共玄關是唯一的優點。

世之介抱起一個看起來最輕的紙箱，走上樓梯。他往大門敞開的202號房裡窺望，不知道為什麼，倉持呆立在空無一物的屋子中央。

「這個放哪兒？」

世之介正準備將紙箱擱向牆邊時，倉持哽咽地對他說「謝謝」。世之介驚訝地抬起頭，發現倉持淚流滿面。

「世之介……我會加油的，為了即將出生的孩子，我會好好努力。能找來幫我搬家的，也就只有你這位朋友了。謝謝你，我會和唯一起努力的。」

站在突然哭泣的倉持面前，世之介抱在懷裡的紙箱放下也不是，整個人不知所措。

十二月　耶誕節

老家寄了一箱東西到世之介的住處。裡頭是一些泡麵，以及一件藍色條紋圖案的傳統棉襖。這是高中三年，每到冬天他必穿的衣服。上頭還留有當初瞞著父母偷抽菸的燒焦痕跡，以及夜裡邊念書邊吃麵染上的湯汁汙漬。這是世之介主動請他們寄來的。

「棉襖很便宜，你在那邊直接買一件不就得了，沒必要專程寄這種舊衣過去吧？」母親說。

的確，站前的西友超市賣的全新棉襖相當便宜。但棉襖這種東西說來真不可思議，如果有現成的就會穿，總覺得沒必要專程買新的來穿。

世之介從紙箱裡取出棉襖，感受那懷念的觸感，伸手穿過衣袖。才剛穿上，便突然很想吃橘子。他心想，紙箱裡該不會有橘子吧，於是往裡頭翻找，果真在底部找到一個白色塑膠袋。果然是橘子。

不愧是老媽。

上禮拜世之介以打工賺來的工資買了個便宜的暖桌。不同於老家那棟老舊的透天厝，這棟公寓是鋼筋水泥建造，又採用堅固的鋁門。他本以為有電暖爐就足以應付寒冬，沒想到他所倚賴的鋼筋水泥，反而讓房間冷得像座寒宮。

穿上棉襖後，世之介在全新的暖桌上攤開西洋史課本。明天是報告的最後繳交期限。「針對希臘的衰退，試論希臘城邦制度」

不知是因為題目，還是穿了棉襖的緣故，他突然覺得眼皮沉重。心裡想著明天就得提交，現在絕不能睡著，但他雙腳放在暖烘烘的暖桌裡，手一伸就能拿到甘甜的橘子。猛一回神，發現自己已經躺平。

世之介嘴裡含著橘子，不知不覺間打起了盹。雖然穿著棉襖靠在暖桌旁睡覺，但他在迷糊之際所作的夢，內容卻將自己與漫畫《心情雞尾酒》的主角重疊在一起，夢中不知為何，他穿著棉襖站在一棟時尚的臨海飯店前。

在因電話鈴響醒來前，他正開著敞篷車快意奔馳在濱海公路上。

世之介像隻毛毛蟲似的從暖桌裡爬出來接電話。這時已經天黑，暖桌裡散發出的亮光將小小的屋內染成一片赤紅。

「喂。」

聽到世之介那睡迷糊的聲音，對方說道：「喂？世之介嗎？是我啦。」來電的是高中的同學小澤。

他可能是從車站的公共電話打來，背後不斷響起嘈雜的發車鈴聲。

「小澤？」

「好久不見了。你在忙什麼？」

「窩在暖桌裡睡覺。」

「我說，你想不想上電視？」

「咦？」

「這可是上電視的機會耶。是這樣的，我因為社團的關係，得找人來參加《道隧紅鯨團》的演出試鏡。那是當紅節目，所以報名的人相當踴躍，但這次好像突然辦了個特別節目，說要幫那些從地方來東京的男女配對。後天就要試鏡了，一時間人數湊不齊，他們就聯絡了各大學的媒體研究會，不過我們學校幾乎都是東京人。」

小澤自顧自地說個不停，也不管世之介的反應，最後補上一句：「後天星期四就要試鏡了。」

「喂？」

「總之，等我弄清楚詳情再跟你聯絡。抱歉，我電車來了。」

「喂……等一下啦。」

「咦？你後天不能去嗎？」

「倒也不是，你剛才是不是提到《道隧紅鯨團》？」

「是啊。」

「是隧道二人組主持的那個節目嗎？」

「是啊。不然還會是哪個？」

世之介以他迷糊未醒外加混亂的腦袋整理這番對話。

「我能上電視？」

經過一番整理，他提出問題。

「我不是說過了嗎？」小澤馬上很不耐煩地重複一遍。

「所以說，要是我通過試鏡，就能上電視對吧？」世之介問道。此事似乎不假，小澤回答「沒錯」。

「不過，我可要先聲明哦，我認為你不可能通過。如果不是長相特別，或是有什麼特殊才藝，就不可能過關。」

經小澤這麼一說，世之介暗自思忖。的確，我的長相並不突出，也沒什麼可引以為傲的才藝。

「總之，詳細的時間和地點，等確定後我再跟你聯絡。」

小澤掛斷電話。明明已經掛斷，但電話另一頭響起的發車鈴聲卻仍在耳中迴盪。

擱下話筒，世之介已開始想像自己出現在電視上的身影。雖然他不曾對演藝界抱持憧憬，但一生當中要是有機會能上電視，那也不壞。

國中時，世之介曾和同學在過年前往神社參拜時，接受地方電視台的採訪。回家後，父母就不用說了，就連附近鄰居也蜂擁而至，紛紛對他說：「我們看到電視了。」光是地方電視台就這麼轟動，要是在全國播出的節目中亮相的話……

想到這裡，世之介再度躺下，愈想愈覺得自己不可能通過試鏡。一個穿著傳統棉襖，吃著橘子的大學生，怎麼可能上得了電視。

試鏡會場裡擠滿了男學生，足足有上百人。準備的席位只有現場人數的一半，另一半的人貼著牆邊站成一排。世之介當然也是站在牆邊的其中一人，他無法像小澤一樣厚著臉皮走進裡頭，所以此刻他兩腳跨在入口的門檻上，幾乎隨時都會被擠出去。

最後世之介還是想上電視。

「那麼，接下來一次十位到另一個房間進行審查，點到名的人請出列。之後不會再回到這個房間，所以有行李的人請隨身攜帶。」

那名年輕工作人員就像三天沒睡覺似的，聲音沒半點幹勁。一開始被點到名的十個人陸續起身，他們都是學生，被帶離這個房間。

工作人員離開後，四處再度響起說笑聲。不認識半個人的世之介沒有說話對象，只能引頸而望，看小澤跑哪兒去了。不知何時，小澤已搶佔最前排位置，與一名看起來像是某大學活動負責人的男子交換起名片。

之前小澤一臉不耐煩地站在約見面的正門口等世之介。他似乎還是一樣隨身攜帶那本厚厚的多功能行事曆，拿在手上攤開來看，可能是穿著一身時髦西裝的緣故，世之介一時還誤當成電視台的人，直接從他面前走過。

有生以來第一次走進電視台，世之介很緊張，但小澤就不一樣了，他在櫃台神色自若地說明來意後，便大喇喇地走進電梯。

電梯裡很擁擠，世之介等不及似的向小澤問道：「這裡會有藝人對吧？」小澤只露出尷尬的表情，沒有答話。

世之介站在牆邊，心不在焉地望著競爭者們，一待就是十五分鐘，這時剛才那名年輕工作人員回來說：「好了，接下來的十個人，請聽我點名。」

最後一個點到世之介。與其走在擁擠的室內，不如直接走到走廊上比較快，所以世之介從走廊前往工作人員等候的前方入口大門。

「各位請跟我來。」

世之介和其他九個人跟在那名沒半點幹勁的工作人員身後。

進行審查的房間裡十張鐵管椅一字排開。椅子前有五位審查委員，有人穿得西裝筆挺，也有人看起來像是接下來要去參加網球比賽，但說到他們唯一的共通點，那就是每個都像黑道大哥般有張可怕臉孔。

他們依點名的順序坐向椅子，接著從一號開始自我介紹。「我是早稻田大學三年級生，名叫疋田正。」「我是專修大學二年級生，名叫久保慎也。」

報上各自的校名和名字後，這幾位長得像黑道大哥的男子又問了一兩個問題，例如：「你的嗜好是什麼」、「有什麼特殊才藝」、「有沒有女朋友」。

面對這些問題，大家都回答：「呃，我的嗜好是汽車，擁有國內賽車B級執照。」或是：「我是大胃王。」聽到這樣的回答，也不知道是不是真的厲害。

當中有人說：「我在甲子園中打進了準決賽。」只有這時候，那些黑道大哥中才傳出「哦」的一聲讚嘆。

終於輪到世之介了，他從椅子上站起身，報上校名和名字。可能因為他是最後一位，審查委員當中有人已經闔上檔案夾，也有人開始等下一批人進場。

他報上姓名後，一名長相最凶惡的人問：「你有什麼特殊才藝？」世之介一直在思考該如何回答這個問題，但最後什麼也想不到，所以回答「沒有」。這時，又一個人闔上檔案夾。

「沒有特殊才藝。既然都來了，要不要宣傳一下自己？」

不習慣這種場面的世之介顯得扭扭捏捏，吞吞吐吐。

「那麼，你在大學參加什麼社團？」

就連提問者也闔上檔案夾，以眼神向年輕工作人員示意，要他叫下一批人進來。

「你沒參加社團嗎？」

「啊，有……我學過一點森巴舞。」

「咦？」

「我剛才說，我學過一點森巴舞。」

「森巴舞？你會跳嗎？」

「會……」

男子的眼神告訴他「那你就跳吧」，這種氣氛容不得世之介說不。他把手在插腰際，用力一扭，腰部很自然地舞動起來。但森巴舞沒有音樂，實在很難跳得起來。

這時最後一名委員也無情地闔上檔案夾。任誰都看得出來，他鐵定落選。

準急電車在下午四點多抵達西武新宿站。睽違許久再次和祥子約在這裡見面。但離約定的時間還有兩個小時。世之介決定先到新宿街頭逛逛。

他信步而行，猛然想起今年四月帶著忐忑不安的心情上東京的情景。那天，他走出西武新宿站，朝靖國通方向走去時，看到一株花已開了七分的櫻花樹。當時抱著沉重行李的世之介，突然停下來仰望那株櫻花樹。

他走出車站，前往同樣的場所，那株櫻花樹還在。當然，此時花和葉子都已落盡，但與八個月前相比，似乎又長大了一些。那天他心裡想，老家那裡的國中和神社應該也開滿了櫻花，但是像這樣望著樹仔細端詳，還是有生以來第一次呢。不知為何，驀然又想起當時的情景。

他感覺到某個視線，就此回頭，發現在這種寒冷的日子，有個鋪著紙板直接躺在地上的遊民，見世之介望著光禿禿的櫻花樹出神，一臉納悶地緊盯著他瞧。仔細想想，世之介第一次見到遊民也是在東京。他剛上東京時，在車站大廳、市中心公園，每次看到攤開紙板躺在上頭的遊民，總會看得目不轉睛。因為他實在無法理解他們為何要這麼做。他很單純地認為他們只要找個工作好好賺錢就行了。也納悶他們難道沒有家人肯伸出援手嗎？對有生以來第一次就近目睹遊民的世之介來說，他們的存在令他百思不解。

但這只維持了短短幾個月。上下學的路上、前往打工的路上，就某個層面來說，不管去哪都會看到他們，漸漸地他對遊民為何要過這樣的生活不再抱持疑問。

那是什麼時候發生的事呢？有一次他從原宿步行前往澀谷，看到一位男遊民睡在小公園的樹下。不，感覺不像是睡覺，而是昏厥。如果是第一天上東京的世之介，肯定會出聲叫喚對方。因為有個人就倒臥在路旁。但當時的世之介只是望了一眼，便從旁邊路過，當真是完全無感。

世之介從歌舞伎町行經靖國通地下通道，一路來到ＪＲ新宿站。因為喉嚨乾渴，他在新宿ALTA地下的咖啡廳喝了杯柳橙汁，沿著狹窄的樓梯來到地面。

ALTA前人山人海。現在離見面時間尚早，所以祥子不可能在這裡，但世之介還是不經意地在人群中尋找祥子。他望著因寒風而蜷縮身子的人們，再一次覺得東京的不良少年少之又少。

那是之前和加藤一起上駕訓班時發生的事。在駕駛課中堂的休息時間，世之介問他「東京的不良少年可真少」。加藤側著頭說「會嗎？」世之介笑道：「如果是我老家那兒，在鬧街隨便丟顆石頭，都會砸中不良少年。」加藤聽了之後對他說：「應該是東京的不良少年都很時髦，所以不太顯眼吧。」

經他這麼一說，或許真是如此。只要有年輕人，就一定會有不良少年，而在鄉下地方，他們都是兩邊頭髮理光，或是燙成捲髮。但在東京，雖然都是不良少年，但不知為何沒人把兩邊頭髮理光或燙捲髮，而是把頭髮燙得跟傑尼斯偶像一樣。

「雖然外表時髦，但內心還是不良少年。走在澀谷這類地方，有時還是挺可怕的。」

聽了加藤的意見，世之介深深點頭。鄉下的不良少年光從外表就看得出來，這點比較可愛。

在ALTA前閒晃經過My City，明明只隔幾百公尺遠，給人的印象卻宛如來到完全不同的地方。

甲州大路的高架橋下，有個外表看似重新開發後遺留的斷崖，崖下是一整排居酒屋，外觀猶如戰後的黑市。

世之介從高架橋底下通過，走進左手邊的巷弄。不同於ALTA和伊勢丹百貨所在的新宿通，這一帶就像時光暫停了二十年，甚至有專門播放色情片和黑社會電影的電影院混雜在小酒館和老舊的柏青哥店中，往右看是被人揉著豐滿胸部的裸女海報，往左看是裸露上半身的流氓海報，走在其中，一會兒覺得那話兒蠢蠢欲動，一會兒又感到熱血激昂，忙碌得很。

兩人約好的六點半到了，祥子還沒現身。ALTA前人潮填街塞巷，好不驚人。有可能祥子已經抵達，只是世之介沒看到她，他覺得要是再發愣下去，恐怕連自己都會迷失。

世之介在同一個地方站一分鐘後，又換個地方再站一分鐘。只要祥子不是晚他一分鐘來到他待過的地方，只需要三、四分鐘就能從各種角度觀察ALTA前的所有人群。

過了約定的二十分鐘後，他發現路上停了一輛黑色轎車。之前祥子在電話中說：「那天司機安住先生剛好放假，我會搭電車過去。」所以世之介完全沒留意。

車子這時停在這裡，那就肯定是它沒錯了。他撥開人群朝車子走近，發現司機不是安住，一名年長的司機繞到後方打開後車門，走出一名中年女子，身上披的毛皮大衣就像一隻才剛勒斃的動物。

咦，不是祥子。

世之介暗自低語，準備回到原來的位置。這時，祥子跟在那名女性身後下車。

「祥子。」

祥子抬起頭，輕拍身旁女性的肩膀說道：「啊，他在、他在。」世之介跨過護欄來到車道。

「真是對不起，我們遲到了。本以為趕得上，沒想到一路塞車。」

一旁的女子比祥子搶先一步道歉。她大概是祥子的母親吧，但這好歹算是世之介和祥子兩人的約會，他一時間感到迷惘，不敢確定。但祥子很坦然地告訴他：「這是家母。對不起，她說今天無論如何都要跟我來，勸也勸不聽。」

「啊，您好。我是橫道世之介。」

雖然早已注意到了，世之介還是像現在才發現似的向祥子的母親問候。

「今年夏天，我家祥子在您老家受您關照了。」

「不，哪裡。」

世之介急忙搖頭。

接下來應該是兩人的約會，世之介滿心以為祥子的母親打過招呼後會坐上黑色轎車離去。但問候完後，祥子的母親始終沒有要上車的意思。

「你們接下來要用餐對吧？」

祥子的母親不知為何環視起ALTA前擁擠的人潮。

「您訂了哪家餐廳呢？」

訂餐廳？祥子的母親突然注視著世之介的雙眼。「啊，我沒訂。」他頓時慌了起來。

「哎呀，這樣啊！年輕人的約會感覺真好。接下來要一起找餐廳嗎？」

不知為何祥子母親眼睛一亮。世之介以眼神向祥子求救，但祥子完全沒有解救男友的意思，反過來問：「世之介先生，怎麼辦？您有什麼想法嗎？」

「不，我沒有……」

其實剛才在住商混合大樓裡，有價格便宜的什錦燒店和義大利麵店，他原本在想要挑哪一家好。只有祥子還好，但要帶她那胸前別著一大朵玫瑰胸花的母親去那些店，他實在提不起勇氣。

「久保先生，他們好像還沒決定好要去哪吃呢。所以要請你來接時，我再打電話給你。」

祥子的母親沒理會慌亂的世之介，向司機吩咐道。世之介趁機拉了祥子的手臂一把。

「妳媽該不會也要一起來吧？」

見世之介如此驚訝，祥子似乎也很驚訝，對世之介說：「家母話一說出口，就怎麼也勸不動。」雖然嘴巴上道歉，但完全不見她為打破現狀做出任何努力。

「總之，我們先走吧。仔細想想，這裡很危險呢。」

祥子的母親似乎這才發現他們站在車道上，如此說道。

「如果您還沒決定的話，我倒是想去個地方。可以嗎？」

「哪裡？」

「三越百貨後面。我還在當學生時代曾和交往對象去過那裡的一家天婦羅店，我想它應該還在。」

她們母女已邁步前行，世之介只能默默跟在後頭。祥子的母親一面聊她大學時的往事，一面走向天婦羅店，看起來是家老店。祥子的母親穿過店門的暖簾，問道：「世之介先生，這家店可以嗎？」

「啊，可以……」

世之介瞄了一眼店內張貼的菜單，一份套餐要價三千日圓，三個人吃下來得要九千日圓。他錢包裡有一萬兩千日圓，還付得起，但要是再加點飲料可就危險了。

世之介瞬間在腦中展開計算，一面跟在這對母女身後進入店內。幸好吧台還有三個空位。其實只要依照入店的順序就座即可，但祥子的母親說她是左撇子，和他互換座位，世之介就這樣夾在兩人中間。而且店員端茶到吧台時，祥子的母親完全不看菜單，直接說：「菜色由您決定，麻煩您了。」

理著小平頭、模樣乾淨的廚師精神抖擻地應了一聲「好咧」，但貼在牆上的菜單寫著「店家推薦套餐」六千日圓。世之介正準備說：「啊，我還很飽，我喝茶就好了。」祥子的母親搶先一步說：「今天伯母請客。在世之介先生老家，每天都請這孩子吃美味佳餚。」世之介隔著肩膀窺望祥子的神情。

「就讓我媽請吧。」祥子說。

「真的可以嗎？」

根本就是明知故問。不管可不可以，他身上帶的錢根本就付不起剛才點的菜。

「當然可以。如果不夠就再多點一些。世之介先生，聽說令堂很會做菜呢。」

「不，普通而已。」

「不過，她能俐落地切好整條大魚對吧？」

「老家在一座小漁港，常有人送來剛捕獲的鮮魚。我在上高中前，也常和朋友划著船出海抓龍蝦。」

「哇，野生的龍蝦？這麼說來，東京的料理您一定吃不慣囉？」

「沒這回事。東京這邊才……」

說到這裡，世之介突然語塞。經祥子的母親這麼一說，他過去吃的確實都是美食。最近看電視上的旅遊或美食節目時，他開始會覺得「看起來好好吃」，但以前在老家時，從來沒這麼想過。打開冰箱，裡頭總會有螃蟹，所以以前看電視上的年輕記者大聲叫嚷著：「螃蟹！螃蟹！」他實在無法理解他們的心情。但現在在東京過著節儉的獨居生活，情況明顯有了改變。世之介一看到盤子裡剛炸好的蝦子，馬上動起筷子大喊：「哇，看起來好好吃。我開動了！」

在世之介的帶動下，坐他兩旁的這對母女也開始動筷。

「果然還是現炸的好吃。」

「媽，那個漢字『公魚』怎麼唸？」

「祥子，那個應該唸作WAKASAGI。是這樣沒錯吧，這位小哥？」

這對母女嘴裡塞滿熱呼呼的天婦羅，一面說話，被問的年輕廚師將香菇放入熱油中，應道：「對，是唸作WAKASAGI沒錯」。

「對了，世之介先生。」

「什麼事？」

「您怎麼看我家祥子？雖然我們今天第一次見面，但我覺得您和祥子很登對呢。」

這句話問得太過突然，世之介塞滿嘴的第二尾炸蝦，差點卡在喉嚨裡噎著。祥子的母親見世之介咳了起來，急忙遞茶給他。

「用不著這麼驚訝吧……您不是都帶祥子回老家了嗎？」

祥子的母親朝咳嗽不止的世之介背後輕輕摩娑，莞爾一笑。

與其說帶祥子回家老，說是她自己擅自跟來還比較正確。不過，在那個夏日的海岸，要是沒發生那起事件，當時他確實想親吻祥子，所以無法對祥子的母親提出反駁。

他好不容易停止咳嗽，抬起頭來。

「請您也到我家做客吧，我會好好向您介紹我的家人。」

世之介忍不住偷瞄祥子。但祥子就像不是跟他們同行的客人般，望著眼前兩種不同的鹽巴，一臉認真地苦惱著該用哪個才好。

三人的盤子裡裝著剛炸好的公魚。而世之介唯一能做的，就是將那炸得酥脆的天婦羅塞滿嘴。

這家店生意很好，猛一回神才發現門口已有許多客人候位。一見有人在等，世之介便忍不住焦急起來，但祥子和她母親眼中似乎完全沒有候位的客人，一派悠閒地將緊接在天婦羅後上桌的紅味噌湯和白飯送入口中。看在已開始扒飯的世之介眼中，她們就像是一粒一粒地吃著米飯。

「對了，世之介先生，歲末您會回老家嗎？」

祥子母親口中的醬菜嚼得卡滋作響，如此詢問。世之介回答：「是的，因為我待在這裡，只會被排進打工輪班表裡。」

「說的也是，令堂一定也很期待自己在東京有所成長的兒子回家團聚。」

「好像不是這樣哦。我回家後就只有當天比較受重視，第二天開始，我媽就會叫我去做這個去做那個，一再找差事給我。」

「這也是令堂對您的愛。光看您吃飯的模樣，就知道她很用心拉拔您長大。」

聽祥子的母親這麼說，世之介想起自己剛才扒飯的事，擔心她或許是拐著彎挖苦，但祥子也在一旁插話：「沒錯，媽，光是看世之介先生吃飯的模樣，就覺得很好吃對吧。」

以前世之介總是被訓斥：「瞧你吃飯的德行，簡直像餓了三天沒吃似的。」「你也多嚼幾口吧。」這還是第一次有人誇他。

「好了，我們也差不多該走了。」

祥子的母親喝完茶起身，馬上拿著帳單去收銀台前結帳。世之介刻意晚點站起身，向祥子問道：「祥子，真的可以讓妳媽請客嗎？」他自認已很小聲地詢問，但祥子的母親全聽到了，還回過頭來對他說：「沒關係的，重要的是接下來打算怎麼辦？」

世之介其實很想說：「那麼伯母，妳可以先回去了。」但他當然說不出口。

「祥子，如果世之介先生方便的話，乾脆招待他到家裡坐坐如何？現在時間還早，而且我猜今晚妳爸已經回家了。」

世之介拚命在心裡喊著：「祥子，快拒絕。」但他的祈願沒能實現，祥子向他問道：「也對，也許到家裡比較輕鬆吧？世之介先生，您覺得呢？」

「可是……已經很晚了。」

「哎呀，不是才八點半嗎？」

世之介那無力的抵抗，馬上便被在收銀台前結帳的祥子母親推翻。

「你就來嘛，世之介先生。啊，對了，今天下午我才烤了一份蘋果派呢。」

祥子的母親結完帳，用店裡的電話聯絡司機。世之介不管再怎麼掙扎，都已錯過拒絕的時機。

世之介被迫坐上停在三越百貨前的黑色轎車，前往祥子位於世田谷的家中。這對母女一路上心情愉悅，司機也不忘插上幾句，針對走哪條捷徑才不塞車，三個人意見不一地討論起來。而世之介本以為是要和祥子約會，最後在一陣慌亂下，就這樣跟著她們母女的步調走。猛一回神，已前往祥子家準備和她父親見面，面對眼前的情況，他只能側著頭納悶不解。

祥子家這一區就像是專為「幽靜的住宅街」這樣的形容詞所打造。這裡家家戶戶都有大庭院，有後門。車子停在一棟舊式日本宅院和西式建築融合而成的房屋前。大門竟然還自動開啟，甚至還設有車廊。這實在不像民宅，簡直是座小型美術館。

「是、是這裡嗎？」

世之介不禁開口問道，祥子則對他說：「很舊的房子對吧？原本是家母娘家的外宅，我小學時家父將它買下。」

司機先生打開車門，祥子的母親率先下車。世之介趁機問：「祥子，妳媽的娘家是哪位大戶人家啊？」

「也不是什麼大戶人家啦，只聽說祖先是薩摩藩的武士。」

祥子若無其事地說道。說到武士，有位階之分，不過看外宅這麼氣派，想必位階頗高。

走進門內一看，和外觀不同，給人平凡的印象。也許只是前來迎接的傭人給人那種印象。世之介在經過走廊時，仍舊踮著腳走在那看起來價格不菲的地毯上。

由兩間和室改建成西式房型的客廳，雖然沒多寬敞，但放眼所及擺放的全是昂貴的陶壺和花瓶。世之介悠哉地想，要是發生地震，不知道該先撲去保護哪一個才好，一定很傷腦筋。這時傳來一個地鳴般的男性嗓音：「什麼？祥子的男人來啦？」世之介嚇了一跳，一位頂著小平頭、像野豬一樣粗獷的男人走來。

「爸，這位是我之前跟您提過的橫道世之介先生。」

如果有獵人在，應該會馬上握好獵槍瞄準。但不愧是父女，祥子的聲音滿是撒嬌。

「您、您好。」

世之介的聲音高出快兩個八度音。祥子的父親朝他瞥了一眼，坐向像是法國公主專用的那種洛可可風沙發。這種情況下實在笑不出來，世之介急忙別開目光。

「你是學生嗎？」父親問。說是怒吼還比較貼切。

「是、是的。」

「你和祥子什麼時候開始交往的？」

正確來說，他們到底算不算交往還很難界定，但沒帶獵槍在身上的世之介實在無法與他抗衡。

「呃，算是從夏天開始吧。」

「爸，我不是之前跟你說過了嗎？我們不是你想的那種交往，我們只是學生間的那種……」

「不管是學生還是社會人士，男女之間就是男人和女人的關係。」

世之介第一次看到有人打斷祥子的話，甚至覺得有點感動。

「你大學念什麼？」父親問。不，是怒吼。

「呃，經營學。」

「經營？」

祥子的父親是個企業家，本以為這麼回答可以得分，沒想到她父親卻回了一句：「就算在大學裡學經營，也一點屁用都沒有。」

「那麼，你值得期待嗎？」

「什麼？」

「我是在問你，身為一個男人，你的未來值得期待嗎？」

身為一個男人是否值得期待？

突然被問到這個問題，應該沒有哪個十九歲的大學生可以馬上答得出來。「不，說到期待……」世之介顯得結結巴巴。

「爸，您這樣問題一個接一個，世之介先生怎麼可能答得出來嘛。」

這時祥子終於伸出援手。但父親冷冷地應道：「妳和一個不值得期待的人交往嗎？」

「他當然有。世之介先生比我過去遇過的任何人都還令人期待！」

啊，不……

世之介發不出聲音。

「既然妳說他值得期待，那就這樣吧。別那麼生氣。好了，既然都來了，就好好玩吧。我要回去了，我正在下圍棋呢。」

因著祥子這番話，父親展現出十足父親的樣子，讓人看了覺得有點可怕。他從洛可可風的沙發上站起身，朝世之介的肩膀輕拍幾下後走出客廳。目送他離去的背影，世之介就像一直潛在水中似的，這才發出「呼」的一聲，重重吁了口氣。

「真是抱歉，他總是那樣。他好像認為我交往的對象就等同他日後的得力助手。」

祥子試著安慰他，但這安慰令世之介心情更加沉重。

「其實我原本是想等獨處時再好好跟妳談的，我們這樣……算是在交往吧？」

世之介的詢問令祥子羞紅了臉，她開始用一旁洛可可風的窗簾裹住身體。

「祥、祥子？」

「世之介先生，您覺得我怎樣？」

「我嗎？我……」

世之介為之語塞。與當初和小櫻剛交往時相比，顯然大不相同。不過和祥子在一起，雖然總是手忙腳亂，事後回想倒也樂趣橫生。

「我喜歡妳。」世之介說。

「我也是。」祥子回答。

「那麼，這樣算是交往囉？」

「這樣不是很好嗎……？」

裹在窗簾裡的祥子，幾乎完全看不見身影。世之介一個人被晾在一旁，不知該如何是好，所以他也以另一邊的窗簾裹住自己。

「祥子？」

「什麼事？」

「從窗簾裡出來吧。」

裹在窗簾裡做出愛的告白後，祥子不知為何獨自關在房裡。兩人互相告白，互說喜歡對方，會覺得難為情，這點世之介明白，但只有她一個人躲在房間，到這做客的世之介可就無處容身了。

幸好祥子的母親端來紅茶，陪他聊了一個小時左右，接著他離開祥子家。

他們的話題不是圍繞著祥子，而是談到祥子父親的公司最近即將上市，到時家中會有大筆資金入帳。和女友的母親談這種話題，實在很奇怪。

順帶一提，之後直到耶誕節當天，祥子都沒和他聯絡。就算世之介撥電話過去，她也假裝不在。因為她都請家中傭人轉告：「小姐說不在家。」世之介實在搞不懂女人心。不，與其說女人心，不如說是搞不懂祥子。當初沒交往時，祥子頻頻找他，一旦開始交往，不知為何卻又音訊全無。

這裡是西友百貨二樓的雜貨專區。今天是耶誕夜。世之介心不在焉地望著擺滿耶誕樹裝飾品的層架。順帶一提，慶祝耶誕節這種事，世之介從沒做過。

每年到了這個時期，電視或收音機就會傳來耶誕歌曲，只有周遭的氣氛充滿耶誕節氣息。但去年高三，他已和小櫻分手，耶誕夜時他穿著傳統棉襖，忙著念書準備考試，而前年雖然有小櫻這位女友，但他在補習班上課，直到傍晚時分才趕往小櫻家，而且當時小櫻感冒久久不癒，不是那種惹人憐愛的感冒症狀，而是說沒兩句話就掛著鼻涕，所以雖然對小櫻有點抱歉，但世之介還是很快就回家了。至於高一的事，他已不復記憶。而國中三年，則是都忙著和母親爭論：「買個耶誕禮物給我吧！」「你這年紀也該知道沒有聖誕老公公了吧！」而在他還相信世上有聖誕老公公的年幼時期，喝醉酒的父親會戴著紙做的三角帽，從市內酒館回到家，帶著一個不知道是撞到哪、形狀塌陷的蛋糕，那是他唯一的期待。

要有過耶誕節的樣子是吧……

世之介逛著雜貨賣場喃喃低語。今晚祥子會帶自己做的蛋糕過來。雖然不是火雞肉，不過這炸雞是他在大路旁的肯德雞買來的。再來就只剩房內裝飾了。但就算擺上一棵廉價的耶誕樹，這個十九歲的大男孩獨居的房間，也不會輕易飄散出耶誕味。但世之介覺得至少聊勝於無，因而將一棵最小的耶誕樹放進購物籃裡。他望向一旁，有用來在窗戶上噴圖案的白色噴劑，世之介也將它放入購物籃。感覺愈來愈有耶誕味了。另外他還買了紙做的三角帽，以及會從頭部開始融化的耶誕老公公造型蠟燭。離開人潮擁擠的西友百貨，在騎腳踏車回家途中，正覺得今天怎麼滿天塵埃時，才發現原來飄起了細雪。

世之介發出一聲驚呼，走下腳踏車，仰望天際。以前在老家也不是沒見過下雪，但那就像在路旁撿到千圓鈔一樣稀奇。

細雪從向晚時分的天際飄落。世之介張開嘴，但當然嘗不到味道。

就在世之介忙完屋內裝飾時，祥子坐著那輛黑色CENTURY到來。

門鈴一響，世之介馬上衝往玄關，興奮不已地說道：「妳看到了嗎？下雪呢！」但歲末和家人去滑雪已成為慣例的祥子，感受不到世之介的興奮。

「先不說這個，好酷哦！你的房間變得好有耶誕味呢！」

「我在西友百貨買的。」

大喇喇走進屋內的祥子，偏著頭望著窗上所寫的那串耶誕快樂的英文字。

「Merry 這個字少了個 r 呢。」

「不過就少了個 r 嘛，沒關係啦。來，請坐。」

世之介請祥子坐向他用毛毯摺成的坐墊。

「這是我做的蛋糕。雖然不太好看，但保證好吃哦。」

世之介馬上打開盒子。確實不太起眼，但是那擺滿香甜草莓的蛋糕上頭寫著拼音無誤的 Merry Christmas。

「我原本沒什麼自信，但看到妳做的蛋糕後，馬上就感受到濃濃的耶誕味。」

「世之介先生，您挺有品味的嘛。」

「什麼品味？」

「耶誕品味。」

世之介實在不懂，所謂的耶誕品味是什麼。

特地多買的炸雞全部一掃而空，祥子做的蛋糕吃掉一半時，電視上正好播出世之介沒能參加演出的那個節目。因為自己沒能登場，所以覺得無趣，但兩人一起看節目時，祥子突然問道：「世之介先生，如果您在這些人當中，您會喜歡哪位女生？」

「咦？這些人嗎？」

雖是不經意的一句提問，但世之介原本也有可能成為這群男性團員中的一員，於是他趨身靠向電視。

「世之介先生會選怎樣的女人，我很感興趣。」

女性團員有十幾人。世之介仔細評鑑每個女生。似乎得花不少時間。

「世之介先生，您大可不必這麼認真……」

祥子沒想到自己的提問竟然讓世之介認真起來，她戰戰兢兢地說道，但世之介還是緊盯螢幕，一動也不動。

世之介一直評鑑到節目結束。祥子當然早已等累了，在世之介的貿易概論筆記本上塗鴉，畫上《凡爾賽玫瑰》裡的奧斯卡。直到節目結束，世之介才從電視前移開。

「我決定好了。」

「咦？」

祥子見自己把奧斯卡畫得出奇地好，露出滿意的神情。

「幹嘛驚訝，妳不是問我哪一種女生是我喜歡的菜嗎？」

「啊，哦。」

祥子早已失去興趣。她現在似乎更關心筆下的奧斯卡，頭也不抬地問：「那您選哪位？」

「喏，穿白色連身洋裝，十九歲，嗜好是油畫的那位。」

「哦，那位啊……世之介先生，您喜歡那種感覺不食人間煙火，有千金小姐氣質的人是嗎？」

世之介就像完成了一件大事般，大大地伸了個懶腰。他一面伸懶腰，一面不經意地望向窗外，發現外頭的情況有點奇怪。世之介伸指擦拭因房內熱氣起霧的鋁門。從他擦乾淨的玻璃外面，可以望見隔壁人家積雪的屋頂。

「祥、祥子！雪！積雪了！」

世之介急忙打開鋁門。外頭冷冽的寒氣馬上湧進屋內，但他不在意，依舊衝向小小的陽台。不知不覺間，人行道和行道樹都化為雪白。就連晚一步走出的祥子也忍不住讚嘆：「哇，好美。」

「我們去踩雪吧。」

世之介執起祥子的手。

外頭一片雪白。也不知道是才剛降雪，還是原本就行人稀少，人行道上那約莫三公分深的積雪還沒人踩踏過。

來到戶外的世之介小心翼翼地踩下第一步。他似乎很享受那「沙」的一聲腳步聲，走在那全新的雪道上。

「原來如此，您的家鄉不會下雪啊。」

祥子踩著世之介留下的腳印，緊跟在後。

「也是會下，不過像雪積這麼高，就只有我國三那年下大雪時見過，雖說是大雪，但我們那時堆的雪人裡頭滿是泥巴。」

路燈照亮世之介留下的腳印。感覺踩踏這樣的雪景有點糟蹋，不過天空仍不斷飄下白雪。

「妳會冷嗎？」世之介問。

「我沒事。我們去那裡買熱飲喝吧。」

「買完熱飲後，去那座兒童公園玩吧。」

買了罐裝咖啡後，世之介與祥子手牽手走進公園。路燈因雪地反射而無比刺眼。覆上白雪後，連垃圾桶也變漂亮了。世之介以罐裝咖啡暖手，和祥子一起站在路燈下。

「世之介先生，你後天要返鄉對吧？」

「嗯，我想去外婆墳前上香。祥子，妳要去滑雪對吧？」

祥子呼出的氣息又白又濃，彷彿摸得到實體。

「我以後就直接叫您世之介吧。」

「為什麼突然這麼說？」

「不，我決定了……我決定今後要直接稱呼您世之介。」

這時，祥子突然閉上眼。那神情就像咬了一口檸檬似的。檸檬的味道＝接吻，這點世之介也明白，但原本應該是接吻後才感覺到檸檬味才對。

世之介不去管這些瑣事，他踩穩腳步不讓自己打滑。緩緩將嘴唇湊向祥子，兩人的嘴唇微微碰觸。感覺到剛才吃的蛋糕甘甜的香氣。世之介溫柔地抱住祥子。

「祥子……」

「嗯？」

「不用回答。」

祥子放心似的再度閉上眼睛。天空降下片片白雪。

這天是世之介返鄉的日子。在候機室內等下午兩點二十五分羽田飛往長崎的班機，這段時間，他在機場內的書店打發時間。書架上堆滿了《沙拉紀念日》，他拿起其中一本隨手翻閱，心想我也來寫首短歌好了，但他既沒文學素養，又不懂詩韻，所以寫出來的東西稱不上短歌，只能算是不成熟的牢騷。世之介就此放棄，擱下書本，買了收銀櫃台旁的一本週刊雜誌後走出店外。

原本是為了在飛機上看才買的，但一坐上長椅便打開來看，翻著翻著，不小心就看完了。內頁開頭的彩頁大篇幅報導大韓航空班機遭擊落事件。說到韓國，他打工的那家飯店之前舉辦派對，服務生人手不足，緊急調派他去支援送餐時，碰巧就遇上韓國公司的派對，只知道派對最後他們會一起合唱〈阿里郎〉。但現在看到一名自稱日本人的女嫌犯，嘴裡套著防止自殺的器具，被移送首爾的這張照片，感覺就像是完全不同的另一個世界。他感到不安，擔心除了在西友百貨買耶誕樹裝飾的自己之外，會不會還有另外一個自己生活在另一個世界裡。

看完雜誌，世之介到附近的公共電話打電話給祥子。難得是祥子親自接聽。「你到了嗎？……世之介。」她以不太習慣的口吻詢問。

「還沒，待會兒才要搭機。」

耶誕夜在下雪的公園接吻後，祥子回到屋內，對他說：「今天就到這兒吧，世之介。」不知為何就這麼匆匆離去。世之介原本擔心是自己接吻技術太差，但隔天早上六點，祥子打電話來說昨天是因為難為情才提早回家。

「今晚我再打電話給妳。」世之介說。

「請代我向伯父伯母問候一聲。」

「嗯，祥子，妳也要小心，滑雪別受傷哦。」

「好，謝謝你。」

「那我走了。」

「好，一路順風。」

掛上電話後，已開始登機。世之介走向登機口時心想，我在東京終於也有了對象，可以對她說：「我很快就回來。」

一月　新年

世之介躺在老家客廳的暖桌底下看電視，百看不膩。典型的過年一路睡。他拿來當枕頭的坐墊還很新，頭一枕上去，兩旁馬上拱起，看電視很不方便。其實只要頭部稍微往前就可以了，但他嫌麻煩，所以從剛才就一再壓坐墊邊角。就算再怎麼壓，膨鬆的坐墊還是會鼓起。一旦鼓起，像馬尾般附在邊角上的裝飾就會妨礙世之介看電視。

從元旦開始接連幾天，時不時有訪客上門，大家圍成一桌吃年菜，好不熱鬧。但過年的氣氛早就沒了。連日播出的搞笑節目裡，漫才師用的哏已和昨天重複。世之介一面伸手找理應擺在枕邊的遙控器，一面叫喚著廚房裡的母親。

「媽！遙控器放哪兒？」

母親當然不會理他。找遙控器的世之介這時摸到一顆橘子。剛吃完晚飯，現在還很飽，但既然拿在手上，自然就想吃。他就這樣翻了個身，在肚子上剝皮，一瓣一瓣地吸著橘子汁，吃得津津有味。

這時電話鈴響。

「接一下電話。」

廚房傳來母親的聲音。隔了一會兒不見搭理，母親從廚房走來，對他說：「真是的，原來你在啊。」差點踩到躺在榻榻米上的世之介。

「在啊。」世之介應道。

「既然在，就接電話啊。」

母親白了他一眼，拿起話筒。世之介望著她的背，再度伸手找第二顆橘子。結果這次拿到了遙控器。

來電的似乎是父親，他去參加學生時期朋友辦的新年會。母親對世之介說：「你既然有空，就開車去接你爸吧。」

「啥……不要啦。」

母親沒理會噘著嘴的兒子，逕自應道：「他說馬上就出來了。」

「我非去不可是吧？」

「是一家叫『幸』的小酒館，你知道吧？」

「不知道。」

「就是暑假時，你和祥子一起去唱卡拉ＯＫ的那家店。」

「哦，那一家啊。」

「快去吧。」

「搭計程車回來不就好了。」

「特地打電話回來，就是想和兒子喝酒。」

「誰啊？」

「你爸啊。」

母親似乎很受不了兒子的遲鈍，走回廚房一邊說道：「你爸說過很多次，想等你長大後一起喝酒，這是他的夢想」。

「多渺小的夢想啊。」世之介笑道。

「你爸也沒想到自己的兒子會變成這樣啊。」

世之介只好從暖桌底下鑽出。寄居蟹都比他乾脆。開車到市內去接父親是很麻煩，但繼續待在家裡看電視，似乎也只會看到漫才師用同樣的笑話哏。他站起身，朝睡褲外面套牛仔褲。

母親從廚房探頭說：「你變胖了嗎？」

「咦？」

世之介不由自主地摸起肚子來。

每天吃飽睡、睡飽吃，也難怪會胖，但當他想勒緊皮帶時，發現皮帶孔竟然被撐大了一倍。世之介刻意收小腹緊緊皮帶。等待他呼氣時，皮帶馬上嵌進肚皮裡。

「對了，你回東京的班機訂了沒？」

「還沒。」

「趕得及嗎？」

「因為都客滿啊。」

「那怎麼辦？」

「阿鯨回福岡時，我再搭他的車去福岡，先在他的公寓住一晚，再從福岡回東京。福岡的班機好像還有機位。」

「阿鯨念福岡的大學嗎？」

「不是大學，是補習班。」

世之介拿著車鑰匙走出玄關，海面上吹來的寒風搖晃著母親叫他拆下的注連繩裝飾。抵達市區後，他把車停在中華街的停車場，走向父親所在的小酒館。許多店家還在放年假，整排都是酒館的巷弄備顯冷清，只有從零星幾家傳來熱鬧的卡拉ＯＫ歌聲。水溝旁有一家店，招牌上寫著「幸」字。

暑假時，世之介和父母以及祥子四人來到中華街，當時喝醉的父親心情大好，半強迫地把他們帶來這家店。入店後，原本嫌麻煩的母親緊握著麥克風不放，而祥子則是興趣濃厚地說：「我還是第一次來到這種店呢。」途中甚至還走進吧台，和資深的女服務生一起慫恿常客開新酒。

這家店是由五十多歲的媽媽桑，以及她的姪女美加一同經營的小酒館。一進店內，就看到父親坐在裡頭的包廂。有位像是和他同屆的大叔，旁邊坐著一名年輕男子。

「啊，世之介。」

現場正在播放演歌〈冰雨〉，媽媽桑以不輸卡拉ＯＫ音量的嗓門迎接世之介的到來。

「我來接我爸。」

世之介這麼說，自認這是在宣告他不想久待。但世之介真正的意思當然沒傳達成功，媽媽桑從吧台走出，推著他的背進入包廂。

「很快就會回去。」

吧台裡，美加正在招呼一起來的兩名大叔。

「噢，是世之介，快來這邊坐。媽媽桑！給世之介來一杯兌水威士忌。」

世之介被迫坐在心情愉悅的父親身旁。媽媽桑馬上朝酒杯裡加冰塊，同時問道：「哎呀，世之介，你是不是變胖了？」對此頗感不悅的世之介身旁坐著心情愉快的父親，父親哈哈大笑道：「整天吃飯、睡覺，當然會胖啊。」

坐前面的人姓中尾，好像跟父親同屆。旁邊是和世之介一樣突然被派來接父親回家的兒子，名叫正樹。世之介向兩人問候。

「世之介，和東京的女朋友進展得可順利？」

乾杯時，媽媽桑馬上問道。世之介因為這杯濃烈的威士忌而皺起眉頭，同時回答：「啊，還可以，託您的福」。

「哦，世之介連女朋友都有啦？」

露出標準醉漢神情的中尾誇張地露出驚訝的表情。

「是一位很不錯的小姐，配這小子可惜了。」

父親撿著沒剝好落在桌上的花生撿，如此應道地。

「那位小姐應該家世不錯。說話用詞客氣有禮，甚至讓人覺得有點好笑。」

聽媽媽桑這麼說，世之介用力點頭。

「她的說話方式很怪對吧？太好了，感覺每個人都不在意這個問題，我正覺得奇怪呢。害我提心吊膽，以為只有我才這麼想。」

「過年要是也能帶她來就好了。」

「聽說每到歲末，他們一家都會依慣例到那須的別墅滑雪。」

「到別墅滑雪？哎呀，那不就真的是有錢人家的千金？」

「沒錯，世之介肯定很快就會被甩了。」

在一旁插話的父親摟著媽媽桑的肩。世之介心想在兒子面前好歹也顧忌一下吧，但一來因為吧台客人點唱的〈白蘭地酒杯〉實在不堪入耳，二來是因為喝了濃烈的加水威士忌，漸漸地他已覺得無所謂了。

天鵝絨沙發上有好幾處燒焦痕跡。現在還勉強能忍住，但要是再多醉幾分，他肯定會把手指插進燒焦的洞裡。

「既然你也大老遠地去了東京，好歹帶個女朋友回來看看嘛。」

打開卡拉ＯＫ歌本的中尾，突然對兒子正樹說道。因為現場每個人都很歡樂，所以世之介也滿心以為這裡只有歡樂，但如果重新細看就會發現，世之介來到這裡以後，只有正樹一個人全程沒說半句話。

正樹看起來大世之介一兩歲，所以世之介以敬語問他：「您也在東京嗎？」

嗯，沒錯，我住〇〇。

咦，這樣啊。

本以為會這樣接話，但不知為何正樹板起臉孔瞪視著他。

世之介馬上改變想法，或許對方不只大他一兩歲，而是更加年長，於是他以更客氣的口吻再問一次：「您住東京嗎？」心想如果這樣還不行，就改用英語問他吧，想著想著差點就偷笑起來。

「東京的大學生沒有一個是正經的。」正樹語帶不屑地說道。

現場頓時瀰漫起一股尷尬的氣氛，幸好因為吧台的客人正在唱〈白蘭地酒杯〉而被掩蓋過去。

「東京的大學生沒有一個是正經的。用父母的錢四處玩樂，真是悠哉快活啊。」

好不容易掩蓋過去，正樹偏偏又說了一次。

「對哦，正樹已經在工作了對吧。呃，是在羽田機場嗎？如果是在跑道上工作，冬天應該很冷吧？」

媽媽桑在一旁插話想打圓場，但正樹因為濃烈的兌水威士忌下肚已有幾分醉意，無法制止他出言辱罵。

「走在澀谷街頭，滿滿都是這種呆頭呆腦的大學生。拿著父母給的錢，一會兒參加聯誼，一會兒參加舞趴，當他們是誰啊。走在街上一副跩樣，等你賺了錢再來吧。」

世之介的父親是個窮上班族。中尾先生看起來也不像是念過大學。媽媽桑是媽媽桑……正樹所說的「這種」呆頭呆腦的大學生，指的肯定就是世之介。

「喂，夠了。」

中尾先生終於發現兒子的失言，從旁插話，但起不了作用。

「咦，你說句話呀。因為我說的是事實，所以無法辯駁對吧？」

正樹微微抬起身子，一副快要撲過來的樣子，媽媽桑急忙按住他的肩膀。世之介向來不善與人爭執，但要他對此視若無睹，輕鬆地說一句：「媽媽桑，我要點 C-C-B 的〈Romantic 停不了〉，麻煩妳了。」這樣轉移話題，他實在辦不到。而且聽了這番話，就連世之介也不禁火冒三丈。

「才沒整天玩樂呢！敝人在學校上課，也在外面打工！」

不知為何世之介每次一發火，說話就會夾帶奇怪的敬語，從以前就這樣。

「不過就只是打工罷了，開什麼玩笑啊你！」

「在下沒開玩笑！」

世之介的口吻愈來愈怪。說完「在下沒開玩笑」這句話後，他很想再加一句：「其實心裡很生氣。」

「像你這樣的大學生，看了就火大！」

「你這樣找碴，我聽了也很火大！」

世之介回嘴後，正樹就像嚇人箱打開似的猛然握拳撲了過來。但可能是醉得不輕，正樹步履虛浮。桌上的酒杯掉落，媽媽桑以沙啞的酒嗓尖叫。

世之介抬起一腳，剛好踢中正樹的腹部，正樹直接癱倒在媽媽桑膝蓋上。

「喂，住手！」

兩位父親異口同聲喊道。

這時就連唱〈白蘭地酒杯〉的客人也停止唱歌，只有伴奏繼續播放。

從媽媽桑膝上起身的正樹，大喊一聲：「真教人火大！」只見他又要撲過來揍人，世之介再度出腳，但慢了一步，臉部挨了一拳，如果用松竹梅來形容這一拳的等級，大約是竹的程度。

「好痛！」

「喂，還不住手，喂！」

兩位父親站起身，想將扭打在一起的兒子們架開。雖說只有竹的程度，但挨打不還手，世之介實在嚥不下這口氣。他將壓在身上的正樹反推回去，狠狠地朝他鼻子揮了一拳。

「到外面去！走！」

臉色發白的正樹喊道。世之介心想：「去就去啊，誰怕誰！」但不知為何出口喊的卻是：「在下這就去！」

正樹一把抓住他肩頭。嚥不下這口氣的世之介也揪住對方衣袖。由於一方抓肩膀，一方抓衣袖，看起來就像在跳土風舞。

「要打就打吧，真是的。」

兩位父親似乎已懶得管了，如此說道。

「所以你走出店外，和正樹打架是嗎？」

從廚房裡傳來母親吃驚的聲音。在暖桌旁更換眼角ＯＫ繃的世之介，噘著嘴應道：「對啊。」

「到這為止我都知道。媽想問你的是，後天的班機原本不是都客滿嗎，你怎麼突然訂到票？」

「剛才不是跟妳說了嗎？」

世之介不耐煩地應道，同時皺著眉頭撕下ＯＫ繃。黏貼處牽動傷口，他忍不住叫痛。

昨晚世之介和正樹氣勢十足的來到小酒館「幸」的店門外。但不善打架的世之介和喝得爛醉的正樹，這兩人扭打的模樣，老實說，就連野貓都能從容地從中間通過。連看熱鬧的醉客都出言抱怨：「看你們兩個人打架，我都快睡著了。」但動手的兩人卻是認真的。儘管看熱鬧的人抱怨連連，打完這場架後，兩人都全身癱軟。他們這場架打了足足有五分鐘之久。兩人氣喘吁吁地坐在路旁。那兩位父親就在附近，要是能過來看一下他們的情況就好了，但酒館「幸」的大門卻沒半點動靜。

「你什麼時候要回東京！」這時，正樹朝世之介吼道。

「原本打算後天，但訂不到機票！」世之介吼了回去，接著正樹又吼道：「如果想要機位候補順位往前移，我可以請人幫你辦！」

「為什麼！」

「因為我在羽田機場工作，有門路！」

「要是沒人取消機位，還是上不了飛機啊！」

「如果候補順位是第一或第二，就一定上得了！」

兩人已打完架。儘管彼此說話的口氣很粗魯，但世之介就這樣糊裡糊塗地拿到先前一直訂不到的機票。

「所以你要和正樹一起回東京？」

母親在廚房笑了起來。

「我們分開坐。」

「那不是很好嗎。總之拿到機票了。」

世之介將ＯＫ繃揉成一團，丟進電視旁的垃圾桶裡。平時總丟不進，這次倒是一丟就進。

在莫名的情勢使然下，世之介就這樣和正樹一起回到東京。在羽田機場走下飛機前往出口的途中，世之介想說聲謝謝，於是追向走在前面的正樹。雖然兩人沒坐在一起，但不巧他的候補機位隔著一條走道，就在正樹旁邊。正樹臉上還留著擦傷，世之介的右眼也有點腫。儘管分坐走道兩側，但兩人坐在一塊，任誰看了也知道他們打過架。不過，兩人頑固的脾氣倒是很像，儘管處在手一伸就能拍到肩膀的距離，但直到抵達東京為止，他們之間都沒交談。

「呃，非常謝謝你。幫了我一個大忙。」

來到出口，世之介追上正樹，態度冷淡地向他道謝。

「哦。」

正樹愛理不睬地應道。

「那我們就在這告辭吧。」

世之介正準備走向單軌電車候車處，正樹向他問道：「你住哪？」

「我住東久留米。」世之介答。
「那不就在田無隔壁？」
「是啊……」
「搞什麼，原來你住那種地方啊。我接下來正準備去田無，要搭便車嗎？」
真搞不懂正樹這個人到底是親切還是沒禮貌。
「你住田無嗎？」
「不，我女朋友會開車來接我。她家在田無。」
「你明明就有女朋友嘛。」
既然這樣，在「幸」的時候明說不就好了。這麼一來，兩人也就不會打架了。雖然有點生氣，但世之介並不是傻瓜。從這裡搭單軌鐵路到濱松町，再從那裡搭山手線去高田馬場，然後改搭西武線，車程將近一小時。怎麼看都是搭正樹他女朋友的便車比較輕鬆。
「真的可以嗎？」世之介冷冷地問。
「就是可以才跟你提啊。」
「也對啦。」
正樹邁步前行，世之介隨後跟上。但要他就這樣和打過架的正樹擁抱和解，世之介身為男人，實在拉不下這個臉。
「我說……」世之介叫住正樹。
「我想打電話給我女朋友，跟她說我到了。等我一下可以嗎？」

這兩人不時都在無謂地較勁著。就算世之介打電話向祥子報平安，也不會因此變得比正樹更有男人的價值。

正樹停下腳步，朝一旁的公共電話努了努下巴。世之介奔向公共電話，從錢包裡取出電話卡，打電話到祥子家。元旦時人在別墅的祥子，曾打電話來說「新年快樂」，但從那之後兩人一直沒說到話。電話響了幾聲，她家的傭人一如往常接起電話。世之介請他轉給祥子，對方應了聲「稍候一下」，擱下話筒。等了很長一段時間，才傳來祥子母親的聲音，應了一聲「喂」。

「新年快樂。我是橫道，請問祥子在家嗎？」

世之介急忙向她問候，同時望向電話亭外。一名像是正樹女友的女子，正和正樹望著他，不知在說些什麼。

本以為正樹連跟父親介紹自己女朋友都不肯，不知道會是多麼品行不端的女人，沒想到來的竟是個大美人，令他看傻了眼，幾乎快聽不見祥子母親從話筒裡傳來的聲音。

「喂？世之介先生？你在聽嗎？」

話筒裡傳來祥子母親的聲音，世之介急忙回應。

「啊，有。」

「祥子特別吩咐過，怕世之介先生會擔心，所以絕不能說。」

「什麼？」

「我是說祥子啊。她大過年的，滑雪不小心骨折。」

「咦？」

「你幹嘛這麼驚訝，我剛剛不是才講過嗎？」

「對、對不起。咦？不、不要緊吧？」

「沒什麼大礙。但那孩子自己一個人在那裡大驚小怪，說什麼她可能永遠都沒辦法走路……」

祥子的母親說完後，世之介衝回正樹身旁。由於他衝回來時臉色大變，正樹和他女朋友嚇得倒退一步。

「你、你怎麼了？」

「我女朋友受重傷，不，不算重傷，但好像住院了。」

世之介講得口沫四濺，兩人又退後了一步。

再度因為情勢使然，正樹開著他女朋友的車送世之介到醫院。世之介怕正樹繞遠路，一開始還謝絕他的好意，堅持搭單軌電車去就好，但正樹的女朋友很好心，對世之介說：「反正我們剛好也打算到新宿採買。」一聽就知道是善意的謊言。

開車的人是正樹。看後座的靠墊和儀表板上的裝飾，可以確定這是他女朋友的車。

在車內，正樹的女朋友問：「他是你家鄉的學弟嗎？」正樹大可好好回答她的問題，但他嫌麻煩只點頭說了一句「算是吧」，自然也懶得一一說明兩人在小酒館「幸」裡偶遇、大打出手，以及替世之介安排機票的事，最後就連世之介也得假裝自己是正樹家鄉的學弟（他女朋友大概以為兩人感情很好）。

「如果是在滑雪場受場，被送往東京的醫院，我想應該不用太擔心。」她說。不同於正樹，她是個處事圓融的人。

世之介也覺得她說的沒錯，但他是個連小感冒都不會有的人，所以光聽到住院就嚇得直發抖。

小四時，班上有位男同學出了車禍。那是汽車倒車撞向腳踏車的碰撞事故，算不上什麼重傷。班上派三名同學前去探望，世之介被選為其中一人，在前往醫院之前，他原本還很高興可以不用上課，可一站在病房前，他便開始想像同學渾身是血、纏著繃帶的模樣，最後還昏倒在走廊上，說來真是丟人。等他醒來時，發現自己和那位很有精神的同學一起躺在病床上。

正樹開車又猛又快，拜他所賜，世之介很快就抵達新宿的醫院，比搭單軌或電車還快得多。下車後，世之介朝駕駛座的正樹和他前座的女友深深一鞠躬，目送他們離去。他沒和正樹互留聯絡方式，甚至沒問他女朋友的名字。車子駛出醫院院區，成了大馬路上眾多車輛中的一輛。他突然覺得自己今後或許再也沒機會見到他們。

等再也看不見車子後，世之介來到一樓櫃台詢問祥子的病房。他搭電梯前往服務人員告知的樓層，在走出電梯前的這段時間，腦中滿是灰暗的想法，想像自己在昏暗的走廊上找尋病房，在盡頭處的病房裡，看到祥子和其他病患躺成一排的景象。不過他一走出電梯，眼前就是祥子的病房。敞開的房門傳來祥子的笑聲。

世之介鬆了口氣，同時感覺全身力量洩去。他敲了敲那扇敞開的門，屏風後面一位有點年紀的護士探出頭來，對祥子說：「好像有客人來探望您哦。」

「請進。」裡頭傳來祥子的聲音，聽起來很有精神，世之介從走廊上喚道：「是我。」

「世之介先生？……不，是世之介嗎？你已經到啦？」

她似乎還不及習慣直呼名字。就像與祥子的聲音重疊般，「我也該走了。」護士說道，就此走出病房。世之介朝她點頭後走進病房。他從屏風往內瞧，只見祥子左手左腳都誇張地纏著繃帶，挺著上半身坐著。

「祥、祥子……」

一時想不到該說什麼好。

「您放心，我沒事。」

世之介戰戰兢兢地靠近床邊。

「剛才護士替我媽向我傳話，說世之介先生，不，說世之介你或許會到醫院來……不過，從羽田到這裡，未免也太快了吧？」

「因為我是坐車來的。」

「計程車嗎？」

「不，算是朋友的車吧。」

「朋友？」

「該怎麼說呢，算是家鄉的學長吧？」

結果世之介自己也嫌解釋起來麻煩。

祥子住的是單人房。枕邊的桌子上有一只大花瓶，上頭插著百合花，明亮的陽光從敞開的窗戶射進房內。世之介環視這間附電視和廁所的病房，語帶不滿地問：「為什麼不跟我聯絡？」

「因為您好不容易回家鄉過年，我想您會擔心……」

「這種時候不擔心，什麼時候才該擔心？」

「這……」

世之介不由自主脫口而出，令祥子表情一變。

「我要是受傷，會馬上告訴妳。」

或許還有其他表達方法，不過祥子似乎已經感受到世之介的心意。

世之介等著用圖書館的影印機，心不在焉地望著前面那個人的背影。看前面的人擺在腳下的一疊資料，似乎還得再等上一段時間。話雖如此，世之介手上也有他花五百日圓向同學借來的厚厚一本「地理學」上課筆記。這個週末是最後期限，得交一篇主題為「文化與地區」的報告，為此他特別借來筆記，但他翻閱那又厚又重的筆記後發現，上頭除了瑣細的文字、一板一眼的圖表外，還用透明膠帶貼上各種資料。

向頭腦好的人借筆記，真是一大敗筆。如果是向不認真的同學借，那肯定會是一本只寫重點的筆記。

整天昏睡的寒假過去，世之介的生活又要開始忙碌。

一連串事情大概是從他與正樹的相遇開始，他一回到東京，就發現祥子住院；雖然很想每天去看她，但正值學校考試期間，實在無法蹺課；而且歲末年初時放假沒去飯店打工，現在為了補班，一週得去三天。

眼看前一個人就快印完。世之介心想終於換我了，便從錢包裡掏出零錢。但把資料放腳下的這個人，又從背包裡取出新的一本教科書，開始影印。

「請問一下，你還有幾頁要印？」

世之介忍不住出聲詢問。對方轉過頭來，是個滿臉痘痘的男生。似乎連他自己也不勝其煩，遞出那本教科書，掂起約五十頁的厚度給世之介看。

「影印的這些份量，要是能全都記在腦子裡就好了。」男子嘆了口氣。

世之介也翻起了他借來的「地理學」筆記，回了一句：「真的很想撒點鹽吃下去對吧。」男子面露苦笑，繼續影印。他似乎連蓋上影印機的蓋子都嫌懶，每按下一次按鈕，綠色的光線就照亮痘痘男的臉。

世之介蹲下來打開記事本。英語I、英語、西洋史、法語、經營學、產業概論、貿易概論……兩週的時間裡，寫滿了考試和交報告等預定行程。

之後世之介印完資料，離打工還有一段空閒時間，於是他前去探望祥子。她只有腳部複雜性骨折，護士建議，趁現在忍痛多拄枴杖行走，但祥子似乎很排斥讓人看到她穿睡衣的模樣，不想到外面去。待在病房裡無事可做，不管世之介什麼時候去看她，不知為何她總是表情凝重地看著報紙。

這天，世之介一樣在車站的KIOSK買了三份體育晚報，帶去給祥子。一般的晚報在醫院裡的店面似乎就買得到。

「祥子，我幫妳買了體育報哦。」

一走進病房，祥子果然在看報。不知道在看什麼報導，只見她臉色凝重說：「上面有刊登京成盃的結果嗎？」詢問賽馬的結果。

「妳又沒買馬券，知道結果會有什麼樂趣嗎？」

世之介遞出晚報，順手拿出鐵管椅，一屁股坐下。

「因為覺得無聊嘛。日本的政治一成不變，整天只會高喊改革重組，完全沒有新資訊。」

「一般人會因為這樣，改為預測賽馬結果嗎？」

「對了，世之介先……考試順利嗎？」

「我說，關於直呼名字這件事，如果妳覺得不順口，大可回到原本的叫法。聽妳這樣叫，我都想自己在後面加上『先生』了。」

「不，我一旦決定的事，絕不退讓。」

「那就這樣吧。」

「啊，對了。出院日期已經決定了。」

「真的？什麼時候？」

「這個星期天。接下來就固定回診。我現在這個樣子，往返不太方便……」

「說這什麼話，我會陪妳啊。」

「那我在來醫院之前，先坐車去你家。」

「不用啦，妳不必刻意繞遠路，我直接去妳家不就得了。」

「可是這樣的話，你就得先去新宿一趟。」

「倒也是。」

「那我們就約在這裡見吧。」

「這裡？醫院？」

「這裡不就正好是中間位置嗎？」

「啊，對哦。」

世之介朝祥子看完的報紙瞄了一眼。可能真的太閒，她用紅筆在討論消費稅的一篇報導上寫了個大大的「反對」。

為了期末考、打工和探望祥子而忙得不可開交的世之介，今晚完全不想離開房間一步。正準備提早上床就寢時，久未聯絡的倉持打電話來。可能是最後一次見面時，倉持突然在他面前落淚，那件事令他印象太深刻，所以此時倉持從話筒那頭傳來的聲音，聽起來遠比想像的還要開朗許多。

「真是不好意思。你幫了我那麼多，我卻一直沒跟你聯絡。」

倉持一開口就客氣地說了這麼一句，一點都不像他的個性，讓世之介也不由自主地跟著說：「我也很擔心你，正想跟你聯絡呢。」

歲末年終都在渾噩度日，一過完年又忙得焦頭爛額，坦白說，他根本完全沒空想起倉持的事，但語言這東西確實方便，只要這麼說，似乎就能傳達這份心意。

「謝謝你。聽你這麼說，還欠錢沒還的我就比較好意思跟你聯絡了。」

「那筆錢什麼時候還都行，反正我目前也沒有什麼東西要買。」

「我十二月確實沒錢，不過夏天可能會領到獎金，到時候一定還你。」

「不是說了嗎，什麼時候還都行。倒是改天一起喝個酒吧。」

嘴巴上這麼說，世之介卻一隻腳伸進被窩裡。

「對對對，我就是為了這個才打電話給你。我現在人在武藏小金井車站。剛忙完工作，最近常在這一帶跑業務。你住處離這裡很近，有時間的話，偶爾一起喝個酒吧。」

世之介一隻腳已伸進被窩，而且倉持的邀約口吻客氣得有點可怕。他打算婉拒，看了一眼時鐘。但現在才還不到七點，「這麼晚了還去啊？」這句話實在說不出口。

見世之介沉默，倉持說道：「抱歉，你明天還要上課對吧。」明天的法語課確實有考試，但就算睡飽，分數也多不了幾分。

「那就出門喝酒吧。」

「真的？」

「我應該二十分鐘後就到。」

「那我等你。」

他在當睡衣穿的整套運動服外套上牛仔褲，披上在丸井刷卡分期買的棒球外套。將吃到一半的天使派叼在嘴裡出門。才一走出，住對面的京子正好走上樓梯。

「咦，這不是世之介嗎。」

「哇，好久不見了。最近好嗎？」

「你才是呢，屋裡都沒開燈，我還以為你偷偷搬走了呢。」

「因為忙著打工之類的瑣事，回家幾乎都在睡覺。不過，感覺這樣才是都會生活啊。」

「什麼啊。」

「因為在鄉下老家，和我家對面的大嬸不到三天就見一次面。」

眼看世之介差點又聊個沒完，京子制止道：「你不是要出門嗎？」

「啊，差點忘了。接下來要和朋友在武藏小金井喝酒。」

「你真的很忙呢。」

「都是瞎忙。」

「第一次見到你時，還很替你擔心，不知道你能不能一個人在東京生活。不過現在感覺你正在歌頌著青春。」

「是嗎？」

「沒錯。因為我們第一次見面的那晚，你的棉被還沒寄來，當時顯得坐立不安。」

「是啊。仔細想想，在東京第一個好好跟我說話的人，就是京子小姐妳。」

「沒錯，我是你在東京的第一個朋友。」

「我有什麼改變嗎？」

面對世之介的提問，京子朝世之介上下打量了一會兒後，點頭說道：「嗯，確實是變了。」

「是嗎？」

「要是現在的你搬來這裡，我大概不會主動跟你搭話。」

「咦？為什麼？」

「我也不知道……只是這麼覺得。」

「難道是面相變凶惡了？」世之介問。

京子一臉認真地思索起來。

「我認為不是……」

「那是為什麼？」

「嗯……跟你剛上東京的時候比起來……」

「比起來？」

「變得比較不脫線吧？」

「脫線？」

「沒錯，脫線。」

「雖然自己這樣說有點怪，但大家常對我說：『你老是很脫線耶。』。」

「當然啊。說到你這個人，確實經常很脫線。不過現在已經慢慢縫起來了……」

「感覺好像很半吊子。」

「如果不是這樣半吊子，那就真的不再是世之介了。這點你要好好保持下去。」

「這種半吊子要怎麼保持下去啊？啊，等一下，這種東西我才不想保持呢。」

見世之介那慌張的模樣，京子忍不住笑了出來。

「你不是和人有約嗎？」

「啊，對哦。」

他跟倉持說自己騎腳踏車二十分鐘就會到，但在騎上腳踏車前已花了將近十分鐘。

他告別京子，走向一樓的腳踏車停放處。跨上腳踏車後不知為何，他想起第一次到這棟公寓的那晚。

面對曾到印度留學、經歷豐富的京子，他只能和京子談到世之介這名字的由來，對此感到羞愧。

「你在胡說什麼啊，今後你的經歷會愈來愈多的。」

記得京子曾這樣安慰過他。而現在京子卻說：「與那時候相比，你變得比較沒破綻了。」世之介心想，應該是身旁多了些什麼吧。但到底是什麼，他心裡完全沒底。不，他隱約知道，但是不清楚這些事以後是否會一直跟在他身邊。

世之介順利地騎著腳踏車南下，穿過交通阻塞的小金井大路。途中有個地方明明交通量大，路寬卻極為狹窄，一輛大卡車駛過，引發強大風壓，牽動他手中的龍頭，害他差點被捲進車下。

剛才要是手滑沒抓好龍頭，就會被捲進卡車的大車輪下，一想到這點，頓時覺得隨處可見的路旁白線，看起來就像救命繩索。

騎上腳踏車後，過了二十分鐘，剛好抵達他和倉持約見面的車站前驗票口。但倉持沒出現在站前廣場，世之介心想，他該不會在另一頭的驗票口吧，正準備前往查看，只見一名大叔朝他走來，對他說：「喂，你要去哪？」他重新望向那位大叔，才發現竟然就是倉持。

「倉持？」

「是我。從剛才就一直朝你揮手，為什麼都不理我？」

「不，我以為是哪來的大叔，揮手揮得這麼起勁……」

「大叔？」

他原本是想用「無精打采」來形容，但對一位才二十歲的朋友這樣說是否恰當，他也猶豫了很久，不過世之介的語彙量向來就少，一時間也想不出其他話形容眼前的倉持。

「因為我剛下班回來。」

「就算是這樣也……」

世之介自從入學典禮後就沒再穿過西裝，連他這樣的人看到倉持，都忍不住想伸手將他鬆垮的領帶繫好，將那宛如脫臼的西裝墊肩位置調正。

「這是誰的西裝？」世之介問。

尺寸一點都不合，讓人忍不住想問一下。

「我說我只有一件西裝，於是社長就給了我一件舊西裝。」

「難怪，怎麼看都像是身材福態的不動產公司社長穿的尺寸。」

倉持似乎不想再談這件舊西裝，他沒搭理世之介，逕自邁步前行。

「去哪？」世之介朝他背後問道。

「那處小巷弄裡有家小酒館，去那裡可以吧？」

小巷弄。小酒館。似乎穿了別人不要的衣服後，連說話都變得無精打采。

在擁擠的小酒館吧台坐下，世之介馬上問起他的新婚妻子、同時也是孕婦的阿久津唯近況。店員送來生啤酒，倉持和世之介乾杯，接著用手比出肚子鼓起的形狀說：「肚子大得嚇人。」

「果然是這樣，就像電視上演的一樣，孕吐很難受吧？」

「那段時期早過了。」

「你們住一起吧？」

面對世之介那理所當然的問題，倉持白了他一眼，點了點頭。

「不過，她母親對我們相當關照，幫了我不少忙，要是只有我們兩個人，一定沒辦法過這樣的生活。」

「那是當然，因為不久前你們都還只是孩子。」

世之介突然冒出這句話，倉持停下原本伸向關東煮的筷子，用力點頭說：「說的也是。」

倉持邊點頭邊吃水煮蛋，他的側臉和世之介所認識的倉持沒多大變化。雖然現在身上穿的西裝一點都不合身，但只要讓他穿上夾克，彷彿就會說出：「喂，蹺早上第二堂課一起去打撞球吧。」

不過，現在大腹便便的阿久津唯應該就不是這樣了。之前還是「孩子」，現在則跨越某個分界成為「母親」。

當初倉持告訴他阿久津唯懷孕時，說過應該要以更神聖的心態來當爸爸才對，但望著倉持，他益發覺得所謂神聖的心態，不是說變就能馬上變的。

「我最近在考試。」

與倉持目前面對的問題相比，學校的考試根本不值一提，但是要從「困難的問題」產生聯想，世之介也只能想到考試。

「你能升上大二嗎？」

「沒問題。我和你不一樣，我可都乖乖上課呢。」

「喏。」倉持將剩下的半邊水煮蛋放進世之介的盤子裡，世之介沾著芥末，一口塞進嘴裡。

「你感覺真像大人。」

「因為我給你水煮蛋嗎？」

當然不是因為這樣，但世之介一時也說不上來。

走出電梯，二十五樓的窗外是一片遼闊的朝霞景致。世之介推著客房服務用的推車，裡頭的漢堡當早餐嫌太早，當宵夜又嫌太晚。

世之介從市中心飯店的高樓層窗戶往外望，看的不是東京的夜景，而是晨景。他整晚都待在地下休息室，所以現在光是能看到戶外的景致，便感到心情舒暢。灰色的大樓被染成紫色。尚未亮燈的窗戶沐浴在朝陽下，像鱗片般熠熠生輝，整個市街彷彿即將蠕動起來。

點這份當早餐嫌太早，當宵夜又嫌太晚的漢堡的人是一位看起來像商務人士的美國人。

世之介走進房內按照訓練手冊教的內容，以英語向對方問安，對方卻以流暢的日語回答：

「謝謝、謝謝。我待會再吃，可以直接幫我放那兒嗎？」

之後世之介返回休息室，小憩三十分鐘。醒來後一如往常，展開忙碌的早晨工作。他和學長石田一起按照指定時間，將早餐送往各間客房。

「世之介，你考試結束了嗎？」

在電梯裡，一臉睏倦的石田向他問道。先前他一直躺在並排的鐵管椅上睡覺，所以雖然別著蝴蝶結，但那頭亂髮比蝴蝶結還要誇張。

「前天終於考完了。」世之介嘆了口氣。

「難怪看你一臉比平時還要放鬆的表情。」

石田笑著說道，看不見自己的一頭亂髮。

「石田學長，春假期間要做什麼？……應該說，大學生在兩個月的春假中，大家都做些什麼？」

「我會打工存錢。」

「存錢用來做什麼？」

「我想去旅行。升上大四時間特別多，我想去環遊世界。」

「哇。」

「等出社會上班後，就沒辦法這麼做了。我認為這是一生僅只一次的機會。你呢？」

面對環遊世界這個答案，世之介無言以對。

反正沒其他事可做，大可安排打工，但就算賺了錢，他也不像石田這樣有個花錢的目標。

「兩個月啊，該做什麼好呢……」

「勸你最好先擬定計畫。要是渾噩度日，兩個月一下子就過了。」

電梯停在他們要去的樓層，世之介推著推車來到走廊。才過了三十分鐘，天色已完全轉亮，晨光從窗外大樓間筆直地射進室內。

「啊，對了。A片你要嗎？」

走在走廊上時，石田很突兀地問道。

「好啊。」

面對這突兀的詢問，世之介也慌忙回答。

「老家好像要重新裝潢，我不知道該怎麼處理，偏偏又不好帶去和女友同住的公寓放，就這麼丟掉又覺得可惜。」

「我收，我收。」

「那下次你來找我拿。」

「有多少片？」

「這個嘛，三十片左右吧。」

「真的假的？不過，裡頭該不會有古怪癖好的片子吧？」

「你說的古怪癖好是指什麼？」

「例如一會兒拿皮鞭抽人，一會兒挨皮鞭那種。」

「這種你不能接受嗎？」

「說起來，我比較喜歡穿著泳裝笑咪咪地跑在沙灘上那種。」

「沒想到你這麼天真。」

抵達點餐的客房，世之介敲了敲房門。敲第三次時，裡頭傳來應門聲。

「早安，客房服務。」

雖然剛才聊著不正經的話題，但因為工作已駕輕就熟，聲音一開口就是開朗又有朝氣。忙完工作離開飯店已是早上七點多。平時世之介都會直接去車站，但難得有這麼暖和的早晨，他改到飯店後方的小公園逛逛。一走進公園，不知從哪裡傳來小貓的叫聲。雖然心裡覺得聽到了不該聽的聲音，但可能是性情使然，他還是忍不住往聲音的方向走去。

果不其然，一隻小貓被丟棄在紙箱裡。他想當沒看見直接離開，但那隻小貓明明不認識他，卻彷彿為彼此的別離感到悲傷般地叫著。世之介不得已只好返回，抱起那隻瘦弱的小貓。

他剛上小學時，有一次外婆帶他去廟會玩釣小雞，結果釣到一隻紫色的小雞。他喜孜孜地帶回家，但爸媽卻嚇他說：「這種東西就算你再疼愛，一樣不出三天就會死掉。」儘管如此，世之介還是很用心地養育小雞。眼看牠紫色的毛逐漸脫落，慢慢長成介於小雞和成雞之間的奇怪生物。

世之介的那隻小雞後來長成完美的成雞，世之介期待牠哪天發出「咯咯咯」的叫聲然後下蛋，但很不巧的，廟會當天賣的似乎全是公雞。

雖然沒能生蛋，但他把廟會釣到的小雞養大的事在學校傳開來。同學們幾乎每天放學都會來看，就連附近的大人們也嘖嘖稱奇。

在公園裡抱起棄貓，世之介思索著該如何是好。他住的公寓禁養寵物，而且在這之前，帶貓上電車都是個問題。

小貓讓他抱在懷裡後，一臉放鬆地舔著世之介的手。

世之介最後決定將小貓藏在大衣口袋裡帶回住處。如果是這個時間，從市中心開往郊外的電車應該沒什麼人，等睡一覺後再來想該找誰收養。

一開始將小貓放進大衣口袋時，牠鬧了好一會兒，但前往車站的路上就變安分了。坐上電車，牠安靜得出奇，世之介還擔心牠是不是死了。由於太過安靜，世之介偷偷往口袋窺望。只見小貓看著世之介，就像在擔心自己不知會被帶往何處。

世之介突然感覺到某個視線，猛然抬頭，發現前面座位的女高中生已發現他口袋裡的小貓，朝他微笑。那是很和善的笑臉，所以世之介用唇語告訴她是小貓。那名圓臉的女高中生點頭應了聲「嗯」。

回到住處後，世之介讓小貓喝溫牛奶。觀察了牠一會兒後，值夜班的疲勞湧現，便躺在暖桌裡睡著了。

世之介因小貓的叫聲醒來，是下午兩點多的事。一醒來馬上肚子餓得直叫。自己動手炒著沒加肉的炒麵時，他突然想到也許祥子家肯飼養。好事不宜遲，他馬上打了電話。

目前拄著拐杖的祥子人在家中，世之介一邊炒麵，一邊告訴她這件事。「如果是那麼可愛的小貓，應該會有很多人想養，但我家不行。」祥子很歉疚地婉拒。

「為什麼？牠很可愛耶。」

「我媽對貓過敏。」

「好像是貓毛造成，聽說鼻水會流個不停。」

「有這種過敏？」

總不好意思要對方整天掛著鼻涕飼養，世之介和她約好三天後在醫院見，便掛上電話。

倉持和阿久津唯那裡，應該沒餘力養貓……一時間想不到適合的飼主。

小貓似乎已把暖桌的棉被當自己的窩，縮在那裡睡覺，一點都不知道世之介為了牠煞費苦心。就在吃完炒麵，躺在暖桌旁時，他猛然想到了加藤。

去年夏天在加藤有冷氣的住處叨擾時，他幾次看見隔壁住戶養的貓沿著窗外跑過來玩，當時加藤曾說：「一樓的房東養貓，所以這棟公寓可以養寵物。」

加藤實在是說了不該說的話。世之介一把拿起話筒，打給久未聯絡的加藤。雖然有好幾個月沒聯絡，但感覺就像昨天還在一起似的輕鬆自在。

「世之介？你最近過得好嗎？」

「我很好。呃，這件事有點冒昧，你想養貓嗎？」

「不想。」

「我實在找不到人肯收養。你要是收養的話，還附送A片哦。」

他想到石田說的話，馬上補上這麼一句。但馬上意識到，加藤應該對此不感興趣。

「我會盡可能挑有很多男人的片子送你。」

世之介摸著無處可去的小貓如此說。

二月　情人節

世之介將小貓放在大衣口袋，騎著腳踏車前往加藤的公寓。可能是因為已有好幾天沒帶出戶外，小貓從口袋裡探頭望著外頭流動的風景，似乎覺得不可思議。這幾天世之介都在照顧小貓。剛好最近打工排休，他幾乎整天陪在小貓身邊。這隻小貓不會吵鬧地喵喵叫，他甚至覺得或許能直接養在屋內，但如果養在這裡，就只能成天關在這六張榻榻米不到的小房間裡，看不到外面的世界。

幾經思索，世之介打消替小貓取名字的念頭。一旦取了名字，就捨不得放手，這是原因之一，但二來也是因為遲遲想不到好名字。原本想以東京一家他去過的迪斯可舞廳「J-Trip」為牠命名，但小貓聽了沒半點反應。相反的，要是叫「三毛」或「小玉」，牠就會很有精神地叫聲「喵」。真是一隻對流行沒半點品味的傻貓。但如果叫三毛或小玉，可能會沒人想收養牠。

抵達加藤公寓的世之介，為了盡可能讓小貓看起來可愛些，特地替牠清除眼屎，將亂毛撫平。加藤在電話裡說：「雖然我不能養，但房東或許肯收養。」聽說有一次加藤去付房租時，「我放養的貓不見了，怪寂寞的。」房東曾無意間這麼透露。

世之介抱著小貓前往加藤房間，加藤正好在走廊上用洗衣機。雖然一臉不堪其擾的表情，但加藤一把抱起小貓，看來並不排斥。

「你在哪裡撿到的？」加藤一邊輕撫小貓，一邊問道。

「赤坂的公園。」

「赤坂竟然會有棄貓？」

總之，好事不宜遲，他決定和房東當面談談。能送養固然好，但世之介還是想確認一下收養者的人品。他和抱著小貓的加藤再次走下樓梯。

「聽說你還和那位怪妞交往是吧。」加藤說。

加藤指的應該是祥子，但現在和以前不一樣，她已是自己的正牌女友，所以世之介故意裝蒜：「你說的怪妞是誰啊？」

「就那個女生啊，叫祥子是吧？」

「我說你啊，怎麼能稱呼別人的女朋友是怪妞呢。」

「我認為你們不合適。」

「為什麼？」

「沒什麼特別理由。」

「既然沒理由，就別說這種不吉利的話。」

兩人就這樣你一言我一語地來到房東家門前。

「打擾了。」

加藤直接走進，一副習以為常的模樣。

「你這樣就像是進自家後門一樣。」世之介大為吃驚。

「聽說之前這裡也是租屋處，所以可以自由進出。」

加藤擅自登堂入室，打開拉門朝裡頭喊了一聲「午安」。世之介也踮腳往裡張望。簡單形容的話，這是一棟了無生氣的房子。有佛龕，有暖桌。當然，暖桌上面有橘子，然後有位老太太以菸管抽著菸，呈現出一幅再傳統不過的畫面。就某個層面來說，眼前這幕光景就只差一隻貓了。

幸好很快就談出了結果。加藤似乎事前便已知會過，世之介將小貓遞給連站起身都嫌懶的老太太，「哎呀，是個小美人呢。」她這麼說，直接將小貓放在自己膝上。才剛擺上去，那隻小貓彷彿原本就待在這似的縮起了身子。

這樣的結果實在掃興。世之介低頭說了一聲「那就麻煩您了」，而那隻無情無義的小貓對他連看也不看一眼。雖然多少有點生氣，但比起被偷偷豢養在狹小的單人房裡，趴在老太太膝上顯然幸福多了。

「牠叫什麼名字？」老太太問。

「還沒取名。」世之介說。

「那就叫三毛吧。」老太太說。

才叫出這個名字，小貓果然就叫了聲「喵」。

將小貓交給房東後，世之介來到加藤房內。因為加藤沒主動邀他進屋，所以也不好意思要加藤招呼他。加藤將脫好水的衣服晾在窗邊，接著看起先前看到一半的書。是一本英文書。

「你對客人也太冷淡了吧。」

「啊，抱歉。」

話裡沒半點誠意。

「我說，你在看什麼書？」

「《紫禁城的黃昏》。」

加藤一面翻頁，一面應道。

「中國的紫禁城嗎？」

「對。」

如果世之介能再多點知識的話，或許就能以此當話題和加藤聊天，但他所知有限。

「你為什麼看這種書？」

「因為我看了電影《末代皇帝》後，覺得很有意思。」

「哦，那部電影，我森巴舞社的學長們也說很有意思。」

「我今天還想再去看一遍。」

「去哪兒？」

「吉祥寺。」

說起來，世之介喜歡的是《法櫃奇兵》或《尼羅河寶石》這類的電影。但是到吉祥寺逛逛也不錯。

「那我跟你一起去。」世之介說。

「你不必跟我一起去。」

世之介滿心以為妥協的人是他，現在遭加藤拒絕令他大為吃驚。

「為什麼？」

「我喜歡自己一個人看電影。」

「你是去電影院，所以不會是自己一個人吧。」

「一想到旁邊有人，我就會很在意。而且你很可能會電影看到一半跟我說話。」

加藤這種難搞的個性還是老樣子。

「那我坐離你遠一點總行了吧。」

世之介其實也沒那麼想看，所以大可不必那麼認真，但他還是忍不住頂了回去。

「最後你們分開坐，一起看了那場電影是嗎？」

這裡是祥子固定回診的醫院。傻眼的祥子如此問道，世之介點了點頭。順帶一提，祥子今天要拆腳上的石膏。

與回診的祥子約在醫院見面，今天已是第三次。在候診前以及檢查完之後將近一個小時，他們都在候診室的長椅上度過。

站在世之介的立場，祥子雖然拄著拐杖，但他還是想到附近時尚的咖啡廳喝杯咖啡，不過祥子住院時連讓人看到自己穿睡衣的模樣都排斥，要帶她到醫院外頭著實困難。所以最後總是坐在候診室硬梆梆的長椅上，喝著從販賣部買來的罐裝咖啡。

「祥子，拆石膏後妳想去哪？這段時間妳都關在家裡，一定很想出去散散心吧？」

祥子想了一會兒後應道：「除了滑雪場外，哪裡都好」。

「那就去和雪完全相反的地方，去海邊如何？」

「海邊……」

世之介覺得這是個好主意，但不知為何祥子臉色一沉。

「海邊是不錯，但最近一看到海，就想起那件事。」

「那件事？」

「就是去年夏天在世之介先生老家……」

「哦，那個啊。」

「對，就是那個。」

「一看到海，就覺得又會遇上難民是嗎？」

雖然連自己都覺得這是個笨問題，但他還是問了。

「倒也不是……該怎麼說好呢，我一看到海，就忍不住心想：『唉，在大海的另一頭，有好多人在受苦受難呢。』。」

說她單純，確實很單純，不過祥子單純的感想，世之介能深切體會。

「不過，我們也無能為力啊。」

「話是這樣沒錯……」

正當兩人愁眉相對時，診療室叫了祥子的名字。

祥子走進診療室後，為了打發時間，世之介環視整間候診室。看診時間即將結束，剛才坐滿整排長椅的患者，現在也變少了。

世之介以前從沒生過什麼病。最近他唯一想到的就只有森巴嘉年華時，因睡眠不足引發的貧血，此外連感冒都不曾有過，健康得連什麼是健康的可貴都感受不到。

走廊牆上貼著海報。那是用來標示人類內臟、理科實驗室裡常會看到的圖畫，以不同顏色描繪出心臟、胃、肝臟等器官。因為百無聊賴，世之介把手抵在自己胸前，試著像醫生一樣觸診，喃喃自語道：「這裡是心臟。這一帶是胃，這一帶是肝。」

他閉上眼睛，感受著心臟的位置，手掌清楚感受到心跳。雖是理所當然的事，但他突然想到要是這裡停止跳動，人就真的死了。

來到東京後，世之介只有一次真實感受到死亡的存在。因為是羞於向人啟齒的體驗，他沒對任何人說過。那是他第一次站在新宿車站月台時發生的事。當時世之介沿著白線行走。列車到站的廣播響起，電車從前方駛近，從他身旁呼嘯而過，僅短短數十公分的距離，世之介清楚感受到一股風壓。

雖然只是很單純的事，但他突然閃過一個念頭：「如果我不是站在這邊，而是站在那邊，我就沒命了。」將「生」和「死」擺在一起看，這對世之介來說是第一次體驗。

他一直默數自己的心跳，怎麼也數不膩，這時診療室的門打開，祥子走了出來。雖然還拄著拐杖，但這幾個禮拜一直裹著的石膏已經拆下，看起來輕盈許多。

「拆下來啦。」世之介說。

「感覺腳變得很涼快呢。」祥子就像光著身子被人瞧見似的羞紅了臉。

「祥子，今晚和我一起吧。」

這句話世之介並未細想，突然就脫口而出。

「那您是要去我家嗎？」

祥子以熟練的動作拄著拐杖，很自然地應道。

「不，就我們兩個獨處。」世之介說。

若說唐突，確實很唐突，但看來祥子已了解世之介真正的意思，只見她原本就泛紅的臉變得更紅了，幾乎紅得發紫。

「您、您是怎麼了？為什麼突然……這樣胡言亂語。」

換作是平時，世之介會因為祥子說的話而就此作罷，但這次難得他堅持。

「我想和妳在一起。我們就找一家附近的飯店吧……」

「飯、飯店？」

祥子一時叫得太大聲，走廊上的護士們目光全往她身上聚集。

「別、別叫那麼大聲啊。」世之介慌了起來。

「世之介先生，您、您知道自己在說些什麼嗎？」

祥子方寸大亂。世之介要她先坐向長椅。

「妳先冷靜一下……我又不是要叫妳去殺人。」

「可、可是……您說要去飯店……」

也不知祥子是羞愧還是生氣，只見她全身顫抖。

「如果嚇到妳，我向妳道歉。不過我們現在是男女朋友……」

「這、這我明白。可是，我們現在人在醫院的候診室，而且我才剛拆下石膏呢。」

世之介直視祥子雙眼。

「我知道這天終究會來……自己也認真思考過。但您這樣會不會太急了點？」

面對祥子的提問，世之介一時也為之語塞。

為什麼會突然冒出這樣的話來，世之介自己也不明白。真要說的話，可能是他一直感覺到自己強烈的心跳吧。

「抱歉……不過，我今晚還是想和妳在一起。」

難得世之介堅決不肯讓步。

●

她化完妝離開梳妝台，計程車已來到窗外。閃爍的黃色警示燈照向老舊的門柱。

好久沒回自己房間了，感覺透著一股寒意。母親說自己每天都會替她打開窗戶，去年歲末還大掃除了一番，但或許是少了人的溫度，房間也逐漸失去各種感覺。而房間會讓她覺得冰冷，也不全然是因為長期空著的緣故。幾天前她還在白天天氣溫超過三十度的坦尚尼亞，所以現在回到二月的東京，會覺得冷也是無可厚非。

她披上事先放在床上的大衣走下樓，母親聽到她的腳步聲從客廳走來。

「祥子，妳也真是的，難得回到東京，卻還是每晚外出。」

「因為下次不知道什麼時候會回國，而且想和很多朋友見見面嘛。」

「話是這麼說沒錯啦……今晚妳要和誰見面？」

「睦美。」

「哎呀，真教人懷念。她過得好嗎？人家和妳不一樣，一定已經結婚而且有孩子了。」

父親過世後，這一大棟房子裡只剩母親和傭人兩人同住，一想到這裡，她就想不理會外頭的計程車，留下來陪母親聊天，但如果這時露出撒嬌的神情，母親不光會叨唸她現在還單身的事，也會對她的工作多方抱怨，下場肯定淒慘。

「明天我一整天都會待家裡，所以晚上我們一起煮個什麼來吃吧。」

「好啊……對了，祥子，妳要穿那雙鞋去嗎？」

母親的視線投向她腳下的運動鞋。

「沒關係的。我又不是要去高級餐廳。那我走囉。」

「回來時要小心哦，最近這一帶不太平靜。」

她的母親這句話送她走出玄關。女兒在非洲難民營工作的事，也不知道母親是忘了還是想刻意遺忘，對於世田谷住宅區最近不太平靜一事，母親是真的露出擔憂之色，看她這種神情，祥子再次感到不可思議，懷疑自己真的是在這個家長大的嗎？

坐上計程車前，她轉頭望向身後的房子。這個家如今只剩高齡的母親，與住在家中的傭人，每回國一次就老舊一分，愈顯凋零。

父親因腦溢血過世，已是十五年前的事了。接獲通知時，她已從東京的貴族女子學校畢業，到倫敦留學。一接獲通知，她什麼也沒整理就這樣火速趕回，但很遺憾，還是沒能見上父親最後一面。沒能見自己重要的人最後一面，或許是她的宿命。

父親剛過世時，淚水怎麼也流不盡，她就像和母親比賽般終日悲痛欲絕。但十五年過去，此刻她覺得或許父親是在最好的時機結束他的人生。

父親在泡沫經濟期間大力擴展的事業，在當時已陷入沉痾。如果他能放下一切，重回他年輕時就經手的廢土處理業，或許還能平安無事，但尾大不掉的不光只有事業，還有父親的尊嚴讓他一直在垂死掙扎，到最後進退兩難。

父親死後，擴張的事業幾乎全都收了。最後勉強靠本業留住一條命脈，但長男勝彥能力不足，偏偏母親連家庭收支簿也不會記，無法頂替勝彥，最後只能將整個公司轉讓給當初和父親同甘共苦的專務董事。從小養尊處優的母親姑且可以頤養天年，所以父親這輩子算是一直都讓自己的女人過著幸福的日子。

想到自己現在以聯合國職員的身分在難民營裡工作，就感到世事難料，不明白自己的人生是在哪裡起了轉變。她前半生就像坐電扶梯一樣，一路念到貴族女子大學，畢業後也沒出外工作。換個角度來看，要稱那段時間是為當新娘而做的準備也行，事實上，她也確實因為空閒時間太多，而學插花、上料理教室，但她覺得自己不管做什麼都提不起勁。幸好一天二十四小時陪在一旁的母親，也是個一生從沒工作過的人。

就在她過著這樣的日子時，母親一直虎視眈眈地看準時機要她去相親。宜嗣先生人不壞，為人有禮，穿著入時，體貼溫柔，行事認真。簡單說就是位「名門子弟」。實際上，也確實是經營纖維工廠老闆的兒子，名副其實的富家子弟，除此之外她找不到任何形容詞。

「我覺得他是個好人，但我不喜歡他。」

記得相親後她曾對母親這樣說。不過母親的個性乾脆，她說：「結婚對象就得挑好人。他是個好人，你很快就會喜歡上他。」

婚事很快就決定了，隔年六月舉行婚禮，當時她才二十三歲。新婚生活尚可——不過真的也就只是尚可。

婚後一年多，她告訴宜嗣她想出國留學。這尚可的新婚生活讓她發現，宜嗣所追求的婚姻是一種「制度」，就算對象不是她也無所謂。

她留學的心願很快就有機會實現：宜嗣任職的商社決定讓他轉調紐約。聽說從公寓陽台可以俯瞰中央公園。坦白說，她一度心動，但又馬上搖頭告訴自己：「不，不是這樣。」

宜嗣這個人確實不壞。兩人經過一個月的促膝長談，面對妻子「我想重新認識你」這種無厘頭的要求，宜嗣雖然無法理解，還是尊重她的決定。

他們暫時分居，丈夫去紐約，妻子去倫敦念大學。兩邊的距離明明比東京到紐約還近，但兩人幾乎完全沒聯絡。

她在倫敦認真攻讀政治學的那段時間，宜嗣另結新歡。當宜嗣寫信告訴她這件事時，她腦中的第一個念頭是：太好了，宜嗣果然有他命中注定的對象。

當時父親剛過世，講得難聽一點，他們可說是趁亂離婚。幸好對丈夫過世的母親來說，女兒的離婚和該挑哪張遺照相比根本就微不足道。

她從二十四歲起，在倫敦的大學學了四年政治學，後來不知不覺間，在指導教授的推薦下，進一步攻讀研究所。然後又不知不覺地成為聯合國的職員。

她與兒時玩伴睦美約在市谷一家小小的法國餐廳碰面。那家店位於住宅區，所以計程車在小巷弄裡迷了路，司機語帶不安地說：「該不會是這邊吧？」往右轉進巷弄，很幸運地在路底找到了那家店。

一走進店裡，便看到睦美坐在靠窗的桌位。將近兩年不見，睦美愈來愈有已婚婦女的樣子，不論是潔淨的白色桌巾，還是當餐前酒的香檳，和她都很相配。

「抱歉，我遲到了。」

她走近桌位，睦美將她從頭到腳打量過一遍後，笑著說：「祥子，妳變得愈來愈粗獷囉？」

「是曬黑的緣故吧？因為整天都在非洲大草原上奔波。」

「話是這樣沒錯啦……唔，以前不是有位女演員後來成了冒險家嗎？忘了叫什麼名字，感覺妳跟她的氣質很像……」

服務生建議她們先喝餐前酒，但她向服務生要了一份酒單。她現在很想喝杯冰涼、風味厚實的白酒。真難想像，幾天前她還津津有味地喝著井水呢。

「最近過得可好？」

乾杯後，睦美向她問道。

「還可以，不過最近很容易感到疲倦。」

「當然會啊，都已經四十歲了。」

「回國前，還為了蚊帳分配的事起爭執呢。」

「咦？妳說什麼？」

「我說蚊帳。」

見睦美那驚訝的神情，她實在不想向睦美說明在難民營裡為了分配蚊帳而起引發風波的始末。事實上，蚊帳數量確實不多，難民們平日積累的不滿隨時可能爆發。但向來都不是她下達指示，而是以難民的領袖盧班加為首，請他們討論後決定，這才平息風波。

「對了，小愛好嗎？」

改變話題後，睦美馬上變得話多起來。

「我都快忙翻了。幼稚園時讓她參加小學入學考，本以為以後就能放心了，沒想到……」

「她現在是國中生了吧？」

她向嘆息的睦美詢問。

「對，國二。」睦美顯得情緒低落。

「她不愛上學嗎？」

「不是……說起來，祥子，妳也有責任。」

「我？」

「是啊。妳在聯合國不是做得有聲有色嗎？啊，對了，之前寄來我家的《UNHCR》雜誌上還刊了妳的照片呢。」

「哦，那個啊，是我到新的營地預定地視察時拍的。我當時很生氣，一臉惡鬼一樣對吧？」

「會嗎？我倒覺得看起來神采奕奕呢……啊，然後我女兒看到妳那神采奕奕的模樣，似乎覺得很耀眼，說她高中要去瑞士念住校制的學校。」

「哎呀，那也不錯啊。」

「妳別說得那麼輕鬆，她可是連自己看家都不敢耶，這樣的孩子卻……」

見睦美表情凝重，她忍不住莞爾一笑。「總會有辦法的，不如就順著她的意思去做吧？而且，如果真像妳說的那樣，我又該怎麼解釋？我以前什麼也不會，比小愛還糟糕，不是嗎？」

睦美朝她靜靜注視了半晌，接著心領神會地笑了出來。

她知道睦美用心栽培自己的獨生女小愛。包含選學校，她費盡心思想給小愛人生中「重要的事物」。當然，她認為這份愛值得嘉許。但開始從事這項工作後，她深深覺得所謂的用心栽培，不是給予「重要的事物」，而是當孩子失去「重要的事物」時，教他們孩子如何跨越難關，讓他們學會什麼是堅強。

「妳還會在日本待上一陣子吧？」

睦美問，她點頭應道：「嗯，我打算待到下個禮拜底。」

「妳可以抽時間見小愛一面嗎？」

見睦美一臉愁容，她回答道：「當然可以。很久沒看到小愛了，我也想見她。」睦美就此鬆了口氣，拿起手中的叉子插向剛端來的鹿肉。

她們在晚上九點多離開餐廳。叫了一輛計程車，決定先讓家住代代木的睦美下車後，她再回家。當計程車從新宿御苑旁路過時，她看到新宿方向有一棟外形奇特的大樓。

「那棟外形像蠶繭的大樓是什麼？」她問睦美，睦美偏著頭說：「好像是最近才蓋的，應該不是學校吧。」「是位在哪一帶？」她隔著車窗往外望，接著睦美報出令人懷念的醫院名字，說它就在那棟醫院附近。

計程車轉眼抵達代代木。計程車在睦美的指示下在狹窄的巷弄裡行進，在一棟花崗石大樓前停下。

「那麼，要記得跟我聯絡哦。我隨時都有空。」

她朝走下車的睦美揮手。

計程車駛離巷弄，再度回到大馬路。她不輕意地轉頭望，只見蠶繭外形的高樓大廈逐漸遠去。當初她在滑雪場骨折，那一陣子固定回診的醫院就在附近。

她轉過身坐好，臉上不知為何泛起笑容。明明已是二十年前的往事，但當時世之介在醫院候診室裡對她說的話，此刻再度浮現耳畔。剛在診療室裡拆下石膏，世之介卻一本正經地對她說：「今晚和我一起吧……」那聲音就像剛剛才聽到似的，清晰地在耳中響起。起初她沒察覺世之介的心意，還回答：「那您是要去我家嗎？」世之介一聽她那不解風情的回答，頓時慌亂了起來，一想到就覺得好笑。

之後發生了什麼呢？那次難得世之介堅持不肯讓步，在他的帶領下，她拄著拐杖一拐一拐地前往一家離醫院不遠、提供「休息」服務的城市旅館。因為世之介說要去飯店，她滿心以為是去京王廣場大飯店或東京凱悅酒店。

「世、世之介先生……我是已做好去飯店的心理準備，但我沒想到是這種地方，應該是更……」

來到約十層樓高的小型旅館前，她一面這樣說，一面指著背後的京王廣場大飯店。

「咦！京王廣場大飯店？」世之介誇張的瞪大眼睛。

「不，東京凱悅酒店也可以……」

可能是她面露不安，世之介很快地應道：「說、說的也是。說到這一帶的飯店，確實就這幾家」。

「不，我不是說非要那家才行，就只是在做好心理準備時，腦中浮現的畫面是京王廣場大飯店……」

「不，沒錯。祥子妳說的對。像我，一提到飯店，腦中浮現的畫面就是我打工的那家飯店。」

她突然感覺到某個視線，回過神來。後視鏡上映照著司機一臉詫異的神情。好像是因為她想起了往事，無意識地暗自傻笑。

「司機先生，請過了環八後，在第二個紅綠燈右轉。」

她像在給自己圓場般如此說道，而司機也應了聲「第二個紅綠燈是吧」，將視線移回前方。她略微移動身子，到後視鏡看不到的位置。車內還微微留有睦美身上的香水味。

結果那天不論是京王廣場大飯店或是東京凱悅酒店，全都客滿。世之介在那家小型的城市旅館（其實算是家賓館）前的公共電話亭打104詢問飯店電話，「祥子！34401……」因為一時記不住，他還直接念，要她幫忙記。世之介的模樣歷歷在目。

結果看中的飯店全都客滿，世之介走出電話亭，就像丟進洗衣機洗過的棉質毛衣般，鬆鬆垮垮，讓她實在不好思說：「要不要改下次？」

她有生以來第一次走進這種旅館，而且還拄著拐杖。

她到現在仍清楚記得，緊張的世之介在櫃台處說「那我選這間」，挑選了一間會讓人聯想到天空的房間。房間空間很小，一打開門，正中央就是一張床。前面有五階石階，應該是「雲端上的床鋪」這種概念吧，但她才剛拆下石膏，還拄著拐杖，這雲端實在高不可攀。

那是她有生以來第一次和自己的心上人在床上共度的夜晚，但現在只記得光溜溜的世之介一直在通往床鋪的階梯上來來回回的模樣。因為她不巧還在用拐杖，而這又是位於雲端上的床鋪，所以口渴時就只能請世之介幫她拿果汁來，一會又想吃包包裡的糖果。待上一晚，肚子餓也是請世之介拿房裡的菜單過來，等餐送來，世之介又得下去拿。

當時她是個無可救藥的浪漫主義者，所以和心上人溫存後，隔天早上一起吃著端到床邊的早餐是她的夢想，但萬萬沒想到最後會以這種形態實現。

當然，和世之介的親吻很美妙，他不安的手在她身上游移，習慣後倒也不覺得癢。是世之介讓她明白，原來男人的身體是這麼火熱。

回到家後，原本在寢室的母親已經下樓。母親問：「睦美過得好嗎？」她簡短地應了一聲

「嗯」，走向浴室，母親將擺在層架上的一個包裹遞給她說：「啊，對了。妳出門後沒多久有妳的宅配。」

「這位橫道多惠子是誰啊？我怎麼有點耳熟。」

從母親手中接過的包裹雖然大，入手卻相當輕盈。

「我大學時不是有個交往對象嗎？叫橫道世之介，這是他母親。」

「哦，世之介先生啊。我記得他。一個很開朗的孩子對吧？我記得你們交往了一年吧？」

「對。」

「後來還有聯絡嗎？」

「沒有。前一陣子突然覺得有點懷念，主動和他老家聯絡。」

「真教人懷念，世之介先生過得可好？」

她沒回答母親的問題，拿著包裹走上二樓房間。微微晃動包裹，傳出沙沙聲。她邊走上樓梯，邊打開包裹，裡頭裝了幾張照片。

四輪傳動車的車燈照向滿是小石頭的紅土地面。此地路況不佳，如果加快速度，車身就會劇烈搖晃。坐在前座的西爾維因為個子高，所以雙手抵向天花板，以防頭部撞向車頂。

「祥子，最好請他們提早從三蘭港寄盤尼西林來。」

她對西爾維應道：「剛才我先跟事務所聯絡過了。」同時極力控制快要被帶往反方向的方向盤。月亮高掛夜空，所以還不至於一片漆黑，但放眼所及，這片大地沒半點亮光，不時有立在路旁的大樹，看起來宛如人影。

「妳才剛從日本回來，第一天就這麼辛苦。」

面對西爾維的體恤，她回以笑臉，但是西爾維已有半年多沒回法國了。

從難民營到職員們生活的宿舍，需十分鐘車程。雖然在營內生活比較輕鬆，但一想到那裡沒有電力和通訊設備，就覺得沒那麼簡單。

最近有一對才十幾歲的姊妹從剛果逃來這裡，在營內生活，妹妹說她肚子疼得難受。得知消息時，她已忙完傍晚的例行工作，和西爾維剛回到宿舍，現在則正在趕回營內的路上。

「那對姊妹什麼都沒跟我們說，但想必是吃過不少苦頭。」

西爾維在搖晃的車內說道。

只有女性逃進營內的難民，往往都曾經歷讓人心疼的悲慘遭遇。剛從事這項工作時，聽她們淚漣漣地訴說自己的經歷，差點就暈了過去，幸好其他資深職員每次都會以堅定的話語提醒她。

為他們感到同情、難過的大有人在。但我們在這不是為了同情他們、為他們感到難過。那麼，我們到底是為了什麼來到這裡？妳要自己去找出答案。

可以望見道路前方的燈光。平坦的大地上出現一盞又一盞的營地燈光，就像從星空墜落的星星。

抵達營地後，她們馬上前往那位說肚子疼的女孩所在的帳篷。可能是女孩大聲叫嚷，帳篷四周聚滿了人，每個人臉上都是擔憂。西爾維馬上以英語告訴他們的領袖盧班加：「等查明情況後，馬上通知你。」請他代為翻譯，叫其他人離開帳篷。

在帳篷裡，一臉愁容的姊姊蹲在妹妹枕邊。盧班加的妻子用毛巾替汗如泉湧的妹妹擦汗。她將盧班加喚進帳篷內，請他翻譯說明詳情。她一面聽他說，一面準備替妹妹注射她們帶來的盤尼西林。

帳篷外有人唱起悲傷的歌。盧班加說那是「消災的祈禱歌」。

打完針後，妹妹紊亂的呼吸變得規律，褐色肌膚上的汗水也漸漸退去。盧班加的妻子和西爾維鬆了口氣，提著水桶到共用水井換水。

原本痛苦不堪的妹妹，呼吸已轉為平穩，在一旁握緊她手的姊姊這才輕輕將妹妹的手擱下，放心地靠向帳篷的柱子。她以當地的語言對姊姊說：「沒事了，妳不用擔心。」姊姊一臉疲態，但眼神中多了一份安心，以英語回了她一句「謝謝」。

「妳會說英語？」她驚訝地反問，姊姊以流暢的英語回答：「對，因為我上過學。」

「她也是嗎？」她望向打呼的妹妹。姊姊回答「是的」。

帳篷外傳來一陣笑聲，男孩們似乎正在玩人們捐贈的足球。

「應該還不太習慣吧，不過，請暫時在這營地內好好休養。如果有什麼事想說，我隨時願意傾聽。」

聽她這麼說，姊姊靜靜點了點頭。「等妳們心情比較平靜後，再來聊聊今後的打算吧。」她接著補上這句話，姊姊頓時變得驚慌：「今後的打算？」

「是啊，妳和妳妹妹今後的打算。我來這裡，就是來幫妳們安排的。」

姊姊雖然疲憊不堪，嘴角卻微微泛起笑意。

「要是有什麼事，就跟盧班加先生知會一聲。我們會馬上趕來。」

她輕拍姊姊的肩膀如此說。她抱著包包站起身，姊姊一面掛念著沉睡的妹妹，送她們來到門口。

「我們一起加油。」

她以當地話對姊姊說。姊姊雖然還很虛弱，仍微微點頭回應。

回到車上，西爾維和盧班加不知在談些什麼。月光照著兩人嚴肅的表情。她將包包收進後車廂，豎耳細聽，這才得知下個月預定要遷往新的營地，但似乎有不少家庭堅決不肯遷移。

新營地與這裡相比，不論是設備、住居、環境都大幅改善。不過這裡是暫時避難所，而那裡則是以長期滯留為目的；換句話說，這將留下烙印，暫時無法回歸祖國。

計畫一開始，西爾維就強力建議難民們搬遷。當然，站在職員的立場這是正確的判斷，但如果可以，還是希望由難民們自己做最後的決定。

兩人談完後，由西爾維負責開車，再度駛回宿舍。西爾維開車之所以顯得有點粗暴，不是因為無法讓盧班加他們明白她的想法而感到不甘心，而是懂得難民們的感受，但不得不推動這項搬遷計畫，她氣這樣的自己。

「隔這麼久重回日本，感覺如何啊？」

為了轉換心情，西爾維突然問了這個問題。

「嗯……」她簡短應了一聲，望向窗外。沐浴在月光下的荒野無限綿延，星空消失的那一帶正是地平線。

「是不是有什麼壞消息？」

西爾維對她的沉默感到在意，又問了一次。

「西爾維……妳還記得自己的初戀對象嗎？」

「初戀對象啊……小時候，我喜歡大我五歲的堂哥。」

「不是那種，我是指大一點之後。」

「那就是我高中時交往的男友了。如今回想起來覺得很不可思議，怎麼會喜歡上那樣的男人呢。」

未鋪柏油的道路，令方向盤自行轉動起來。每次方向盤自行轉動，車內就是一陣劇烈搖晃。

「怎麼突然問起初戀對象的事，祥子，難道妳在日本遇上自己的初戀情人？」

面對西爾維的詢問，她簡短的應了一聲「不是」。

「他是怎樣的人？」西爾維問。

車子的頭燈照得路旁的小石頭閃閃生輝。

「怎樣的人……」

在星空下這片無限綿延的荒野之上，她試著回想世之介。明明已是二十多年前的事了，但此時浮現腦中的仍是世之介當時的笑臉。

「我不知道該怎麼說明耶……」

「祥子會喜歡的對象，一定是很出色的人物。」

「出色？一點也不。恰巧完全相反，甚至想到就令人發笑。」
「是嗎？」
「不過，該怎麼說好呢……他是個對很多事都會說『YES』的人。」
西爾維手握方向盤，朝她瞄了一眼。
「當然，也因為這樣，他時常把事情搞砸，不過他這個人常說的不是『NO』，而是『YES』。」
「祥子，妳很喜歡他嗎？」
「嗯，很喜歡。喜歡到對這樣的自己感到生氣。但我們最後還是分手了，連分手的理由都想不起來。當時我們都還不到二十歲，不是懂得做決定的年紀。」
「你們交往多久？」
「一年左右吧……如今回想，我們分手的理由真的很蠢。」
「像我們這種在豐足的國家長大的年輕男女，分手的理由除了蠢之外，恐怕找不出其他原因了。」
正準備以笑聲回應西爾維的調侃時，望著她的西爾維突然問：「妳、妳怎麼了？」急忙停車。
連她自己也沒發現。擋風玻璃前方一望無垠的星空，不知何時已因淚水而變得模糊。她並不想哭，但已淚溼雙頰。
她急忙對西爾維說一聲「抱歉」，走出車外。萬籟俱寂，只有引擎聲響起的荒野上方，是一大片彷彿就要墜落地面的星空。

好像是去年十一月發生的事。世之介在代代木車站一起意外事故中身亡。為了解救因貧血而跌落鐵軌的女性，他和一名年輕韓國留學生一起跳下鐵軌。兩人合力抱起那名昏厥的女性，然而……

也許是一種預感吧。大二那年暑假，因一場連原因也想不起來的小口角，她和世之介分手。從那之後，不記得兩人曾經聯絡過。但這次回日本，她突然很想聽聽世之介的聲音。現在連他住哪也不知道，目前能查到的線索，就只有世之介那令人懷念的老家。

那起意外事件是從世之介母親口中得知的。在日本似乎是一則大新聞。世之介的母親說完整件事的來龍去脈，完全沒哭。她笑著說「我已經哭累了」。她感覺得到話筒的另一頭是那片熟悉的遼闊大海。

幾天後，世之介的母親寄來一個包裹。和那封信放在一起的，還有一個老舊的大信封，外頭是世之介的字寫著『除了與謝野祥子外，任何人不得拆封』。世之介的母親在電話中說，這是整理世之介房間時發現，也許連世之介自己也忘了。

打開那老舊的信封一看，裡頭裝了幾張照片。

有隔著玻璃望向嬰兒室裡一整排嬰兒的年輕男子和大嬸的照片。有地點可能是成田機場，一名男孩望著遠處一對接吻的白人情侶，一臉詫異的照片。也有可能同樣是在成田機場，年輕男子將機票交給一名老先生的照片。一張莫名其妙地拍攝了狗屁股的照片。一位老太太端著白鐵盤，走過某座公園的背影照。有櫻花樹幹長出一根長長的樹枝，上頭開出一朵小花的照片。最後是在新宿車站東口廣場派出所，一名年輕警察打哈欠的照片。

照片裡的人物她一個也不認識，也不懂為什麼世之介要留這些東西給她。不過一一細看這些照片後，她深切明白當時已是成功攝影記者的世之介，持續拍攝的不是絕望，而是希望。他在全日本，不，在全世界，都堪稱是一位出色的攝影師，這令她胸口一緊。

●

「祥子！」

穿著一身厚衣的祥子站在駒澤公園入口。而完全不在意旁人的眼光，大聲叫喊朝她走近的是世之介。大路旁是一整排時尚的咖啡廳，一對打扮入時的情侶牽著一頭毛色漂亮的聖伯納犬走在路上。那對情侶先是被世之介那不合時宜的大聲吆喝嚇了一跳，轉頭望向他，「你好慢哦！」接著聽到祥子大喊又轉頭望向祥子。

那對打扮入時的情侶似乎完全沒映入世之介眼中，他一路朝祥子前進。可能是天太冷的緣故，祥子不是左右晃動地發抖，而是冷得上下顫動。

「對不起。因為電車裡太暖和了，一時不小心睡著……」

在這種天寒地凍的日子到公園約會，是祥子的提議。當然，世之介原本也說「很冷耶」，極力反對，但之前他半強迫地邀剛拆下石膏的祥子去旅館，兩人終於有了肉體關係後，世之介動不動就想窩在房裡，祥子只好使出苦肉計安排這場戶外約會。

「和世之介先生您……該怎麼說好呢……就說那是相愛吧，我不感到排斥。但我習慣將各種事區分清楚。用餐時間就用餐，看書的時間就看書。說得更清楚一點，如果在義大利麵旁邊放煎餃，或是在炒飯旁邊放披薩，就是混亂了。所以像世之介先生您這樣，會讓我分不清到底是在吃飯，還是在……相愛。我感到坐立不安，腦袋一片混亂。」

世之介就像剛學會打手槍的國中生一樣，固然有該檢討的地方，但祥子也不遑多讓，不過是在用餐時差點親了她，就講得這麼嚴重，未免太小題大作。

所以今天才會在戶外約會。

「好了，我們去公園吧。」

凍僵的祥子牽起世之介的手，準備走進公園，世之介這才想起自己剛才為何一邊跑來，一邊大聲叫喚祥子的名字。

「啊，對了，我竟然忘了。不，現在不是去公園的時候。」

原本是祥子拉著世之介走，現在換世之介反過來拉住她。

「怎麼了？」

世之介從大衣口袋取出一個小盒子。

「妳看這個。」

他取出一個包裝得很講究的小盒子。因為曾經打開過又重新繫好，緞帶歪斜得有點難看。明顯是送禮用的。

祥子一時誤會，面露喜色道：「咦？這什麼？」

「不是，這東西放在我的信箱裡。」

「你的信箱裡？」

「對，我想是有人在情人節當天放的。」

「情人節是上禮拜的事吧？」

「是這樣沒錯……」

「你一直到今天才發現嗎？」

「我又沒訂報，而且信箱裡全是傳單，所以我一個禮拜只檢查一次。」

「是巧克力嗎？」

祥子似乎這才察覺，一把從世之介手中搶走小盒子。

「對，是巧克力。」

「誰寄的？」

「井內芳子小姐。」

「是哪位啊？」

「沒聽過。」

「沒聽過的人不會送你巧克力吧。」

「不，所以我在想……這該不會是祥子妳的惡作劇吧？但看來好像不是。」

兩人朝那盒巧克力凝望良久。附帶一提，在情人節當天，世之介收到祥子親手做的一個大大的心形巧克力。他開心過頭，一口氣吃個精光，結果當天晚上鼻血直流。

如果巧克力是祥子給的驚喜，那根本就是大費周章要尋他開心。但偏偏世之介又想不到還會有哪個女人送他巧克力。他想了一晚，怎麼也想不出來，說來還真可憐。

「您真的心裡完全沒有底？」

祥子偏著頭問，一旁的世之介也把頭偏向一旁。

「你該不會是收到其他女孩送的巧克力，拿來向自己的女朋友炫耀吧。」

祥子突然想到這個可能，怒火勃發。

「我才沒炫耀呢！」世之介急忙反駁。

「不然是什麼！」祥子也不認輸。

「妳既然是我女朋友，就應該知道才對吧？我看起來像是個受人愛慕，還偷偷收別人巧克力的男人嗎？雖然我不想這麼說……」

「看起來一點都不像！雖然我也很不想這樣說自己的男朋友……」

「就、就說吧？我看起來像那種萬人迷嗎？」

「就說看起來不像嘛。」

「就說吧，我擔心的是……」

「擔心？」

「這該不會是給其他房客的禮物，卻不小心搞錯放到我的信箱裡吧？」

祥子注視著突然壓低聲音的世之介，同時輕輕將那盒巧克力遞回給世之介。

「我打開過了……」

「真是的！你為什麼要打開啊！」

「因為放在我信箱裡啊……」

「你的信箱不是一個禮拜才開一次嗎！」

「話是這樣沒錯……」

雖是一場戶外的約會，他們卻遲遲沒走進園內。

「你打算怎麼做？」

「怎麼做？就這樣放回原處吧。」

「一看就知道你打開過了！」

「既然會偷偷把禮物放進信箱裡，就表示很喜歡對方呢……」

「那是當然。如果是偷偷將情義巧克力交給對方，那就太不講情義了。」

兩人沒走進公園，討論了一番，覺得不能白白糟蹋這位井內芳子小姐的心意。但方法只有一個，那就是對那棟足足有五十戶的公寓挨家挨戶詢問。

「但我和住我對面的京子小姐就不用問了，這樣的話……一共有四十八戶。」

祥子沒聽世之介說完，已邁步朝車站走去。

結束公園約會，回到公寓的世之介和祥子站在入口處一整排住戶信箱前。足足有五十個信箱。

「看起來沒那麼簡單呢……」

當中肯定有「井內芳子小姐」的心上人，但要找出他想必得花不少時間。

「從101號房開始一間一間問吧。」

祥子差點就要對世之介的說法點頭同意，她突然停下腳步說：「可是……」

「您的房間是205號房對吧？既然這樣，就從比較可能信箱被誤投的105號房，或是205號房開始問起，比較有效率吧？」

從祥子口中聽到「有效率」這句話，實在很難點頭稱是，但世之介也同意她的說法，或許真的如她所言。

「那麼我們就先問房號有『5』的房間，如果找不到這個人，再一個一個問。」

「說的也是。祥子，妳頭腦真好。」

「啊！」

正準備離開走廊時，祥子突然大叫一聲。

「怎、怎麼了？」

「不……沒什麼。」

「妳突然叫那麼大聲……我很擔心，妳快說吧。」

「不，不是什麼重要的事，只不過……」

「到底是什麼？妳是不是想到其他更好的方法？」

「也不是……不是房號的問題，這位井內芳子小姐該不會是搞錯地址吧？」

如果有台鋼琴，這時就會彈出不諧和音。

「拜託……別說這麼不吉利的話。要真是這樣，這個市鎮可是從一丁目到五丁目都有耶。」

世之介不禁覺得雙腿發軟。

「說、說的也是。她應該不是那麼糊塗的人吧。那麼我們從105號房開始問吧。」

祥子重新振奮精神，向前邁步。她的背影不知為何看起來充滿雀躍。

「祥子，妳是不是覺得很有趣？」

「不，我是認真的。」

祥子肯定言不由衷，明明一副喜孜孜的模樣。

他們一再按105號房的門鈴，卻沒人應門。雖然幹勁十足，但一開始就撲了個空，所以兩人的激昂情緒消退不少。

「接下來是305號房對吧？」世之介問。「可是……」祥子望向一旁106號房的門鈴。

「祥子，剛才不是妳自己說的嗎？說要從有5的房間開始問起，比較有效率。」

「話是這樣沒錯……但手一伸就能按到106號房的門鈴，所以看來看去，還是這樣比較有效率。」

「唉，真拿妳沒辦法……那我按囉？106。」

「啊，可是，有這麼多房間，會搞不清楚哪間按了哪間沒按，要先記錄……」

世之介覺得麻煩，不等祥子打開包包便按下門鈴。這次門內馬上傳來男人的聲音。

「呃，不好意思。我是住在二樓的住戶，敝姓橫道。」

他一出聲說明，房門旋即開啟。是個滿臉鬍渣，年約二十四、五歲的男子，一副剛起床的模樣。

「很抱歉冒昧來訪，有位井內芳子小姐，不知道您認不認識？」

「什麼？」

「有位井內芳子小姐……」

世之介很快地說明事情經過。他不認為自己才問第一間就找得到人，所以說到一半便草草帶過。

男子可能是還沒完全清醒，什麼話也沒說。站在一旁的祥子正準備朝便條紙上寫上「106×」時，男子喃喃自語道：「井內小姐送巧克力來……」

「真不好意思。打擾您了……」

世之介滿心以為不會一問就中，以事先準備好的台詞說道。

「請問……您認識她嗎？」

祥子急忙插話。

「井內芳子對吧？」

世之介急忙遞出那盒巧克力。

「不好意思……就是這個，就像我剛才跟您說的，它放在我的信箱裡，所以不小心打開了……但我一顆也沒吃哦。」

男子接過巧克力仔細端詳。

三月　東京

在一家可以環視新宿車站東口廣場的咖啡廳裡，世之介心不在焉地俯瞰下方。他已喝完一杯苦口的藍山咖啡，連咖啡附的奶油餅乾掉在盤子上的碎屑，也用手指沾起來吃個精光。他等的是先前送巧克力過去的同一棟公寓住戶，室田惠介。

最後得知，那放錯信箱的巧克力來自是他兩年前分手的女友。後來室田請世之介他們到丹尼斯餐廳用餐作為答謝。「當初我用很殘酷的方式和她分手。」他只是這麼告訴他們，沒再進一步明說。不巧他說話的對象是不懂戀愛微妙之處的世之介，而坐在身旁的又是祥子。室田中斷了這個話題。經過一段短暫的沉默，世之介擺出一副理解室田話中含意的模樣說：「想必有不少苦衷吧。」坦白說，「殘酷的分手方式」到底是怎樣，他完全想像不出來。

與室田道別後，祥子問他：「他說殘酷的分手方式，到底是怎樣的分手方式啊？」既然剛才擺出一副了然於胸的姿態，現在自然非回答不可，於是世之介告訴她：「他深深傷了女方的心。」雖然連他也不知道自己在說些什麼，但祥子似乎已有所感，偏著頭說：「可是室田先生看起來不像會傷害別人呢……」

「這種人一旦做出殘酷的事來，不是會加倍傷害對方嗎？」世之介說。

「哇，世之介，沒想到你會說出這麼深奧的話來。」

祥子以羨慕的眼神望著世之介。

世之介和祥子交談著，一面思索自已是否傷害過別人。小學時曾把班上的女孩逗哭，但還不至於誇張到足以稱之為「傷害」。他曾和倉持說好一起去打撞球，後來卻爽約，倉持說「我好受傷哦」，雖然同樣是「傷害」，但含意截然不同。正當他想早點做出結論，證實自己從沒傷害過任何人時，走在一旁的祥子突然映入眼中。

啊，對哦，世之介心想。他不是沒傷害過任何人，而是不曾和人親近到足以傷害對方的程度。

咖啡廳的門口鈴噹作響，世之介轉頭望去。但走進門的不是室田，而是一群大媽。她們還沒就座，便向女服務生說：「我要檸檬茶。」「我要咖啡。」

世之介重新望向眼前的新宿車站東口廣場。從車站湧出的人潮，與走進車站的人潮，近乎完美地交錯而過。

他想到大約一年前，自己也拖著一個大行囊從那裡走出。此刻彷彿一年前的自己就要走上樓梯。

他望向掛鐘，來到店裡已二十分鐘。室田說他十分鐘就會到。世之介朝走近的女服務生又加點了一杯咖啡。

室田是一位攝影師。當然，他住的是世之介也住得起的公寓，住在和世之介同樣格局的房間裡，所以不是什麼知名攝影師，只能算是一位還不成氣候的攝影師。他的目標好像是當攝影記者，還說等他存夠了錢，就要到世界各地展開攝影之旅。

室田剛好參與新宿一家小畫廊舉辦的團體展，於是世之介跑來看展。恰巧室田本人也在展場，他對世之介說：「待會兒有時間一起喝杯咖啡吧。」

室田展出的作品是前年菲律賓總統艾奎諾勝選時的照片。鏡頭對準的不是大舞台，而是支持艾奎諾的民眾，光是看著照片，彷彿就能聽到群眾的怒吼。

說到照片，世之介只會想到「大家靠近一點，好，笑一個」，但看著這些勉強算是朋友拍的照片，他卻覺得彷彿有人從照片裡拿著相機對準他。

當他點的第二杯咖啡送來時，室田已來到店內。似乎是他離開前朋友剛好來捧場，他很客氣地為自己的遲到道歉，這反而令世之介覺得不好意思。之前拿巧克力給室田時，只覺得他滿臉鬍渣，但知道他是攝影師後，卻覺得那鬍子很有攝影師的風格，說來還真奇妙。

「覺得我拍的照片怎樣？」

室田點了杯咖啡，點著菸問道。

「啊……非常棒。」

看完展覽後，會這樣問也是理所當然。世之介要是能事先想好一套得體的回應，便可皆大歡喜，但可惜他沒想這麼多。見世之介回答得如此無趣，室田馬上改變話題。

「啊，對了。剛才跟你提到的相機，我帶來了。」

室田這麼說，從背包取出一台中古的徠卡相機。雖然機型老舊，但一看就知道保存得相當完善。

「真的可以借我嗎？」

世之介接過室田遞出的相機。入手頗沉，但也許是他自己想多了吧，拿起來竟無比順手。

「當然可以。不過剛才我也說過，比起最近出產的相機，它很不好操控哦。」

在展場聊到室田用哪種相機拍照後，世之介不知為何竟開口向室田借徠卡相機。附帶一提，過去世之介從未對照片或相機感興趣。可能是看了室田氣勢驚人的作品，容易受影響的世之介也想試著動手拍點什麼。

「如果你有興趣，我可以在跟朋友借的暗房教你怎麼洗照片。」

「真的嗎？」

聽室田這麼說，世之介點著頭馬上望向觀景窗。他將鏡頭對準那群坐在牆邊的大媽。剛才聒噪不休的大媽們入鏡後，每個人的表情一覽無遺。感覺到的不是聒噪，而是一絲悲傷。

「你想拍什麼？」

當他鏡頭四處游移時，室田問道。

「也沒特想要拍什麼，應該是拍人吧……」世之介回答。

「我看你是想拍女友的裸體吧。」室田笑道。

「不可能，她連穿睡衣的樣子都不想讓人看見。」

世之介將相機朝向店外。觀景窗中人潮擁擠的東口廣場彷彿變成他當初第一次見到的廣場。

初春的風吹來。

明明是鋁門，但可能是沒安好吧，打從剛才就不斷傳來風鑽過縫隙的颼颼聲。世之介沒理會那聲音，只顧著把玩向室田借來的那台徠卡相機，百玩不膩。祥子坐在桌子對面，不知為何滿臉通紅。

祥子之所以滿臉通紅，當然是有原因的。世之介告訴她自己去看了室田的展覽，並向他借來這台徠卡相機，但最後室田在咖啡廳裡對世之介說的那句想拍女友裸體的玩笑話，祥子卻當真。

「室田先生說我是初學者，想拍什麼就拍什麼，但我認為難得有這個機會，還是決定好主題再拍比較好。」

說這話的當事人讓自己的女友羞紅了臉，之後擺出十足的攝影師架勢，談起別的話題來。

「祥子妳認為呢？一開始還是走正統路線，拍風景照比較好吧？」

世之介握著沒裝底片的相機，咔嚓咔嚓地按個不停。他抬頭看，不禁吃驚地發出「咦」的一聲驚呼。

「妳、妳怎麼了？祥子，有東西鯁在妳喉嚨裡嗎？」

世之介雖然慌張，但仍不忘小心翼翼地將相機擱在桌上，前傾著身子抓住祥子的肩膀。難怪世之介會誤會，因為祥子漲紅了臉，就像麻糬卡在喉嚨裡似的。

祥子將世之介慌張搭向她的手揮開，很冷靜地應道：「才沒有東西鯁在我喉嚨裡呢。」

「嚇了我一大跳……妳是怎麼回事？臉紅成這樣。」

面對世之介的詢問，祥子很不自然地別過臉去，手指拉扯暖桌棉被的破洞處。
「啊，那裡不要用力拉……」
「我很認真在思考您的提議……」
「我的提議？」
「不就您剛才說的嗎？裸體……模特兒……」
對世之介而言，這就像昨天的事又被拿出來重提似的，一時無言以對。
「當然了，前提是作為一項藝術品，您選中了我……」
雖然也差不多該習慣了，但對於祥子那種不知該如何說明才好，總是不知不覺間在他眼前轉換成另一種狀態的感覺，世之介永遠不習慣。「想拍女友的裸體」只是世之介如實傳達室田的一句玩笑話，沒有特別含意。但不知不覺間，這變成請祥子當模特兒的正式邀請，甚至得到祥子有條件的允諾。
「我不是那個意思，祥子，我很感謝妳有這份心……」
面對一直對這個問題鑽牛角尖的祥子，世之介措詞特別小心。就算他沒這個意思，但只要祥子有這個意願，就不能不當一回事。
「沒關係……我已經做好心理準備了。」
「心理準備……？」
世之介搞不懂祥子此刻究竟在想什麼，總之，她是抱著堅定的決心想達成男友的要求。
「不過，我才剛借來這台相機，既然祥子妳願意讓我拍照，那還是等練習好後再拍比較好吧……」

世之介話一說完，祥子臉上表情不變。

「不，我不是那個意思。我不是要拍其他女生，是先從風景照開始練習起。」

面對已下定決心的裸體模特兒，世之介不知為何解釋得滿頭大汗。

「說的也是。在還沒裝過底片的攝影師面前，沒必要表現得這麼幹勁十足吧。」

「是啊……啊，對了。祥子，既然有空，待會兒我們帶著這台相機出外散步好嗎？」

「好啊。也許在散步時，就能決定好你剛才提到的主題。」

祥子馬上站起身。

「咦？這就要走啊？」

明明世之介自己開口，卻又懶得行動，祥子伸手拉他手臂。

「要去哪？既然機會難得，就去六義園吧？」

「又不是要拍相親照。」

「也對，那就拍些生活照吧。」

在祥子半強迫下，世之介被拉往戶外。出門固然好，可是一旦要拍照，卻又不知該拍什麼才好。公寓外頭是平日常見的風景，算不上什麼如畫的景致。幾經考量，世之介對一旁不知道自己什麼時候會入鏡、走路姿勢很不自然的祥子喚道：「祥子，妳坐在那邊的護欄吧。」

「護欄？為什麼？」

「還問呢，因為要拍照啊。」

「坐那裡是沒關係啦，但感覺這樣的主題很普通呢。」

「這還算不上主題，只是試拍。」

祥子噘著嘴，但還是坐向護欄。她似乎希望能拍得更有變化一點，對此感到不悅。

「自然一點比較好哦。」

「也對。」祥子應道，以慵懶的表情凝望遠方。

「啊，抱歉，還是別太自然的好。」世之介改口道。

世之介一會兒靠近，一會兒遠離，時而將祥子擺在畫面中央，時而擺在邊角，對構圖猶豫不決。祥子很快就不耐煩了，突然開口道：「啊，對了，我下下禮拜要去巴黎兩週，兩個禮拜的語言遊學。」。

「是嗎？這麼突然？」

「因為之前太晚申請，名額滿了，但後來有人取消，突然遞補上。」

「妳在學法語嗎？」

面對世之介這種白癡提問，祥子還是一臉認真地回答：「對，因為是去法國。」接著她又回到原本的話題：「對了，你也快找到主題了吧。」

「怎麼可能，這不是一時半刻就能找到的。」

「室田先生曾到菲律賓拍攝對吧？既然這樣，你在東京拍照不就行了嗎？」

「東京？在東京拍什麼？這裡又沒革命。」

「我的意思是……例如真實的東京，你眼中看到的東京。」

「這能當主題嗎？」

「當然可以。就像是探究社會之惡的犀利視角。」

一個連坐在護欄上的女友都拍不好的人，怎麼可能探究那麼深奧的東西。

「世之介，您會不會覺得肚子餓？」

「再忍耐一下。」

「感覺聞到了春天的氣息呢。」

雖然連一張照片都還沒拍到，但祥子已經膩了。

世之介結束打工走出赤坂的飯店，時間已快要早上八點。市街完全呈現早上八點的景象，只有世之介的體內時鐘還處在晚上八點的狀態。因為前一天睡了個好覺，所以值夜班也不覺得睏。說得誇張一點，此時他精力旺盛，甚至還盤算著接著來一場夜遊。不過，現在是早上八點，這不算「夜遊」，應該算是「晨遊」才對，根本找不到有空的朋友陪他。之前同時要兼顧打工和課業，整天只想著早點回自己房間睡覺，但邁入春假後，因為持續過著只有打工要忙的生活，他已完全晝夜顛倒。

世之介從飯店的員工出入口前往地鐵站，不知道該拿這滿身無處發洩的精力如何是好。之所以會突然想到倉持，是因為看到一名孕婦緩緩走上地鐵的樓梯。最近好一陣子沒見到倉持了。偶爾答錄機裡會有倉持打來的留言，但沒什麼特別的要緊的事，世之介也就沒回撥。當然，他也能馬上回撥，但感覺這樣就像在催倉持還錢似的，因此變得躊躇。他希望倉持能再打電話來，但打來時他偏偏都不在家。

那是他小學時發生的事，父親好像因為借錢給朋友而遭母親怪罪。金額不大，父親說：「我們是老交情了，所以借他這麼一筆小錢，他應該不會覺得尷尬才對。」但母親卻回他一句：「覺得尷尬的，不是欠錢的一方，而是借錢給人的那一方吧。」當時世之介心裡直呼「為什麼？」而百思不解，直到現在自己借錢給別人後，才略微了解母親的說法。

世之介在附近的公共電話亭打電話給倉持。接電話的阿久津唯在一番簡短的寒暄後，告訴世之介，今天公司放假，所以倉持還沒起床。

「我剛下班，正愁沒事做，可以去妳家坐坐嗎？」

「好啊，橫道，你還是老樣子呢。」

可能是懷孕的緣故，阿津久唯已完全是母親的口吻。世之介說了一聲「我這就過去」，隨即掛上電話。

轉乘地鐵後，來到離倉持他們住的公寓最近的地鐵站，世之介先去了一趟便利商店。因為一副媽媽樣的阿久津唯託他買牛奶和奶油。買完這些東西過去，肯定會在他家吃早餐。之前幫忙搬家時曾經來過，他知道從車站該怎麼走。此刻正好是上班巔峰時間，趕著上班的人潮就像從各個巷弄湧出似的朝車站而來。一早氣溫尚低，暖和的朝陽照向口中呼氣化成的白霧。

來到街角轉彎，倉持的公寓就在眼前。世之介悠哉地信步而行。而就在他轉過街角的瞬間——

倉持就像剛才一直睡在老舊公寓的樓梯般，頂著一頭翹髮、踩著外八的步伐衝下樓來。一看就知道事態緊急。由於事發突然，世之介只能愣在原地。

飛也似的跑下樓來的倉持突然又像想到什麼似的往回衝上樓梯。

「倉持！」世之介出聲叫喚。

緊接著下個瞬間，捧著肚子、表情痛苦的阿久津唯出現在樓梯上。這麼一來，就連世之介也明白是怎麼回事，急忙奔向兩人身邊。

「倉持！」他再次站在樓梯下叫喚，倉持扶著阿久津唯大聲喊道：「要生了、要生了！」

「快叫計程車！計程車！」

倉持扯著嗓門大喊，世之介急忙轉身。他正準備往外衝時，聽見阿久津唯的聲音說：「橫道，不要緊的！」

世之介不知道自己是該往前走，還是往回走，一臉慌亂。就在他不知所措時，兩人已走下樓。

「預產期還沒到呢！」倉持大吼道，但吼也沒用，世之介同樣不知所措。

「門鎖了嗎？」

現場只有阿久津唯仍保持冷靜，與這兩名慌亂的男人形成強烈對比。

「世之介，你去幫我鎖門，鑰匙放在玄關的層架上。」

倉持再度吼道，世之介這次改衝向樓梯。從他們身旁通過時，世之介望了一眼，發現倉持只穿了一隻夾腳拖，但眼下的情況容不得他出言提醒。他就這樣衝上公寓樓梯。

衝上樓梯後，倉持他們隔壁房間的門打開，一名年輕男子探出頭來。似乎很在意這場風波，特地開門查看。世之介向他低頭說了聲「抱歉」。

「小唯他們人呢？」男子問。

男子說話帶著口音，似乎不是日本人。世之介指著樓梯下方。男子馬上打著赤腳來到門外，往樓梯下方觀望。阿久津唯一看到他，捧著肚子對他說：「小金！我要帶去醫院的包包！」一旁的倉持接著說：「衣櫃！在衣櫃旁邊！」

在兩人的叫喚下，那位叫小金的隔壁鄰居急忙衝進倉持屋內。世之介也緊緊跟在他後頭。

「總之，我們先走一步！」樓梯下傳來倉持的聲音。

衝進屋內的小金來到裡頭的房間，一把拿起擺在衣櫃旁的波士頓包。這時世之介慌亂地在玄關處喃喃自語著：「鑰匙……鑰匙……」小金出言提醒：「在那邊，鞋櫃上。」

世之介幾乎是緊黏著小金走出房外。因為太過慌張，一直鎖不好門。好不容易鎖好門轉過身來，只見小金穿好運動鞋，朝自己的房門上鎖。

「走吧！」在他的叫喚下，世之介點了點頭。

兩人踩著外八步衝下樓。但已不見倉持和阿久津唯的身影。衝出公寓後，看到倉持他們在馬路對面，正準備坐上計程車。

倉持發現他們兩人後，大喊一聲：「我們平時去的醫院。」坐上計程車，疾馳而去。

直到目送計程車轉過街角，世之介才問：「平時去的醫院是哪一家？」

「在車站對面。走路十分鐘就到了。」小金告訴他。

「計程車會來嗎？」世之介問，小金回答：「用跑的比較快。」

「那走吧。」兩人在狹窄的人行道上邁步跑了起來。世之介邊跑邊問：「你是留學生嗎？」

「對，我來自韓國。」

「和倉持他們很熟嗎？」

「因為我們是鄰居。」

為了避開電線桿，兩人的腳好幾次差點在一起。

「我姓橫道，和倉持他們念同一所大學。」

「我姓金。」

「你是大學生嗎？」

「對。」

「大幾？」

「大三。」

因為步伐很快，世之介逐漸跑得上氣不接下氣。但體格健壯的小金步調完全沒減慢。兩人的對話愈來愈少，世之介跟得相當吃力。

這一年來，世之介都沒好好運動。打工快遲到時，一路衝上車站的階梯還難不倒他，所以他以為自己體力還行。

走過平交道後，小金轉過頭來，指著前方一個大大的醫院看板。「是那裡嗎？」世之介氣喘吁吁地問道。快到目的地了，本以為會稍微放慢步調，沒想到小金竟又加快速度。

「我不行了……」

世之介實在跟不上了，小金的背影遠去。世之介深切感受到自己的運動量不夠。最後，他比小金晚了好幾分鐘才抵達醫院。這是一家大型醫院，候診室一大早已有人等待看病。腳下貼著用來指示婦產科位置的粉紅色貼紙，世之介沿著貼紙往裡頭走，還沒到中庭就看到小金，他完全沒喘氣。波士頓包沒在他手上，看來已交給倉持。

「小金，他們人呢？」世之介氣喘吁吁地問道。小金轉頭指向走廊前方的診療室。

「快要生了嗎？」

「不知道。」

呆站在這裡也沒用，於是兩人坐向一旁的長椅。才一坐下，診療室的門就打開，看起來鬆了口氣的倉持走了出來。

「醫生說，還得再等一段時間。我先跟我丈母娘知會一聲。」

朝公共電話走去的倉持突然停步，向小金道謝：「小金，謝謝你。驚擾你了。」接著對世之介說：「世之介，真不好意思。」

「不會啦。」世之介和小金回應的聲音湊巧重疊在一起。

倉持聯絡了唯的母親後走進診療室，世之介再次與身旁的小金互望。現在姑且算是解了燃眉之急，他應該可以離開了，但倉持什麼也沒跟他說，所以一時也不好說走就走。

「要再等多久才會生呢？」世之介就像要填補兩人間的沉默般，如此問道。

「我姊姊那時候去醫院待了約兩個小時。」小金答。

「你有姊姊啊？」

「還有弟弟。」

「哦，我是獨生子。」

「哦。」

對話就此中斷。兩人望向診療室的門，但沒半點動靜。

「對了，你跑得真快。」

「因為我到去年為止都在軍中服役。」

小金神色自若地回答。

「你接下來有什麼事要辦嗎？我還有空，可以留在這裡等。」世之介問。

「現在放春假，所以沒關係。」

「說的也是。」

九點一過，櫃台馬上大排長龍。之前悄靜無聲的婦產科走廊已出現幾名產婦。

因為無事可做，世之介打開包包取出徠卡相機。這幾天他明明都沒拍照，卻還是隨身帶著相機。

「哦，徠卡？」小金說。

「是我跟人借的。」

有好一段時間，他都沒跟小金說話，一直把玩著手中的相機。途中小金說他要去一趟便利商店，問要不要幫他買什麼回來，他請小金買麵包和咖啡牛奶。

小金回來後，兩人吃完麵包，阿久津唯待的診療室仍舊沒半點動靜。

「我們先回去好了？」

世之介覺得很無聊，如此詢問，小金似乎也鬆了口氣，點了點頭。

「也許會等到晚上。」世之介向他提醒道。

兩人同時起身，叫診療室裡的倉持出來，倉持沒想到他們還在，大吃一驚。

「等孩子生下來，我再跟你們聯絡。」

聽倉持這麼說，世之介和小金都靜靜頷首。

那天傍晚世之介接獲消息，得知阿久津唯生下一名健康的女嬰。打電話給他的不是倉持，也不是阿久津唯，而是之前一直和他待在醫院裡的小金，似乎是倉持託他轉告。

從醫院返家後一直在睡覺的世之介，揉著惺忪睡眼說道：「孩子生下來了，太好了。」

沉默了一會兒後，小金問：「你要去看寶寶嗎？」

今天不用打工。世之介也想看看倉持和阿久津唯的寶寶，但又覺得有點麻煩。

「小金你呢？」世之介反問。

「你要去的話，我就跟你一起去。」

聽小金的聲音，感覺似乎和世之介有同樣的心思。

「那你要去嗎？」

世之介在問這句話時，心裡暗自祈禱他會婉拒。

「啊，你要去嗎？」

小金回答的聲音似乎有點失望。

「咦，你不去嗎？」

「要去也行啦。」

「那就是要去囉？……我現在出門的話，一個半小時可以到醫院。」

結果完全與預期相反。

掛上電話後，世之介開始準備。他一面刷牙，一面心不在焉地回想今天早上的情形。不久前還不存在的一個人，現在來到了這個世上，如此理所當然的事令他大為驚詫。

世之介望著眼前的鏡子。鏡中映照著嘴角沾著白色泡沫，一臉睏倦的自己。原本以為自己存在這唯一的世界裡，但想到一個嬰兒就樣誕生，他深刻地覺得與其說是嬰兒來到這個世界，倒不如說是一個全新的世界從阿久津唯體內誕生。這麼一來，可說是倉持和阿久津唯創造了另一個世界。當然，當初剛發覺創造了一個世界時，兩人都方寸大亂，儘管如此，他們還是成功地打造出一個世界來。

感覺真是了不起……

這句話不由自主地脫口而出，世之介重新望向映在鏡中的自己。眼中帶著眼屎，剛睡醒頭髮亂翹，前額的頭髮像向日葵般爆炸開來。

世之介比約定的時間晚了好幾分鐘才來到醫院，約見面的大廳已看不見小金的身影，世之介向附近的一名護士詢問，得知阿久津唯的病房。在通往病房的長廊上，有塊牌子寫著「嬰兒室」。世之介打開門。

小金和一位大嬸緊貼著玻璃。玻璃對面擺著許多嬰兒床，裡頭躺著剛出生的小嬰兒。

小金眼神迷濛地望著嬰兒，所以倉持和阿久津唯的寶寶一定就在這裡。世之介朝室內跨出一步，正準備出聲叫喚，站在一旁的大嬸對小金說：「真可愛。」

「喏，眼睛跟你長得一模一樣呢。」

聽大嬸這麼說，眼神依舊迷濛的小金應道：「不，不是我的寶寶，是我朋友的。」

「哎呀，是這樣啊？真抱歉。」

雖然開口道歉，但大嬸的表情依舊柔和。本以為是阿久津唯的母親，但看來這位大嬸只是剛好在場的陌生人。

不過，這些明明是別人家的寶寶，但不論是小金還是那位大嬸，全都露出迷濛的陶醉神情看得入迷，連一旁的世之介都替他們難為情。世之介突然靈機一動，從包包裡取出相機。雖然心想第一張照片拍這個好嗎，還是不由自主地按下快門。

因快門的聲音而注意到他的小金，指著最前面的嬰兒床說道：「啊，你來啦。你看，這孩子就是倉持和小唯的寶寶。」

世之介同樣也緊貼在玻璃上。身穿紗布衣，裹著毛毯的嬰兒就在他面前。人們常說小孩子睡得呼嚕呼嚕，此刻光是看著寶寶的睡臉，彷彿就能聽到呼嚕呼嚕的呼吸聲。

「很可愛吧。」

在那位剛好在場的大嬸詢問下，世之介點頭應了聲「是啊」。世之介點頭，他身旁的小金也點頭，不知為何連那位發問的大嬸也跟著點頭。

在西武新宿線快速電車的車內，世之介多次望著自己的雙手。剛才他抱倉持和阿久津唯的寶寶，那重量仍清楚留在他手掌中。

世之介回想著嬰兒的重量，但他此刻確認手掌的動作，看在別人眼裡卻像是犯了殺人案的男人會做的事，世之介猛然回神，抬頭發現前座的女子一臉驚恐，匆匆把臉別開。

在醫院裡遇見倉持久違的父母。他們見自己二十歲的兒子與人同居、懷孕、結婚，以飛快的速度成長，似乎不太能接受這樣的現實，可是第一個孫子出世後就另當別論了，最早趕往醫院的似乎就是他們兩人。

身為主角的嬰兒與她的爸媽，以及爸爸的父母和媽媽的母親，這下在病房裡全到齊了，雖然一開始氣氛有點僵，但後來慢慢冰消雪融。這麼一來，身為外人的世之介和小金就待得有點尷尬，兩人不約而同地說了一句「那我們先告辭了」，同時離開病房。

他再度望向自己的手掌，這時傳來花小金井車站的到站廣播。世之介站起身，一面回想小嬰兒的重量，一面走下電車。

月台有公共電話。世之介不知為何朝它走去，不知不覺間拿起話筒。他插進還剩兩百日圓餘額的電話卡。話筒傳來母親的聲音，他開口道：「喂，是我。」

「世之介？幹嘛，我正在洗衣服呢……」

「不，沒什麼事。」

「之前寄去的八朔橘，送到了嗎？」

「哦，已經吃光了。」

「有點酸吧？」

「會嗎？」

聊到這，世之介發現和母親已無話可聊。

「祥子從下禮拜起，要去法國留學兩週。」世之介說。

「哇，去法國嗎？」

「對，去法國。」

果然沒話聊。

最後母親對他說：「我衣服洗到一半，你沒事的話，我掛電話囉。」世之介於是乖乖掛掉電話。因為聊到祥子，她也順便打給祥子。和平時一樣，是由傭人接起電話，之後等了好久，都忍不住懷疑傭人到底是跑到哪裡去叫人，最後祥子終於接起電話。

「世之介？」

「下禮拜就要出發了對吧？」

「嗯，現在正忙著準備……」

「待會兒要到我這兒來嗎？」

「哦，因為要和我分開，開始覺得寂寞了嗎？」

「現在還頂得住。」

「那我就去吧。」

「真的？啊，對了，阿久津唯今天順利產下女嬰了。」

「哇，太好了。」

「真的很不可思議。前不久還跟我一起打撞球的傢伙，突然就當爸爸了。」

世之介在說話的同時，突然想起在嬰兒室拍的照片。

「啊，對了，我終於用那台相機拍了一張照片。」

「拍寶寶嗎？」

「不是，是一位在那裡看嬰兒，名叫小金的留學生，以及剛好在那裡的大嬸。」

話筒對面沒有反應。

「喂？」

世之介以為是接觸不良，甩了甩話筒。

「太新穎了……」

「咦？」

「世之介，你果然有藝術細胞。」

傳來祥子興奮的聲音。

「是、是嗎？」

留學生給人一種國際感，而剛好在場的大嬸則能感覺第三者的視線。祥子讚不絕口。世之介希望能再多聽一點她的誇讚，但電話卡已沒餘額。

「妳差不多該進去了吧？」

在成田國際機場的出境大廳，世之介顯得興奮不已。他有生以來第一次踏進國際機場，一切都顯得格外新鮮。當然，他也在電視上看過，但是列出世界各國地名的巨大告示板，以及在這個樓層來來去去的世界各國的人們，對世之介而言可說是驚奇連連。而祥子則是熟稔地辦理報到手續、在商店裡買變壓器。世之介像孩子般緊跟在她身後，一臉興奮。

出發前幾天，祥子在世之介的住處度過。自己的女友要去法國兩個星期，世之介不曾有過如此戲劇性的體驗，所以最後這幾天，他想過得浪漫一點，但為期兩週的法國遊學，對祥子而言似乎就像「下週起要去輕井澤別墅度假」一樣，難得到這裡過夜，她卻只顧著預習遊學的課業。

因此世之介連電視都不能看，就連洗澡哼歌也得降低音量，這幾天日子過得備受拘束。

「還有時間嗎？不用進登機門嗎？」

世之介抬頭看著那不斷翻面的巨大告示板，再度向祥子問道。

「不是說了嗎，沒問題的。」祥子正在翻閱旅遊指南。前面的長椅上有一對白人情侶（可能）正在吻別，附近一名三歲左右的日本小男孩望著他們，露出詫異的神情。世之介從包包裡取出相機，拍下男孩的照片。男孩的表情看起來不像是對他們在幹什麼而感到納悶，而像是在擔心他們其中一方接下來會把對方吃了。世之介轉移視線，看到一名像是團體旅客的老先生，機票從西裝口袋掉落地面。

世之介不由自主地微微起身，這時後方走來一名年輕男子撿起機票，急忙朝老先生追去。世之介把這幅景象也拍進底片裡。

「你在拍什麼？」

祥子好奇地問，世之介簡短地回了一句：「不，沒什麼。」對於世之介的回答，祥子面露不悅。

「反正我不懂藝術啦。」

「這才算不上什麼藝術呢。剛才有人掉了機票，另一人撿了起來，我拍下那一幕，就只是這樣。」

「哇……真新穎。」

「那只是……」

「啊，對了。世之介，我有個請求。」

祥子突然露出恭敬的表情，把手上的旅遊書闔上。

「什麼請求？」

「那是您的第一卷底片，對吧？」

面對祥子的詢問，世之介望向擺在膝上的相機。

「是啊。」

「世之介第一次拍的照片，可以讓我第一個看嗎？當然，排在你之後沒關係。」

「可以啊……」

「就這麼說定囉。」

「不過，我拍的照片，除了祥子妳之外，應該也沒人想看吧。」

「我想成為世上第一個看到你作品的女人。」

經她這麼一說，反而有種被挖苦的感覺。

「作品是吧……我明白了。在妳回國之前，我會先洗好封起來，不讓任何人看見，外面寫著『除了與謝野祥子外，任何人不得拆封』。」

做完這奇怪的約定後，祥子終於站起身說了一句：「我差不多該走了。」世之介也起身，打算送她到出境審查門，但這時祥子卻說：「我不習慣讓人送行。」

「咦？那妳應該在來機場前就先說啊。」

「世之介，您可以先回去嗎？我想目送你離去。」

「這是在演哪一齣啊……」

由於祥子相當堅持，世之介不得已只好回一句：「那祝妳一路順風，自己要多小心哦。」然後轉過身去。他往前走，一再回頭觀望，祥子揮著手喊道：「那我走囉！」

「一路順風！」世之介也喊道。

「我走囉！」

祥子也不甘示弱地喊了回去。

這不像是互道離別，反倒像是互相較勁。世之介本想再喊一次，但自認贏不過祥子，只好死心離開機場，不再回頭。

漫長的春假將在下禮拜結束。一旦春假結束，世之介就風光升上大二了。附帶一提，雖然迎來了新的學期，但他完全沒做好心理準備。非但如此，還因為打工值大夜班而晝夜顛倒。

昨晚接到久沒聯絡的祥子從巴黎打來的電話。成田機場送行後的隔天早上，祥子打電話來說「我到了」，之後便音訊全無，令世之介有點擔心，不過在滿是雜音的電話另一頭，祥子以精力充沛的聲音興奮地說她好幾年沒來，巴黎現在變得更美了。

要想像祥子現在所在的「巴黎」街頭，不是什麼難事，但對世之介來說卻缺乏現實感。當然，也因為是講電話，祥子此刻在電話的另一頭，與自己所在的地方連不起來。

祥子說：「真希望以後有一天能和你一起在塞納河畔漫步。」世之介於是應道：「那我從今年開始要認真上法語課了。」

世之介比平時提早結束打工，走出飯店。朝陽折射在飯店的高樓窗戶上，光芒刺眼。雖然才早上五點多，但這幾天晝長夜短，世之介就像在洗臉似的，任憑那從大樓間緩緩升起的朝陽朝他臉上灑落金光。

路上沒什麼車輛行駛，就只有空蕩蕩的寬敞馬路和巨大的高架橋。世之介正準備走向地鐵樓梯時，陡然停步。因為有隻野狗走在斑馬線上，這在市中心相當罕見。牠原本應該是一身黑毛，卻因為髒汙而看起來像灰色。牠戴著項圈，似乎不是野狗。

那隻狗走過斑馬線，完全不理會世之介，大搖大擺走在人行道上。世之介不經意地跟在牠身後。狗朝車站的反方向走去，不時回頭望向世之介，就像在說「別跟來」。世之介配合狗的步調，從包包裡取出相機拍牠的背影。狗完全不在意拍照的事，從人行道走進鬱鬱蒼蒼的公園。

那隻狗走進的公園，是世之介前些日子撿到小貓的地方。這一帶蓋了一整排知名飯店，唯獨遺留了一處未開發地，就是這座公園。

世之介跟著那隻狗進入園內。現在才早上五點多，公園裡空蕩蕩。那隻狗無精打采地走著，在廣場角落的長椅旁趴下。世之介走近從背後窺望，發現那裡放了狗食。不知道是誰放的，一個白鐵製的盤子裡裝滿了狗食。

本以為狗會跑走，但就算世之介坐向一旁的長椅，那隻狗仍不予理會，自顧自地吃著狗食。世之介朝牠望了半晌，看膩了就直接躺在長椅上。才一躺下，天空便在他的視野中擴展開來。本以為這是一處被大樓包圍的小公園，沒想到天空如此遼闊。

「噢。」世之介不禁暗自低語。

聽到世之介的聲音，那隻狗抬頭看了一下，接著又低頭吃了起來。

世之介還是第一次像這樣仔細仰望天空。定睛細看，感覺像是天空倏然遠去，也像自己從空中墜落，世之介急忙抓緊長椅的邊緣。他吃驚的反應令那隻狗嚇了一跳向後躍開。世之介翻了個身，頭枕在手臂上，望著那隻正在吃飯的狗。狗沒理會世之介的視線，專注地享用牠的大餐。

世之介突然感覺有人走近，急忙坐起身。有位老太太不知道什麼時候來的，就坐在隔壁的長椅上。她對坐起身的世之介說：「牠很能吃對吧？」世之介重新將視線移回那隻狗身上。

「牠好像是有人養的狗，不過我在這裡放飼料後，牠就每天來這裡報到。」

那隻狗吃完飯，伸舌舔舔嘴巴四周，一臉滿足地離開長椅。目睹全程的老太太也從長椅上站起身，拿起那個白鐵盤子。

「牠也沒說聲謝謝，就這麼走了。」世之介笑道。

老太太望著那隻狗，微笑道：「就是說啊，要是能汪一聲，至少會讓人覺得可愛。」

老太太跟在那隻狗走出公園。世之介不經意地拿起相機，拍下她的背影。

從長椅上站起身後，世之介緩緩走出公園。輕撫臉頰的風確實帶有春天的氣味。那是他第一次來東京時聞到的氣味，與故鄉的春天氣味不太一樣。

明明工作了一整晚，但邁出的步履卻很輕盈。彷彿可以就這樣一路走回他位於花小金井的住處。搭電車得花上一個小時的車程，當不可能走得到，但世之介此時的步履就是這般輕盈。

世之介明白不可能，但還是決定走多遠算多遠。先從赤坂走到新宿，如果累了，再從西武新宿站搭電車就好，要是還有力氣，就沿著鐵路行經高田馬場、下落合、中井、新井藥師前，走多遠算多遠。

世之介登上飯店旁的坡道，往新宿方向而去。爬上陡坡後，河堤出現在眼前。河堤應該是從這一帶一路通往世之介就讀的那所位於市谷的大學。現在離開花的時間尚早，但藍天下的一整排櫻樹已冒出小小的花蕾。世之介在櫻花的花蕾引誘下登上河堤。眼前景致豁然開朗，能俯瞰腳下的運動場和棒球場。

正要望向底下的運動場時，他發現剛剛摸的櫻花樹樹幹長了一根細細的枝椏，上頭開了一朵花。

世之介以指尖碰觸那小小的花瓣。細細的枝椏彎曲，花瓣搖曳。世之介拿出相機，將這朵性急的櫻花拍進底片裡。在只有花蕾的群樹中，唯一一朵性急而提早綻放的櫻花，不知為何讓他想起了祥子。世之介以指尖朝枝椏輕輕一彈，再度邁步前行。遠處傳來電車的聲音，附近有烏鴉啼叫，而遠處的另一隻烏鴉也學牠叫了起來。

他突然想到那位大嬸每天早上都到這餵那隻狗。大嬸還笑著說，要是能汪一聲，至少會讓人覺得可愛。世之介確認四下無人後，小小聲的叫了聲「汪」。

只要有心，自然走得成，世之介從赤坂穿過四谷，猛然回神，發現自己正逐漸靠近新宿車站。可能是因為一路信步而行，出現在遠方的新宿東口大時鐘已即將指向七點。現在離早上的通勤巔峰時間還早，站前廣場仍空空蕩蕩。比起從車站走出的人，在歌舞伎町一帶通霄玩樂的人們臉色蒼白地往車站走去的身影，反而還比較顯眼。

抵達東口廣場後，有兩名國中少女坐在護欄上。若說是來這裡玩，時間未免太早；但說是已準備回家，未免又太晚。兩人一臉疲憊，一頭染髮不顯半點亮澤。

派出所前站著一名強忍哈欠的年輕警察，世之介馬上拿起相機按下快門。警察腳邊有兩隻鴿子，動作急促不知在啄食些什麼。見有人走來，兩隻鴿子嚇了一跳，振翅飛走。順著飛遠的鴿子望去，圍繞廣場四周的大樓頓時像形成漩渦一般，世之介急忙閉上眼。閉上眼睛後，耳畔只留下站前廣場的聲音。

聽見馬路上呼嘯而過的車聲，踩在柏油路面上的高跟鞋聲響，烏鴉的叫聲，被風捲上高空的塑膠袋的聲音。

綠燈亮起，大批人潮走過斑馬線。在他們步伐急促的腳下，鴿子們不知該往哪兒跑。眼看鴿子們差點要被踢到，最後還是順利躲過；眼看就快被一腳踩下，最後一樣平安無事。

世之介覺得要走多遠都沒問題。

離開新宿站東口廣場後，他順著鐵道走。很快就來到西武新宿站。世之介沒走進車站內，而是順著軌道繼續朝北。再走過去是新大久保、高田馬場，要是走膩了，隨時都能改坐電車。

這裡是平時搭電車會經過的地方，但他第一次徒步走過這一帶。平時從電車車窗眺望的景致，現在竟置身其中，這種感覺從來沒想過。他平時常坐的電車從高架橋上急馳而過，可清楚地看見每一節車廂。

目送電車離去後，世之介再度邁步向前。可能是因為已拿定主意繼續走，於是突然餓了起來。

來到職安通後，世之介走進一家咖哩店。時間還早，店內冷冷清清。世之介在吧台角落就座後，不看菜單，直接點了一份大盤的豬排咖哩飯。

直到他吃完為止，都沒客人走進店內。裡頭的女店員似乎覺得很無聊，從剛才起就一直看著自己的指甲。可能是因為世之介盯著她瞧，女店員察覺到他的視線，過來替他倒水。

世之介突然心想，不知道這名女子會對他留下多少印象。就算不是一走出店外就忘記，但接下來陸續會有客人上門，等密集的點餐時間一過，一定會忘了他這個客人。當然，世之介也不確定自己能記得她多久。事實上，上禮拜他無意間前去光顧一家拉麵店，店員別說長相了，就連是男是女他也記不得了。

吃完一大盤豬排咖哩飯後，世之介摩娑著鼓脹的肚皮走出店外。原本覺得自己還能走，才來這裡填飽肚子，吃飽後卻突然就懶得走了。幸運的是，新大久保站就在前方不遠。算了。

在斑馬線前等紅綠燈時，有人拍他肩膀。轉頭一看，只見小金一臉驚訝地站在他身後。

「咦，小金。」世之介也嚇了一跳。

他們上次一起去看倉持和阿久津唯的寶寶後就沒再遇過。

「世之介，你在這裡做什麼？」

「你才是，為什麼一大早出現在這裡？」

號誌由紅轉綠，兩人一起邁步前行。

「我昨天在親戚家過夜。」

「哦，在這一帶嗎？」

「就不遠處那家燒肉店。」

「我是剛打工回來。」

「在新宿嗎？」

「是赤坂的一家飯店，不過今天心情好，就一路走到這了。」

「從赤坂走來？」

「原本精神百倍，覺得可以一路走回家，但在那裡吃了咖哩飯後，突然就懶得再走了。」

聽世之介這麼說，小金哈哈笑了起來。

「你還有再去醫院看倉持他們嗎？」世之介問。

「他們已經回公寓了。」

「是嗎？」

「因為小唯和智世都很健康。」

「智世是？」

「寶寶的名字。」

「哦，原來叫智世啊。」

聽小金說，阿久津唯的母親似乎每天都去看他們。

「隔壁多了個嬰兒，想必很吵吧？」

「有一點。不過，是自己認識的小寶寶，再怎麼哭鬧也不嫌吵。」

「是嗎？對了，你這麼早就要回去啊，不是在親戚家過夜嗎？」

「因為我接下來要去成田機場。」

他要去機場卻沒帶行李。

「去接人嗎？」

「對，我未婚妻。」

「咦，小金，你有未婚妻啊？」

「要看照片嗎？」

小金在售票口前，從錢包裡取出一張照片。照片裡是一名膚色白淨、長相清秀的女子。

「是個美女呢。」

買了車票，兩人穿過驗票口。車上乘客就像被剛到站的電車吐出似的，紛紛走下樓梯。兩人在走下的人潮間穿梭，走上樓梯。

「覺得日本如何？」世之介問。

世之介其實問的是電車客滿的事，但小金卻回答道：「很悠哉。」

「是嗎？」

「因為現在韓國很不平靜。」

「為什麼？」

「因為民主化運動之類的問題。」

這時只要順著他的話聊就好，但身為悠哉國度的年輕人，世之介無言以對。

朝陽射進月台。靠近階梯的地方擠滿了人，但裡頭倒是空空蕩蕩。兩人並肩往裡頭走去，小金似乎這才發現，指著世之介掛在脖子上的相機問：「你在拍照嗎？」

「也不是拍多了不得的照片啦。」世之介笑著說。

旁邊有自動販賣機，世之介便買了罐裝咖啡。遠處傳來廣播，世之介搭的電車即將到站。

站在兩人前方的女子頭戴一頂帽沿寬大的帽子，是像祥子平時會戴的那種帽子。小金也順著世之介的視線望去。就在那時，一陣強風吹過月台，將女子的帽子吹飛。

女子急忙按住頭，但慢了一步。落向腳邊的帽子被風吹跑，在月台上飛滾。

世之介和小金幾乎同時反射性地向前踏步。面對這突如其來的狀況，帽子被吹跑的女子仍舊手按著頭，沒有動作。

世之介和小金想撿起那頂吹跑的帽子。附近人們的視線也集中在那頂滾動的帽子上。要是再不快點，眼看就要掉落軌道了。

世之介和小金幾乎同時伸出手。但那頂飄向空中的帽子就這樣從他們手指前方溜過。

兩人又往前邁出一步，但已到了月台盡頭。

「啊！」

就在這時，背後發出一個聲音。也不知是世之介先抓住小金的手，還是小金抓住世之介的手，兩人幾乎同時拉住彼此。就在那一瞬間，電車疾馳而過，將浮在兩人面前的帽子整個帶走。

這一切都像極了慢動作。疾馳而過的電車產生風壓，奇蹟似的將那頂浮在空中的帽子送回兩人腳下。世之介他們就不用說了，周遭每一個人都望向掉落月台的那頂白色帽子。

最先有動作的人是小金。他伸手撿起那頂回到月台上的帽子，交給那名發愣的女子。女子接過帽子，仍舊愣在原地。

電車完全停下，車門打開，走下大批乘客。月台上頓時變得匆忙起來，就像什麼事都沒發生過。

世之介和小金互看一眼，兩人目光交會後突然覺得好笑。

「世之介，這是你要坐的電車吧？」

「啊，對。再見。」

「嗯，再見。」

抬手揮別走上電車，這名年輕人名叫橫道世之介。一年前為了就讀大學來到東京，今年十九歲。若問他這一年是否有所成長，他大概會聳聳肩說：「不，也稱不上什麼成長啦……」但他好歹也在東京生活了一年，這是不爭的事實。

一坐上車，車門便關上。發車鈴聲響起，電車載著世之介緩緩啟動。世之介緊貼著車窗揮手。

與謝野祥子小姐：

謝謝您前些日子的來電。好久不見，能和您講電話真的很開心。我在電話中提過，世之介留下一個包裹要給您，所以才寄過去。既然是世之介留下的，想必不會是什麼貴重之物。

世之介過世至今快滿三個月。獨生子比我早一步離開人世，我當然難過，但總不能永遠以淚洗面。

哭著哭著就會想起世之介的臉，那張悠哉的臉。

祥子小姐，最近我常慶幸世之介是我兒子。親生母親說這種話，旁人聽了或許會覺得奇怪，但是能遇上世之介，對我來說是最幸運的事。

現在我仍時常想像那場事故發生的情景。明明沒辦法救對方，為何那孩子會奮不顧身地跳下軌道？

不過，最近我的想法改變了。那孩子一定是覺得自己有辦法救對方。當時他腦中想的一定不是「沒救了」，而是「一定沒問題」。抱持這個想法的世之介，我深深引以為傲。

您日後有空，隨時歡迎到我們這裡坐坐。希望我們有機會一起聊聊世之介的過往，一定是笑話一籮筐。

工作加油。多多保重身體。

世之介的母親上

文學森林 LF0130

橫道世之介

——離開家鄉上大學篇

橫道世之介

作者

吉田修一

一九六八年生於日本長崎。一九九七年以《最後的兒子》出道，獲第四十八屆文學界新人獎。二〇〇二年以《同棲生活》獲第十五屆山本周五郎獎，以《公園生活》奪下第一百二十七屆芥川獎，同年一舉拿下大眾文學與純文學的文學獎項引爆話題。二〇〇七年以《惡人》拿下大佛次郎獎以及每日出版文化獎，熱銷超過二二〇萬冊，並改編同名電影。

二〇一〇年以《橫道世之介》榮獲第二十三屆柴田鍊三郎獎，改編同名電影大受好評。二〇一九年，相隔九年再為他筆下這名最受歡迎的角色「橫道世之介」創作續集。同年以《國寶》榮獲藝術選獎文部科學大臣獎與中央公論文藝獎肯定。

他擅長描寫都會年輕人的孤獨與疏離感，獲得廣大的共鳴與回響，包括《路》、《怒》、《再見溪谷》、《犯罪小說集》等作品皆有影視改編。

另有著作：《熱帶魚》、《東京灣景》、《地標》、《長崎亂樂坂》、《星期天們》。

譯者

高詹燦

輔大日本語文學研究所畢業，專職日文譯者，翻譯二十載，譯作數百本。主要作品有宮部美幸「三島屋奇異百物語」系列、太宰治《人間失格》、三島由紀夫《假面的告白》、藤澤周平《蟬時雨》等。個人翻譯網站：http://www.translate.url.tw/

封面設計 陳恩安
責任編輯 陳柏昌
編輯協力 王琦柔、李岱樺
行銷企劃 楊若榆、李岱樺
版權負責 李佳翰
副總編輯 梁心愉

初版一刷 二〇二〇年七月六日
定價 新台幣四〇〇元

ThinKingDom 新経典文化
發行人 葉美瑤
出版 新經典圖文傳播有限公司
地址 10045臺北市中正區重慶南路一段五七號十一樓之四
電話 886-2-2331-1830 傳真 886-2-2331-1831
讀者服務信箱 thinkingdomtw@gmail.com
臉書專頁 http://www.facebook.com/thinkingdom/

總經銷 高寶書版集團
地址 11493臺北市內湖區洲子街八八號三樓
電話 886-2-2799-2788 傳真 886-2-2799-0909
海外總經銷 時報文化出版企業股份有限公司
地址 桃園市龜山區萬壽路二段三五一號
電話 886-2-2306-6842 傳真 886-2-2304-9301

橫道世之介 / 吉田修一著；高詹燦譯. -- 初版. -- 臺北市：新經典圖文傳播, 2020.07
400面；21×14.8公分. --（文學森林；LF0130）
譯自：橫道世之介
ISBN 978-986-98621-9-6（平裝）

861.57 109007289